아스펜에 관한 명상

민경훈
칼럼집

아스펜에 관한 명상

삶과 세계에 관한 작은 생각들

북스코프

부모님께

책머리에

세계, 희망과 사랑

지난 30년간 일어났던 사건 중 가장 극적이고 중요한 사건을 들라면 베를린 장벽의 붕괴가 첫 손가락에 꼽힐 것이다. 1987년 6월 베를린을 방문한 레이건 대통령이 "고르바초프여, 이 장벽을 허무시오"라고 외쳤을 때 사람들 대부분은 이를 정치적 수사로만 생각했다.

그러나 불과 2년 뒤 결코 무너지지 않을 것 같던 이 벽은 순식간에 사라졌다. 1989년 11월 9일 서베를린으로 넘어가기 위해 몰려든 수많은 동베를린 시민들의 기세에 눌린 동독 병사들은 감히 발포하지 못했고 상부의 누구도 발포 명령을 내리지 못했다. 동베를린 시민들이 검문소를 지나 밀물처럼 서베를린으로 넘어가면서 장벽은 유명무실해졌고 그 뒤 수주 만에 베를린 시민들의 망치 아래 자취를 감췄다. 1961년 세워진 이래 10만 명이 자유를 찾아 월담을 기도했고 그러다 200명이 목숨을 잃은 이 벽은 이렇게 허무하게 역사의 쓰레기통으로 들어갔다. 그 후 불과 2년 뒤 공산주의 종주국인 소련이 해체되고 곧이어 1917년 볼셰비키 혁명 이후 70여 년간 소련을 절대 권력으로 통치하던 공산당이 불법화된다.

이런 일련의 사태는 공산 압제에 시달리던 수억 명의 인간들에게 자유와 희망을 안겨줬지만 언젠가는 사회주의가 모든 인간이 평등하게 대접받고 누구도 타인을 착취하지 않는 이상적인 사회를 건설해줄 것으로 믿었던 진보적 지식인들에게는 견디기 힘든 충격이었다.

공산주의 종주국 소련의 몰락은 직접적으로는 '강한 미국'을 내세운 레이건이 이끄는 미국과의 군비 경쟁에서 버틸 여력이 없었기 때문이지만 근본적인 원인은 공산주의 체제에 필연적으로 존재하는 '내부적 모순' 때문이라는 분석이 설득력 있다.

공산주의는 모든 사람이 "능력에 따라 일하고 필요에 따라 분배받는" 사회를 만드는 것을 목표로 삼고 있지만 이 구호에는 중대한 결함이 내재돼 있다. 그것은 능력과 관계없이 필요가 충족될 때 인간 대부분은 능력을 발휘하려 애쓰지 않는다는 점이다.

인간이 자발적으로 능력을 발휘하지 않을 때 일을 하게 하는 방법은 폭력밖에 없다. 폭행과 감금, 고문과 기아로 위협하면 대부분의 인간은 일을 하는 척은 한다. 그러나 그런 방식은 단순 노동은 강제할 수 있지만 진정한 부의 원천인 인간 정신의 창조적 활동을 유도

하지는 못한다.

세계 석유 산업의 발상지인 펜실베이니아 타이터스빌은 한때 인구당 백만장자가 가장 많은 곳이었다. 그러나 원유를 정제해 에너지원으로 만들 수 있는 노하우가 발명되기 전 그곳은 더럽고 악취 나는 원유가 여기저기서 솟아나는 몹쓸 땅에 불과했다.

지금 전 세계에서 가장 중요한 산업인 반도체의 재료 실리콘도 누군가가 그 성질을 이용해 반도체로 사용할 생각을 하지 못했다면 그냥 모래의 주성분으로 남았을 것이다. 폭력의 위협으로는 인간은 새로운 부를 창출하는 아이디어를 내놓지 않는다.

인간의 가장 큰 관심사는 다른 생명체와 마찬가지로 스스로의 생존이다. 따라서 특별한 경우를 제외하고는 자신의 생존에 유리한 일을 하고 불리한 일은 피하려 한다. 이기심은 40억 년 전 지구상에 첫 생명체가 탄생한 이래 지금까지 그 생존을 가능케 한 원동력이다. 이를 존중하지 않는 어떤 개체도, 집단도 오래가지 못한다.

그러나 이것이 통제되지 않을 때 이는 자기가 살기 위해 남을 해치는 악으로 변질된다. 햇빛과 물과 탄소를 이용해 스스로 식량을 생산하는 식물을 먹고사는 동물이 출현한 이래 자기 생존과 남을 해치는 행위는 밀접한 관계를 가져왔다. 자연 상태에서 동물들은 살아남기 위해 남을 죽여야 한다. 인간은 오랫동안 자연 상태에서 동물들과 함께 살아왔다. 내가 살기 위해 남을 해치는 본능이 몸 깊숙한 곳에 숨어 있는 것이다.

이기심은 개개인의 생존을 위해 필요하지만 이를 통제하지 못하는 사회는 오래 존속하지 못한다. 규칙도, 예의도, 배려도, 공정함도 없이 서로가 서로를 물어뜯는 공동체는 존재할 수 없으며 공동체 없이는 그 안에 있는 개체도 없기 때문이다.

공산주의가 사라지고 소련이 해체되자 사회 조직 원리로서 자유민주주의와 자본주의의 승리는 확정적이며 두 체제의 대립으로 진행되어온 역사의 진행 과정도 끝났다는 주장이 힘을 얻기 시작했다. 1992년 나온 프랜시스 후쿠야마의 책 『역사의 종언』이 대표적이다.

90년대 미국에서 하이테크 붐이 일면서 소위 '닷컴' 주식을 중심으로 주가가 나날이 오르고 매일 청년 백만장자가 탄생하면서 자본주의와 시장 경제의 앞날은 한없이 밝은 것처럼 보였다. 그러나 2000년 닷컴 버블이 터지고 미국 경제가 급속히 불황으로 빠져들면서 상황은 달라지기 시작했다.

1929년 주가 붕괴와 함께 연방 준비제도 이사회(FRB)는 급속히 단기 금리를 내렸고 그 결과 미국 경제는 안정을 찾는 듯했으나 이번에는 낮은 금리를 발판으로 부동산 버블이 부풀기 시작했다. 부자

등 특정인에 집중돼 있는 주식과는 달리 미국 중산층 대부분이 소유하고 있는 주택 버블이 터질 때 그 여파는 주식과는 비교할 수 없을 것이란 일부의 경고는 나날이 치솟는 집값에 묻혀 들리지 않았고 연방 정부는 그 예방이나 만약의 사태에 대비한 어떤 조치도 취하지 않았다.

2006년 정점을 기록한 미국 집값은 점차 하락세로 접어들었고 살 자격이 안 되는 사람들에게 무리하게 융자를 해준 후 그 모기지를 근거로 해 만든 파생 상품의 가격이 급속히 추락하자 이를 샀던 투자 은행들이 부도 위기를 맞는다. 2008년 9월 월가의 대표적 투자 은행 리먼 브러더스는 주가 폭락과 투자가 이탈을 견디지 못하고 결국 미 역사상 최대 규모의 파산을 신청하며 이는 다른 금융 기관의 연쇄 부도 공포를 일으킨다. 이것이 대공황 이후 최악의 불황을 초래한 미국 부동산발 금융 위기의 시작이다.

이번에는 대공황 때의 교훈을 기억한 미 연방 정부와 FRB의 대대적인 유동성 공급으로 그때와 같은 경제 참사는 벌어지지 않았다. 그러나 그로 인해 미국뿐 아니라 전 세계의 수많은 중산층이 하루아침에 빈곤층으로 전락하고 자유 시장 경제와 자본주의 체제에 대한 근본적인 회의가 일기 시작했다.

개인의 경제적 자유를 존중하는 자유 시장 체제는 부의 창출에는 효과적이지만 마르크스가 지적한 대로 중대한 '내부적 모순'을 가지고 있다. 하나는 호경기와 불경기의 반복이다. 호황이 장기간 계속되면 사람들 대부분은 이 상태가 영원히 계속될 것이라는 착각에 빠져 과소비와 과투자를 일삼게 된다. 이렇게 과잉 생산된 상품이 팔리지 않고 과대평가된 주식이 내려가기 시작하면 생산자와 투자자는 모두 소득이 줄고 문을 닫는 업소가 늘며 대량 실업이 발생한다. 이렇게 거품이 정리되면 그것이 새로운 발판이 돼 새로운 경기 사이클이 시작되는 것이다.

20세기 초만 해도 정부가 경제에 대한 통제를 강화하면 이런 경기 사이클을 예방하거나 완화할 수 있다는 믿음이 있었다. 1907년 미국 주가와 경기는 그때까지 경험하지 못한 폭락을 경험했다. '유나이티드 코퍼 회사'의 주가 조작 시도가 실패하면서 벌어진 주가 폭락과 함께 급속히 경기가 악화하자 JP 모건을 비롯한 월가의 거물들이 사재를 털어 금융 안정 기금을 출연했고 그 덕에 미국 경제는 최악의 사태를 피할 수 있었다. 그러나 이 사태는 다음에 유사한 경우가 발생할 경우 개인의 힘으로 이를 막는 것은 역부족이라는 공감대가 형성됐고 그래서 마련된 것이 1913년의 연방 준비 은행이다.

자본주의의 또 다른 근본적인 문제는 빈부의 격차다. 사람마다 능력이 다른데 경제적 자유를 허용할 경우 개개인이 얻을 수 있는 부의 수준은 다를 수밖에 없다. 좀 더 약삭빠르고, 부지런하고, 수완이 좋고, 운이 따르는 사람은 그렇지 못한 사람보다 더 많은 재산을 축적할 수밖에 없다. 기술이 고도화하고 경제의 규모가 커지면 커질수록 창출되는 부의 규모와 빈부 격차도 커진다.

20세기 초 미국의 많은 지식인과 지도층은 날로 커지는 빈부 격차에 대한 우려를 가지기 시작했다. 19세기 후반 급속한 산업화와 함께 록펠러, 카네기 등 '강도 남작(robber baron)'이라 불린 재벌들은 그전까지는 상상할 수 없는 부를 축적한다. 연방 정부가 이들의 소득에 세금을 부과해 재원을 마련하고 극심한 빈부의 차를 줄여야 한다는 주장이 힘을 얻었고 그 결과 1913년 탄생한 것이 연방 국세청(IRS)이다. IRS와 FRB가 같은 해 태어난 것은 우연이 아니다.

그러나 이 기구의 탄생에도 불구하고 경기 사이클과 빈부 격차 확대라는 근본 문제가 해결된 것은 아니다. 아무리 열심히 일해도 자신의 삶이 개선되지 않는다고 여긴 수많은 사람들은 기존 체제에 대한 믿음을 버렸고 날로 힘들어지는 자신의 처지를 설명해 줄 희생양이 필요했다. 2016년 트럼프의 등장과 유럽 극우 정당의 발호는 이런 현실과 무관하지 않음은 물론이다. 세계화와 자동화로 일자리를 잃은 저소득 저학력의 백인들은 그 원인을 멕시코 불법 체류자와 중국에 돌린 트럼프에 열광했다. 유럽도 상황은 비슷하다.

지금 세계는 이런 기존 체제에 대한 불신뿐만 아니라 상당 기간 해결 기미가 보이지 않는 문제에 둘러싸여 있다. 인류의 생존을 위협하는 지구 온난화도 그렇고 급속도로 진행되는 고령화와 이로 인한 의료비 증가, 생산 인구 감소, 과도한 국가 채무 등의 문제를 해결할 뾰족한 묘안은 보이지 않는다.

그러나 지금부터 5,000년 전 티그리스와 유프라테스 강 인근에서 수메르인들이 첫 문명을 건설한 이후 지난 역사를 돌이켜 보면 한때 해결 불능인 것처럼 보였던 문제 중 상당수가 해결됐음을 알 수 있다. 만성적인 기아와 주기적인 역병, 외적의 침입 등 인간의 생명을 대폭 단축시켰던 재난이 지구 대부분의 지역에서 사라졌다. 농업과 의학 기술의 발달 등이 그 원인이지만 불과 100년 전만 해도 이런 문제가 해결될 수 있으리라 내다본 사람은 없었다.

언제나 많은 사람들은 자기야말로 가장 불행한 시대에 살고 있다고 믿으며 지금도 그런 사람들이 있다. 그러나 21세기를 사는 많은 사람들은 어느 때보다 건강하게 오래 살며 안락한 생활을 누리고 있다. 지금은 생활필수품이 되다시피 한 냉장고, 에어컨, 세탁기, 자동차, 스마트 폰, 인터넷 등이 모두 100년 안쪽으로 생겨난 것들이다.

그러나 이들보다 21세기 초를 사는 사람들이 누리는 특권이 있다. 그것은 창세 때부터 가려져 있던 것들이 밝혀진 시대를 사는 첫 번째 세대라는 점이다. 어느 민족이나 천지창조에 관한 신화를 갖고 있지만 설화나 전설이 아니라 증거와 논리로 뒷받침되는 과학적 사실로서 우주 탄생의 실체가 밝혀진 것은 최근 일이다.

지금부터 꼭 100년 전인 1919년 에드윈 허블은 LA 뒷산인 마운트 윌슨 천문대에서 별들의 '적색 편이' 현상을 발견했고 이것이 우주가 팽창하고 있는 증거임을 추론했으며 그 후 과학자들은 팽창 속도를 역산해 우주가 지금부터 138억 년 전에 탄생했음을 밝혀냈다.

생명의 탄생 비밀도 상당 부분 규명됐다. 그린란드와 호주, 캐나다에서 생명체의 흔적이 잇달아 발견되면서 생명의 기원은 40억 년 이전으로 거슬러 올라가고 있다. 이것이 사실이라면 지구 나이가 45억 년임을 감안할 때 지구와 생명 나이가 별 차이가 없다. 생명과 지구 탄생이 거의 동시에 이뤄졌다면 생명 탄생이 희귀한 일이 아니라 적당한 조건만 갖춰지면 필연적으로 일어나는 자연 현상의 일부라는 추측을 가능케 한다. 인간을 비롯한 지구상에 존재하는 모든 생물은 태곳적에 탄생한 생명체의 직계 후손이라는 게 정설이다.

동물 가운데 인간의 가장 가까운 친척인 침팬지는 인간과 유전자의 98퍼센트를 공유한다. 이것이 우연의 일치일 가능성은 제로에 가깝다. 대다수 생물학자들은 인간과 침팬지가 공통의 조상을 갖고 있으며 여기서 갈라져 나온 시점을 지금부터 700만 년 전으로 잡는다.

천문학자들이 우주 팽창 속도를 역산해 우주의 나이를 계산해냈듯이 생물학자들은 시간과 비례해 발생하는 유전자 변이 비율을 역산해 이런 숫자에 도달했다.

무에서 에너지와 함께 시공간이 탄생하고 에너지가 물질로 변하며 그것이 해와 달과 별과 지구가 돼 거기서 생명이 탄생하고 그것이 진화를 거쳐 인간으로 변하며 그 인간이 증거를 수집하고 추리와 통찰을 거쳐 자신과 생명과 우주 탄생의 비밀을 밝혀냈다는 것은 그 자체가 한 편의 위대한 서사시다. 무에서 출발한 우주가 인간의 모습으로 자기 출생의 비밀을 알아낸 것이다. 인간은 스스로 자신의 존재를 인식하는 우주의 의식인 셈이다.

인간은 자연과 사회 현상을 단지 관찰하고 이해하는 단계를 넘어 가치 판단을 하기에 이르렀다. 언제부터인가 인간은 현실로 존재하는 사회가 과연 만족할 만한 것인가, 이와 다른 사회를 만드는 것은 불가능한 것인가, 다른 사회가 가능하다면 어떤 사회가 이상적인가를 생각하기 시작했다. 그리고 어떤 행동이 옳은 것이고 어떤 행동이 잘못된 것이며 무엇이 선이고 무엇이 악인지를 물었다. 세상에는 존재의 세계뿐만 아니라 당위의 세계도 있다는 것을 안 것이다.

수많은 시행착오를 거쳐 인류가 얻어낸 결론은 모든 사람이 정치적 자유를 누리고 기본권을 보장받는 사회, 또 능력자는 마음껏 능력을 발휘해 부를 창출하고 무능력자도 최소한의 삶을 보장받는 사회가, 그렇지 않은 것보다 낫다는 것이다.

그리고 그 수단으로 나온 것이 민주주의고 시장 경제고, 복지 국가다. 그렇지만 어느 것도 완전한 대답이 될 수 없다. 통제 경제와 시장 경제의 문제점은 이미 지적한 바 있고 인간이 만든 가장 우수한 정치 제도로 손꼽히는 민주주의도 소수의 횡포를 막는 데는 효과적이지만 다수의 횡포를 정의로 포장하는 중우정치로 전락할 위험을 늘 안고 있다.

역사상 가장 먼저 민주주의를 시작한 아테네는 페리클레스라는 뛰어난 정치가를 잃은 후 중우정치의 표본으로 추락했으며 스파르타와의 내전에서 패배한 후 2,000년이 지난 지금까지 옛 영광을 되찾지 못하고 있다. 그리스가 낳은 양대 철학자이며 입장이 판이하게 다른 플라톤과 아리스토텔레스 모두 민주주의의 비판자였음을 기억해야 한다.

올바른 정치 경제 체제를 만들고 올바로 운용하는 것도 필요하지만 그 공동체 안에 살고 있는 개개인이 어떤 삶을 살아야 하는가도 이에 못지않게 중요하다. 이 문제를 놓고 오랫동안 씨름해온 인류의 스승들이 내린 결론은 놀랍게 유사하다.

동양을 대표하는 공자의 핵심 가치는 인(仁)과 의(義)다. 그와 비슷한 시기 기독교와 회교의 모체가 된 유대교의 선지자들은 '자비'와 '정의'를 노래했다. 아모스는 "정의가 하수처럼 흐르게 하라"고 외쳤고 호세아는 "내가 자비를 원했고 제사를 원하지 않았다"고 가르쳤다. 미가는 이 둘을 결합해 "정의를 행하고 자비를 사랑하며 네 하나님과 겸손하게 걷는 것 외에 하나님이 네게 무엇을 요구하느냐"고 물었다. 많은 학자들은 이것이 유대교의 결론이라고 생각한다.

'정의'와 '자비'의 관계에 대해 누구보다 깊이 생각한 민족은 유대인이다. 히브리어로 정의는 '체댁'이다. 자비는 '체다카'다. 두 단어는 물론 뿌리가 같다. 공자도 동의할 것이다. 인과 의는 도(道)의 딸과 아들이기 때문이다.

경제적 자유의 필연적 산물인 부의 불평등을 개선하는 방법은 둘뿐이다. 하나는 국가가 공권력을 이용해 가진 자의 부를 빼앗아 가난한 자에게 분배하는 것이고 다른 하나는 가진 자가 스스로 베푸는 것이다. 가진 자가 베풀지 않으면 어떤 사태가 벌어지는가는 프랑스 혁명과 러시아 혁명이 말해준다. 그러고 보니 올해는 프랑스 혁명 230주년이고 2년 전은 러시아 혁명 100주년이었다.

미국의 제대로 된 상류층 집안에서는 어릴 적부터 "많은 것이 주어진 자에게는 많은 것이 요구된다"(「누가복음」 12장 48절)고 가르친다. 사회 경제적으로 많은 것을 이룬 사람도 따지고 보면 자기 능력 외에 남의 덕을 본 것이 사실이다. 부모의 좋은 유전자를 물려받고 좋은 가정에서 자라 좋은 교육을 받은 사람과 그렇지 못한 사람과는 출발점부터 다르다.

공동체에서 혜택을 가장 많이 받은 사람이 이 문제 해결에 앞장서지 않는다면 구성원 간의 신뢰는 깨지고 공동체의 안정과 존립은 위협받게 된다. 미국이 아직까지 이만한 위치를 유지하고 있는 것도 빌 게이츠나 워런 버핏, 18억 달러를 모교에 기부해 전교생이 학비 걱정 없이 다닐 수 있게 한 마이클 블룸버그 같은 의식이 깬 지도층이 있기 때문이다.

영화 〈버킷 리스트〉에서 생을 마감하고 저승의 심판대에 선 사람에게 이집트의 신은 두 가지 질문을 던진다. 하나는 "너는 살았을 때 기쁨을 찾았느냐"고 다른 하나는 "너는 다른 사람에게 기쁨을 줬느냐"다. 이 두 질문에 그렇다고 답한 사람만이 천국에 들어갈 수 있다는 것이다. 스스로 기쁨을 찾는 일과 다른 사람에게 기쁨을 주는 일, 세상을 천국에 가깝게 만드는 일이 서로 다르지 않음을 말해준다.

위대한 유대인 철학자 마이모니데스는 가장 고급스런 자선은 도움이 필요한 사람을 도와 그가 자립할 수 있게 하는 것이라 가르쳤다. 도움을 받은 사람이 자립해 과거 자신과 같은 사람을 돕고 그가 다시 자기 같은 사람을 도우며 그런 사람들이 늘어난다면 언젠가는 조금 더 나은 사회가 오리라 믿는다.

물론 한두 사람이 자선을 베푼다고 금방 좋은 세상이 오지는 않는다. 그런 이유로 자포자기하거나 절망에 빠지려는 사람을 위해 미국의 신학자 라인홀드 니버는 다음과 같은 말을 남겼다. "할 만한 가치가 있는 일치고 우리 일생 동안 이뤄지는 것은 없다. 따라서 우리는 희망에 의해 구원받아야 한다. …… 아무리 값진 일도 혼자서는 이룰 수 없다. 따라서 우리는 사랑에 의해 구원받아야 한다." 필요한 것은 좋은 일을 시작하는 것이고 그것으로 충분하다.

"이 조각들로 나는 내 폐허를 받쳤다(These fragments I have shored against my ruins)"고 T. S. 엘리엇은 그의 대작 「황무지」에서 읊었다. 이것들은 내가 세계와 사회를 바라보며 얻은 결론이다. 지난 10년간 《미주 한국일보》에 실린 이 단상들이 세상을 이해하는 데 자그마한 도움이 되었으면 한다.

2019년 여름
한라산 중턱에서 저자 씀

차례

1부 • 문화 산책

2부 • 미국 경제의 현주소

3부 • 미국 정치 이야기

4부 • 세계의 풍경

프롤로그

애리조나의 밤하늘

얼마 전 애리조나의 한 호수로 출장을 갔다 돌아오는 길이었다. 단조로운 황야를 벗어나기 위해 한껏 액셀을 밟았지만 캘리포니아와의 주 경계선 부근의 산언덕에서 일몰을 맞게 됐다. 크고 작은 산봉우리를 검붉게 물들이며 지는 저녁 해도 아름다웠지만 소리 없이 어둠이 깔리며 드러난 밤하늘의 모습은 잠시 숨을 멎게 했다.

빛의 강물처럼 하늘을 가로 지른 은하수, 보석을 흩뿌린 듯 하늘 구석구석을 빽빽이 메운 별들, 불꽃처럼 명멸하는 유성우. 참으로 오래간만에 그처럼 많은 별을 보았다. 아주 어렸을 때 시골 마당에 멍석을 깔고 놀던 여름 밤 이후 처음인 것 같다.

헤드라이트의 불빛이 미치지 않는 곳에서 별들을 보고 싶어 폐광촌으로 가는 출구로 빠져 칠흑 같은 어둠뿐인 비포장 도로 위에 차를 세웠다. 밤이 깊어갈수록 더 많은 별들이 더 밝게 빛나기 시작한다. 모든 별들이 축으로 해 회전하는 북극성, 직사각형 한가운데 나란히 3개의 별이 박힌 오리온좌, 국자 모양의 북두칠성, 지구에서 보기에 가장 밝다는, 시리도록 흰빛의 시리우스. 평생을 빛의 속도로 날아가도 닿을 수 없는 곳에 있으면서 손에 닿을 듯이 빛나며 기류에 따라 손짓하듯 흔들리는 별들. 조금만 더 수가 많으면 별빛으로도 책을 읽을 수 있을 것 같다. "자장가보다 부드러운 별빛 그림자"라는 시구가 새삼 떠올랐다.

밤하늘을 수놓은 별들은 보는 사람들의 마음을 편안하게 해주는 이상한 힘을 갖고 있다. 올해의 순익과 손실이, 봉급과 승진이, 그리고 일상의 모든 걱정과 짜증이, 수십억 년 동안 하늘을 빛내왔고 앞으로도 수십억 년 동안 빛내줄 별들에게는 별 의미가 없다는 것을 깨닫게 되기 때문일까. 현대인은 전깃불을 발명함으로써 자연이 준 크나큰 선물 하나를 내버렸다. 대도시에 사는 현대인치고 이처럼 찬란한 장관을 바라보며 잠드는 사람이 하나인들 있을 것인가.

'밤하늘에는 별들, 내 마음에는 도덕률'이라는 칸트의 말이 아니더라도 애리조나의 별 밤은 라스베이거스의 네온보다, 그랜드캐니언의 석양보다, 인간과 삶에 대해 더 많은 것들을 생각하게 한다.

가로등과 매연에 가득 찬 LA로 접어들자 하늘 가득히 빛을 뿜던 별들은 기분이 상한 듯 자취를 감췄다. 1985. 12

1부 · 문화 산책

한글의 뿌리

옛날 지중해에는 뮤렉스라는 바다 달팽이가 살았다. 이 달팽이를 잡아다 끓이면 자줏빛 염료를 만들어낼 수 있다. 다른 물감이 햇볕을 쪼이고 시간이 지나면 빛이 바래는 것과 대조적으로 이 염료로 물을 들이면 시간이 갈수록 윤이 나고 색이 깊어진다.

당연히 사람들은 이 물감을 다른 것보다 선호했고 따라서 가격도 어마어마하게 비쌌다. 이 물감을 사용한 옷은 부자나 귀족이 아니면 입을 수 없었고 자줏빛 토가는 로마의 개선장군과 황제가 입는 옷이 됐다. 라틴어로 "자줏빛 옷을 입다"는 "황제로 등극했다"는 것과 같은 뜻이다. 자줏빛 옷을 입는 것이 금수저를 물고 태어난 것보다 상위 개념인 셈이다. 페니키아인의 거주지인 티레의 이름을 따 '티레의 자줏빛'으로 불린 이 색은 훗날 유럽 왕실과 교황의 상징이 된다.

고대 민족 가운데 이 염료를 만드는 기술을 알고 있던 것은 페니키아인들뿐이다. 이들은 이 염료를 만든 후 말려 낸 가루를 가지고 지중해 전역을 누비며 장사를 했는데 이 분말 가루의 가격이 같은 무게 금값의 여러 배가 넘을 정도로 비쌌다. 무역상으로 이름을 날린 페니키아인의 주력 상품이 바로 이 물감이며 '페니키아'라는 말 자체가 '자줏빛'이라는 뜻이다.

지중해 연안 온갖 민족을 대상으로 장사를 하던 페니키아인들은 이재에 밝고 실용적인 사람들이었다. 수많은 언어와 문자를 사용하는 다민족을 상대하면서 이들 말과 문자를 다 배울 필요 없이 이들의 말을 소리 나는 대로 적는 표음문자를 만들어 사용하면 장부 정리와 계약서 작성에 편리하다는 아이디어에 착안했다. 모든 서양 문자의 기초가 된 알파벳은 이렇게 이들에 의해 탄생했다.

알파벳은 서양 문자의 조상만이 아니다. 아랍 문자와 투르크 문자 등 중동지방 표음문자가 거의 모두 페니키아 알파벳에 근거를 두고 있다. 투르크 부족 일파에 위구르족이라고 있다. 중앙아시아에 살고 있던 이들 나라에 13세기 초 칭기즈칸이 쳐들어 왔다. 칭기즈칸은 이들이 사용하고 있는 표음문자의 편리함을 발견하고 몽골어를 적을 수 있는 문자 작성을 지시했다. 몽골 알파벳은 그렇게 만들어졌다.

몽골이 침공한 나라는 위구르뿐만이 아니었다. 고려도 수차례 몽골의 침입을 받았으며 100년 동안 그 영향권에 있었다. 여말 선초 많은 고려와 조선의 학자와 정치인들이 몽골말을 할 줄 알았다. 조선의 태조 이성계의 아버지 이자춘은 원나라의 고위관리인 천호 벼슬을 지내며 몽골어에 능통했으며 울루스부카라는 몽골 이름도 있었다.

집현전 학사로 한글 창제에 핵심적인 역할을 한 신숙주도 몽골어 전문가다. 한글을 만들면서 세상에는 중국어 같은 뜻을 적는 표의문자만 있는 것이 아니라 음을 적는 표음문자라는 것도 있다는 아이디어를 몽골 문자로부터 얻었다 해도 이상한 일이 아니다. 그리고 몽골 문자 가운데 파스파 문자에는 한글의 ㄱ, ㄷ, ㅂ, ㅈ, ㄹ과 놀라울 정도로 유사한 문자들이 있다.

해외에서는 게리 레드야드 교수를 비롯한 이 분야 전문가들이 한글과 몽골 문자의 관련설을 주장, 널리 받아들여지고 있다. 한글 창제 시 몽골 문자를 참고했다 해도 전혀 부끄러울 일이 아닌데도 국내에서는 아직까지 이를 인정하지 않으려 한다. 최근 들어 한글의 독창성을 주장하는 정광 고려대 명예교수 등도 조심스레 한글과 몽골 문자의 연관성을 시인하기 시작했다.

원래 페니키아 문자는 이집트 상형문자를 기반으로 하고 있다. 이를 단순화시키고 뜻 대신 발음을 중심으로 한 문자로 재탄생시켜 알파벳을 만든 것이다. 그러나 페니키아 문자에는 모음이 없었다. 페니키아 문자 중 일부를 모음을 표시하는 기호로 바꿔 지금처럼 자음과 모음이 함께 있는 알파벳으로 만든 것은 그리스인들이다. 그리스인을 비롯한 서양 누구도 이 사실을 부끄러워하거나 부정하지 않는다.

　인류의 역사는 우리가 잘 모르는 수많은 연결고리로 이어져 있다. 한글은 서양의 언어학자들도 인정하듯 인류가 만들어낸 가장 과학적이고 뛰어난 언어체계다. 한글을 창제할 때 몽골 문자를 참고했다 해 그 가치가 떨어지는 것은 결코 아니다. 9일 한글날을 맞아 한글의 뿌리를 생각해 본다. 2018. 10. 9

블랙홀 이야기

1905년은 물리학에서 '기적의 해'로 불린다. 이 해 스위스 베른의 특허청 말단 직원이 네 편의 논문을 차례로 학술지에 발표한다. 빛의 「광전 효과」, 분자의 「브라운 운동」, 「특수 상대성 이론」, 「질량 에너지 등가 이론」 등이 그것이다.

이들 논문 한 편만으로도 물리학사에 길이 이름을 남길 업적이었는데 한 사람이 한 해에 이를 모두 썼다는 것은 그야말로 기적이다. 이 말단 직원은 훗날 「광전 효과」 논문으로 노벨 물리학상을 받는다. 「질량 에너지 등가 이론」에서 나온 $E=mc^2$ 등식은 지금까지 가장 유명한 물리학 공식으로 남아 있다. 이 직원의 이름은 물론 앨버트 아인슈타인이다.

아인슈타인은 어려서 그다지 인정받지 못한 학생이었다. 수학과 물리에 남다른 재능을 보였고 13살에 칸트의 『순수 이성 비판』을 즐겨 읽을 정도였지만 달달 외울 것을 강요하는 선생들과 늘 부딪쳤다. 그가 대학 강사는 그만두고 고등학교 선생 자리 하나 얻지 못한 채 특허청에 취직하게 된 것도 선생 중 누구 하나 추천장을 써주는 사람이 없었기 때문이다.

그러나 특허청 취직이 오히려 복이 됐다. 업무량은 많지 않고 저녁에는 누구의 간섭도 받지 않고 자유로운 연구를 할 수 있었다. 그 결과물이 바로 '기적의 해'에 나온 네 편의 논문이다. 그의 명성이 널리 퍼지면서 그는 1908년 베른대 강사를 거쳐 다음 해 취리히대 교수로 부임한다.

그러나 그를 뉴턴의 뒤를 잇는 위대한 물리학자로 만들어준 것은 1915년 발표한 「일반 상대성 이론」이다. '특수 상대성 이론'이 일정한 속도로 움직이는 물체의 질량과 크기, 시간에 관한 이론이라면 '일반 상대성 이론'은 가속도로 움직이는 물체에 관한 연구다. 이 이론은 '특수'를 일반화한 것으로 적용 범위도 훨씬 넓다. 아인슈타인 본인도 '특수 상대성 이론'은 누구라도 발견할 수 있었겠지만 '일반 상대성 이론'은 자신만의 업적이라고 말한 바 있다.

'일반 상대성 이론'의 핵심 주장 하나는 물체가 가지고 있는 중력이 주변의 공간을 휘게 한다는 것이다. 지구가 태양 주위를 도는 것은 태양 주변의 공간이 휘어져 있어 마치 파진 홈을 따라 구슬이 구르듯 휘어진 공간의 궤도를 따라 지구가 이동하기 때문이라는 것이다.

이 이론이 맞는다면 태양 주변의 공간은 휘어 있어야 하고 그렇다면 태양 뒤에 있는 별빛이 이 공간을 따라 흘러 태양 뒤로 별이 보여야 한다. 평소에는 햇빛이 강해 별을 볼 수 없지만 개기일식 때는 가능하다. 1919년 5월 29일 아서 에딩턴이 이끄는 탐사팀은 서아프리카 연안 프린시페섬에서 황소자리 인근 카파 타우리 등 별의 위치를 관측해 이것이 아인슈타인이 예측한 대로 실제 위치보다 휘어져 찍힌 것을 확인했다. 이로써 200년 넘게 세계를 지배하던 뉴턴 물리학은 아인슈타인 물리학에 왕좌를 내준다. 지난 100년 동안 수많은 관측과 실험은 아인슈타인의 '일반 상대성 원리'가 진리임을 재확인해 줬다.

이 이론의 중요한 주장 가운데 하나는 별의 중력이 워낙 강할 경우 주변 공간이 극도로 휘어져 빛조차 이를 빠져 나갈 수 없다는 것이다. 소위 '블랙홀'이 바로 이것이다. 블랙홀은 최근까지 이론적으로는 확인됐지만 실제로 관측된 적은 없다.

그러나 더 이상은 아니다. 지난 10일 '사건 지평 망원경' 연구팀은 거대 은하 'M87' 중심에 있는 블랙홀 관측에 성공했다고 발표했다. 이 팀은 6개 대륙에 흩어져 있는 8개 망원경을 연결해 이를 관측

했는데 이렇게 해야 지구 크기의 망원경을 만들 수 있기 때문이라고 한다. 이 블랙홀은 지구에서 5,500만 광년 떨어져 있으며 태양보다 65억 배 무겁다고 하는데 인간의 상상력으로는 그 규모를 짐작하기 어렵다.

어쨌든 이번 관측으로 아인슈타인이 옳다는 것이 다시 입증된 셈이다. 아인슈타인은 "우주의 가장 불가사의한 점은 그것을 이해할 수 있다는 점(The most incomprehensible thing about the universe is it's comprehensible)"이라고 말했다. 은하계 변두리의 작은 혹성에 살고 있는 자그마한 인간이 블랙홀의 존재를 예언하고 이를 관측해 입증해냈다는 것보다 더 큰 기적이 있을까. 아인슈타인과 그 후예에게 경의와 찬사를 보낸다. 2019. 5. 7

뉴잉글랜드의 가을

뉴잉글랜드는 미 동북부 지역에 있는 6개 주를 가리키는 이름이다. 매사추세츠, 로드아일랜드, 코네티컷, 메인, 뉴햄프셔, 버몬트가 그곳이다. 그중에서 가장 작은 버몬트는 인구가 와이오밍을 제외하고는 미국 50개 주 가운데 가장 적지만 미합중국의 일원이 되기 전 독립 국가였던 4개 주(하와이, 캘리포니아, 텍사스가 나머지다)의 하나고 부분적이긴 하지만 미국에서 가장 먼저 노예를 해방한 주다.

이곳은 또 미국에서 메이플 시럽이 가장 많이 나오는 곳이기도 하다. 그도 그럴 것이 시럽의 원료가 되는 단풍나무가 미국에서 단위 면적당 가장 많기 때문이다. 단풍이 절정을 이루는 10월 첫째와 둘째 주 이곳에 가면 단풍나무를 찾느라 애쓸 필요가 없다. 주 전체가 거대한 단풍나무 숲이나 다름없기 때문이다.

매사추세츠에서 가장 아름다운 드라이브의 하나로 손꼽히는 보스턴에서 윌리엄스타운까지 모호크 트레일을 달린 후 그곳에서 북쪽으로 7번 도로를 타고 올라가면 끝없는 단풍 숲이 펼쳐진다. 그중에서도 그린 마운틴 국유림을 관통하는 125번과 그 끝 행콕에서 스토를 연결하는 100번, 스토에서 제퍼슨빌을 잇는 108번 도로는 단풍 관광의 백미다. 가도 가도 끝나지 않는 황금과 빨강, 노랑과 초록의 향연이 여행자의 기를 질리게 만든다.

이 중 108번 도로 구간은 '밀수꾼의 골짜기(Smuggler's Notch)'라는 별명이 붙어 있다. 미 독립 직후, 그리고 금주령이 내려졌던 20세기 초 캐나다와의 밀무역 통로로 사용됐기 때문이다. 가파른 언덕과 기암괴석이 늘어서 있는 이곳은 밀수꾼들이 애용했을 만하다. 이곳과 모호크 트레일, 이웃 뉴햄프셔주의 링컨과 콘웨이를 잇는 캔카마구스 트레일, 그리고 메인주의 해변 도로를 뉴잉글랜드 4대 트레일이라 부른다.

버몬트의 스토는 〈사운드 오브 뮤직〉의 주인공으로 한국인들에게도 잘 알려진 폰 트랩 일가가 정착한 곳으로 유명하다. 영화에서는 이들 가족이 나치의 압제를 피해 산을 넘어 스위스로 가는 것으로 돼 있지만 실제로는 기차를 타고 이탈리아에 간 후 미국으로 넘어왔다. 고향 오스트리아를 떠난 이유도 사실은 남작이 투자한 은행이 망해 경제적으로 어려워졌기 때문이다.

수녀 후보였다 남작 부인이 된 마리아는 전처소생 7명과 자신이 남작과 낳은 아이 3명으로 가족 합창단을 만들어 세계 각국을 여행하며 돈을 벌었으며 그 돈으로 자신의 고향과 가장 닮은 스토에 농장을 사 정착했다. 그것이 지금은 수십 개의 방이 딸린 고급 호텔 트랍 패밀리 로지의 모체다. 마을과 단풍 숲이 한눈에 내려다보이는 언덕 위에 자리 잡고 있는 이 호텔은 스키장과 타임세어 콘도는 물론 독자 브랜드가 있는 양조장까지 운영하고 있다. 정통 오스트리아 맥주 제조법을 고수한다는데 깨끗한 맛이 일품이다.

트랍 일가는 미국에 와 '아메리칸드림'을 이룬 셈이지만 1987년 어머니 마리아가 사망하자 호텔 운영권을 놓고 열 자녀 사이에 소송이 벌어져 주대법원까지 간 끝에 호텔 운영자가 보상금을 물어주고야 끝났다. 역시 영화와 현실은 다른 모양이다. 이 호텔은 아직 남작의 손자가 운영하고 있다.

버몬트와 쌍벽을 이루는 단풍 명소인 이웃 뉴햄프셔의 프랭코니아 골짜기는 너새니얼 호손의 「큰 바위 얼굴」의 소재가 된 큰 바위가 있던 곳이다. 언젠가 바위 형상을 닮은 위대한 인간이 출현할 것이라는 전설을 듣고 자란 어니스트라는 소년이 정치인과 부자, 장군 등 유명 인사들이 이 얼굴의 주인공이라는 이야기를 듣고 만나보지만 다른 것을 알고 실망한다. 평범한 농부로 성실하게 살다 설교자가 된 그를 보고 한 시인이 "어니스트야말로 큰 바위 얼굴이다"라고 소리친다는 이야기를 기억하는 한인도 많을 것이다.

그러나 이 바위는 더 이상 볼 수 없다. 2003년 5월 3일 이 바위는 무너져 내려 한낱 돌더미로 변하고 말았다. 풍화작용으로 천혜의 예술품을 만든 자연은 역시 같은 방식으로 가져간 것이다. 세상에 영원한 것은 없다는 것을 가르치기라도 하듯. 잠시 피었다 지는 단풍이야 말할 것도 없다.

그럼에도 불구하고 10월 한 달 뉴잉글랜드를 불태우는 단풍은 지나치도록 아름답다. 이곳 단풍 관광이 많은 미국인들의 버킷 리스트에 올라 있는 것은 놀랄 일이 아니다. 버몬트와 뉴햄프셔의 단풍잎들은 아름다움과 짧음의 숙명적 관계를 조용히 떨어지며 속삭여준다. 2017. 10. 17

고독한 산책자의 명상

1845년 7월 4일 미국 독립 전쟁의 도화선을 당긴 매사추세츠 콩코드 주민들이 독립 기념일을 축하하고 있을 때 청년 백수 한 명이 돈과 물질을 숭배하는 미국 사회로부터의 독립을 선언하고 인근 월든 호수가로 들어가 오두막을 짓고 고독한 산책자의 삶을 시작한다. 미국을 대표하는 초월주의자 문필가의 한 사람인 헨리 데이비드 소로가 그다.

'자연 애호가들의 바이블'로 불리는 『월든』은 27살 난 소로가 이곳에서 2년간 생활하며 느끼고 경험한 바를 적은 명상록이다. 그는 이 책 앞머리에서 "나는 생의 핵심적인 것들만 대하며 사려 깊게 살기 위해 숲으로 갔다. …… 죽음을 맞을 때 내가 헛살았다는 것을 발견하지 않도록"이라고 적고 "대부분의 사람들은 조용한 절망의 삶"을 살고 있다며 자신은 "깊게 살며 생의 골수를 모두 빨아 먹기 위해" 이곳에 왔다고 밝히고 있다.

소로가 살던 19세기 중반은 미국이 서부를 개척하며 영토를 비약적으로 팽창했을 뿐 아니라 급속한 산업화로 일반 미국인들의 생활 수준이 크게 향상된 때이기도 하다. 사람들은 신천지 개척을 위해 서부로 떠나거나 새 산업 분야에 뛰어들어 부를 쌓는 데 정신이 없었다.

그러나 이런 삶의 방식이 과연 바람직하며 인간의 진정한 행복에 기여하는지에 대해 회의적인 생각을 가진 사람들이 나오기 시작했다. 그 대표적인 그룹이 뉴잉글랜드를 중심으로 나타난 초월주의자 (transcendentalist)들이다. 에머슨을 필두로 한 이들은 맹목적인 부의 추구가 오히려 인간의 삶을 피폐하게 한다며 명상과 자연으로의 회귀를 통해 삶의 참된 목적을 찾을 것을 촉구했는데 그의 후배이자 제자인 소로는 이를 실천에 옮긴 셈이다.

그는 이를 위해서는 혼자 있는 것이 필요하다고 봤다. "나는 대부분 혼자 있는 것이 건강하다고 본다. 가장 훌륭한 사람들과도 함께 있으면 곧 지친다. 나는 혼자 있는 것을 사랑하며 고독만큼 친근한 벗은 없다"고 그는 적었다.

그러나 그는 자기가 살고 있는 사회와 담을 쌓고 산 은둔자는 아니었다. 그는 밀린 6년간의 인두세를 내라는 세금 징수원의 독촉을 받자 불법적인 멕시코와 전쟁을 일으키고 노예제를 용인하는 연방 정부에 세금을 낼 수 없다며 거부하고 감옥에 갔다. 다른 사람이 대신 내주는 바람에 풀려나기는 했으나 이때 경험은 그가 나중에 「시민 불복종(Civil Disobedience)」이란 글을 쓰는 계기가 된다. 그는 "불복종이야말로 자유의 기초며 복종만 하는 인간은 노예"라는 주장을 펼친다.

이 글은 당시에는 별 주목을 받지 못했지만 100년이 지나 남아프리카공화국에서 인권 변호사로 활동하고 있던 간디의 눈에 띄어 인도 독립 운동의 중요한 수단이 된다. 60년대 미국 민권 운동을 이끈 마틴 루터 킹 주니어도 이 글을 읽고 "불의한 정부에 복종하는 것은 불의"라는 결론에 도달한다.

미국 환경 보호 운동의 고전인 『침묵의 봄』의 저자 레이첼 카슨은 "나는 자기 전 소로를 읽는다"고 말할 정도로 그에 대한 각별한 애정을 드러낸 바 있다. 월든에 살면서 철에 따라 변하는 자연의 아름다움과 위대함에 관한 기록을 남긴 소로는 미국 환경 보호 운동의 선구자로 평가받고 있다. 때로는 고독한 산책자가 세상을 바꾸기도 한다.

월든 호수가 옆에는 작년 새 단장하고 문을 연 소로 기념관과 서점이 있다. 기념관에 전시된 기념물들은 이달 초 처음 설치된 것이라는데 모두 반짝반짝 빛난다. 소로의 뜻을 받들어 친환경 공법으로 지어진 이 건물에서 사용하는 전기는 100퍼센트 태양열 발전으로 생산하며 목조는 거의 대부분 인근 숲에서 자란 것을 이용했다고 한다.

건물 내 상영실에서는 간디의 손자가 나와 소로가 할아버지에게 얼마나 큰 영향을 끼쳤는가를 설명하며 "세상의 변화를 원한다면 네가 스스로 보고 싶은 변화가 되라"는 간디의 말을 들려준다.

소로는 "깨어 있는 자에게만 해는 뜬다. 새벽은 더 온다. 태양은 아침에 뜨는 별일 뿐"이라고 『월든』의 끝을 맺었다. 올해는 그가 태어난 지 200년이 되는 해다. 44세를 일기로 그가 간 지 150여 년이 지났지만 그가 사랑하던 월든 호수는 여전히 아름답고 평화롭다. "너는 깨어 있는 삶을 살고 있느냐"는 그의 목소리가 숲 가에서 들리는 듯하다. 2017. 10. 10

천상 최대의 쇼

콜럼버스가 지구는 둥글기 때문에 서쪽으로 가도 아시아가 나온다고 주장했을 때 많은 사람들은 믿지 않았다. 지구가 평평한 것은 너무나 자명해 보였기 때문이다.

그러나 지구가 둥글다는 것을 소수의 서양 지식인들은 오래전부터 알고 있었다. 이에 대한 이론적 근거를 처음 명확히 제시한 사람은 그리스의 아리스토텔레스다. 그는 남쪽으로 내려가면 별의 위치가 달라지며 새로운 별이 나타난다는 점을 들어 지구가 둥글다고 주장했다.

그러나 무엇보다 이를 확실하게 보여준 것은 월식이다. 지구에 가려 달이 보이지 않게 되는 월식 때 지구 그림자가 둥글게 나타나는데 이는 지구가 둥글지 않으면 불가능하다. 달이야말로 지구의 참모습을 알려준 존재인 셈이다.

달은 때로는 인류에게 천상 최대의 쇼를 선물하기도 한다. 바로 지구와 태양 사이에 자신을 끼워 넣어 해를 완전히 가리는 개기일식이 그것이다. 차츰 달의 그림자가 해를 먹어 들어가다 마침내 은반지 같은 고리만 남기고 온 세상이 밤으로 변한다. 새들도 지저귐을 멈추고 대지는 고요함에 휩싸이며 별들이 빛나기 시작한다. 해와 달의 이중무가 만들어내는 경이로운 장관이다.

개기일식은 사실 기적 중의 기적이다. 해의 직경은 달의 400배다. 그런데 공교롭게 해는 지구에서 달보다 400배 떨어진 곳에 있다. 이 두 숫자가 서로를 상쇄하는 바람에 지구에서 볼 때 둘의 크기가 같다. 그렇기 때문에 작은 달이 큰 태양을 완전히 가릴 수 있는 것이다.

개기일식은 자주 일어나지 않는다. 지구의 공전 면이 달의 공전 면과 일치하지 않기 때문이다. 이 면이 서로 만날 때만 개기일식은 일어난다. 이런 경우가 1년에 두 번에서 다섯 번 정도 있는데 이때도 지구의 70퍼센트 이상이 바다고 나머지도 인간이 살지 않는 사막과 오지가 많기 때문에 보기가 쉽지 않다.

21일 미국 전역이 일식 열풍에 휩싸였다. 아침 9시 6분 오리건에서 시작돼 오후 4시 6분 사우스캐롤라이나에서 끝난 개기일식 때문이다. 미 전역에서 개기일식이 일어난 것은 99년 만에 처음이다. 이 천상 최대의 쇼를 보기 위해 세계 각국에서 관광객들이 몰려드는 바람에 오리건은 말할 것도 없고 아이다호와 와이오밍 등 시골 마을들까지 방을 구할 수 없거나 있더라도 하루에 1,000달러에서 2,000달러를 호가하는 등 북새통이고 하루 수십 대가 오가던 곳에 수천 대의 차량이 몰리는 바람에 극심한 교통체증이 벌어졌다. 그러나 이 장관을 한번 목격한 사람은 이런 수고를 아까워하지 않는다. 윌리엄스 칼리지의 천문학자 제이 파사코프 같은 이는 58년 동안 세계 방방곡곡을 누비며 65개의 일식을 구경했다.

미국 대륙을 가로지른 이날 일식 중 가장 극적인 장면을 연출한 곳은 미주리주 캔자스시티가 아닐까. 이곳은 아침부터 천둥 번개가 치며 폭우가 퍼부어 일식을 보러 먼 곳에서 온 이들을 절망시켰다. 그러다가 달이 해를 완전히 가리는 순간 하늘은 구름을 걷고 황홀한 은반지를 선사했다. 이어 달이 해에서 멀어지자 다시 천둥 번개가 치며 비가 쏟아졌다. 세상일을 결정하는 것은 결국 하늘이라는 것을 다시 한번 가르치려는 하늘의 뜻으로 해석할 수밖에 없다.

모든 좋은 것은 끝이 있듯 이 쇼도 언제까지 계속되지는 않는다. 달의 인력으로 인해 생기는 조석 간만의 차로 지구는 100년에 100만 분의 15초만큼 자전 속도가 늦어지고 달과의 거리는 1년에 2.2센티미터씩 멀어진다. 거기다 태양은 10억 년에 5퍼센트씩 커지기 때문에 6억 년이 지나면 달이 해를 가릴 수 없게 된다. 그때가 되면 개기일식을 보고 싶어도 보지 못하게 되는 것이다. 거기서 다시 10억 년이 지나면 부푼 태양이 지구를 달궈 모든 바닷물은 증발하고 지구는 생명체가 살 수 없는 곳이 된다.

이번 일식을 놓친 사람들을 위해 다행히 7년 후에 다시 한번 개기일식을 볼 수 있는 기회가 찾아온다. 그때는 텍사스에서 메인에 걸쳐 장관이 펼쳐진다. 카르페 디엠(Carpe diem). 기회는 왔을 때 잡으란 말이다. 우리가 앞으로 지상에 남아 있을 날은 많지 않다. 2017. 8. 22

죽음과 부활

인간의 몸에 있는 세포의 수는 37조가 넘는 것으로 추산된다. 우리가 살고 있는 은하계에 있는 별의 수가 1,000억 개에 달하는 것으로 본다면 370개 은하계에 있는 별을 모두 합친 것보다 더 많은 세포가 우리 몸속에 존재하는 셈이다.

오늘 우리 몸과 내일 우리 몸은 똑같은 것 같지만 세포의 수준에서 본다면 그렇지 않다. 하루 평균 500억에서 700억 개의 세포가 죽기 때문이다. 겉으로 보기에는 비슷하지만 실제로는 매일매일 다른 몸을 가지고 살고 있는 것이다.

인간을 비롯한 모든 고등 생명체의 세포에는 자기 파괴 기능이 장착돼 있다. 때가 되면 세포에 죽음을 알리는 메신저가 찾아온다. 통고를 받은 세포는 스스로 조용히 해체 작업에 들어간다. 이를 의학 용어로 '아포토시스(apoptosis)'라 부른다. 그리스 말로 '(낙엽 따위가)

진다'라는 뜻이다. 때가 되면 말 없이 떨어지는 낙엽과 닮았다 해서 붙여진 모양이다. 이렇게 해체된 세포는 폐기되는 것이 아니라 새 세포 생성의 원료로 사용된다. 이를 '오토파기(autophagy)'라고 부른 다. 역시 그리스 말로 '스스로 먹는다'는 뜻이다.

20여 년 전 세포의 자기 식사 과정을 연구해 독보적인 분야를 개 척한 도쿄 테크놀로지 연구소(TIT)의 오스미 요시노리 교수가 올해 노벨 의학상을 받았다. 80년대 말 도쿄대에 있던 오스미 교수는 손 상된 단백질과 소기관을 제거해 이를 분해한 후 새 세포의 원료로 사용하는 15개 유전자를 발견했다.

낡은 세포를 분해해 새 세포로 만드는 작업은 생명체의 건강을 위 해 필수적이다. 이 작업이 제대로 이뤄지지 않을 경우 수많은 문제 가 발생한다. 죽을 때가 됐는데 죽지 않고 계속 퍼져 나가는 것이 바 로 암세포다. 손상된 단백질이나 세포 노폐물이 제대로 제거되지 않 을 때는 기억 상실을 유발하는 알츠하이머병이 찾아온다. 오스미의 '자기 식사' 과정에 대한 연구는 백혈병과 알츠하이머, 파킨슨 병 치 료약을 개발하는 데 결정적인 도움을 줬다.

오스미의 연구는 의약품을 개발하는 것뿐 아니라 생명 현상을 이 해하는 데도 깊은 통찰을 주고 있다. 죽음은 모든 인간이 두려워하 는 것이지만 세포의 차원에서 보면 죽음과 부활은 매일매일 일어나는 자연스런 현상이다. 인간의 몸이 낡고 병든 세포를 분해해 새 세포의 원료로 쓰는 것은 그것이 개체의 건강을 보존하는 데 효과적인 수단이기 때문이다.

인간의 몸에 '자기 식사' 기능이 없다면 심장병부터 암까지 온갖 병에 시달리다 일찍 죽는 수밖에 없다. 반면 이를 촉진하는 약이 개발된다면 질병의 공포 없이 건강하게 오래 살 수도 있다.

우주에 존재하는 모든 개체는 '열역학 제2 법칙'에서 한 치도 벗어나지 못한다. '엔트로피 증가의 법칙'이라고도 불리는 이 법칙은 어려운 것 같지만 아주 간단하다. '가만 놔두면 무질서는 항상 증가한다'는 것이 그 내용이다. 어린 자녀가 있는 집은 이 법칙이 얼마나 옳은 지 하루하루 실감하며 살 것이다.

인간을 비롯한 모든 생명체는 시간이 가면 갈수록 낡고 병드는 생로병사의 철칙을 비껴 갈 수 없다. '자기 식사'는 이 과정을 조금 늦춰 보려는 생명체의 시도다. 시간이 돼 개체의 생명이 다하면 개체는 사라지지만 그 몸을 이루고 있던 물질마저 소멸하는 것은 아니다. 형태만 바뀌었을 뿐 다른 생명체의 먹이가 되고 몸이 돼 다시 부활하는 것이다. 만화 영화 〈라이언 킹〉에서 무파사가 말한 것처럼 사자는 얼룩말을 먹지만 그 사자가 죽어 썩으면 풀의 영양분이 되고 그 풀을 다시 얼룩말이 먹는 것이다.

노벨상 수상 소식을 들은 오스미는 인간의 몸은 "늘 자기 해체와 자기 식사 과정을 되풀이하며 생성과 분해 사이에는 정교한 균형이 이뤄져 있다"면서 "그것이 바로 인생"이라고 말했다. 이보다 옳은 말은 어디서도 찾기 어렵다.

크게 보면 개개의 인간은 큰 생명나무에 달린 이파리에 불과하다. 때가 되면 낙엽으로 져 나무의 영양분이 되는 것이다. 알프레드 노벨 사망 120주기를 맞아 생명의 진실을 밝힌 오스미에게 축하와 찬사를 보낸다. 2016. 10. 11

생명의 기원

제임스 어셔는 17세기 말 아일랜드 대주교를 역임한 당대 최고 석학의 하나였다. 그는 우주 창조일을 계산해낸 것으로 특히 유명하다. 그는 구약과 중동의 여러 문서들을 종합해 천지창조가 기원전 4004년 10월 23일 일요일 오전 9시에 이뤄졌음을 밝혀냈다.

한때 교회의 공식 입장이던 이 주장을 믿는 사람은 이제 거의 없다. 방사능 원소의 반감기를 이용한 측정으로 지구가 45억여 년 전에 생겨났다는 데 대해 과학자의 절대 다수는 이의를 제기하지 않고 있다.

그러나 생명 탄생 시점이 언제인가를 놓고는 아직 이론이 분분하다. 생명체의 흔적인 화석을 찾는 것은 쉬운 일이 아니다. 오래된 화석일수록 그렇다. 화석이 들어 있는 암석과 암석이 놓여 있는 지구 표면이 지구 핵과 맨틀의 이동에 따라 끊임없이 움직이며 지각 밑으로 들어가기 때문이다.

최근까지 발견된 가장 오랜 생명의 흔적은 호주 서부에서 발견된 스트로마톨라이트 화석이다. 이들 생명체는 지금부터 35억 년 전에 생존했던 것으로 추산되고 있다.

그러나 이 기록은 이제 깨지게 됐다. 지난 달 그린란드 이수아 지역에서 이보다 2억 년 오래된 스트로마톨라이트 화석이 발견됐기 때문이다. 최근까지 얼음에 뒤덮여 있던 이곳이 지구 온난화로 녹으면서 오랜 세월 감춰져 있던 모습을 드러낸 것이다. 무리를 지어 살고 있는 스트로마톨라이트 집단은 광합성 능력이 있는 생명체로 그 구조가 원시적인 상태에서 이미 많이 벗어난 상태다. 과학자들은 최초의 생명체가 이 정도 진화하는 데 최소 수억 년이 걸렸을 것으로 보고 있다.

지구가 탄생한 지 수억 년 동안 지구는 수많은 소행성과 운석의 충돌, 화산 폭발로 도저히 생명체가 살 수 없는 환경이었다. 37억 년에서 수억 년 전 생명이 탄생했다면 지구가 식고 운석과 화산 활동이 잠잠해지자마자 생명체가 출현했다는 얘기다. 적당한 조건만 갖춰지면 생명 탄생은 그렇게 희귀한 일이 아님을 보여주는 단서다.

반면 최초의 다세포 생명체가 출현한 것은 지금부터 20억 년 전이고 단순 자가 복제가 아니라 남성과 여성의 결합, 즉 성에 의해 자기 복제가 일어난 것은 10억 년 전으로 추산된다. 진정한 의미의 죽음이 출현한 것도 이때부터다. 단순 자가 복제의 경우 조상이나 후손이나 붕어빵이나 홍길동의 분신처럼 똑같기 때문에 한 개체의 죽음은 별 의미가 없지만 부와 모의 유전자를 반반씩 받은 개체는 형제라도 조금씩 다르기 때문에 개체의 죽음은 각별하다.

성에 의한 복제는 단순 복제보다 남녀의 구별이 있어야 하고 서로 맺어져야 하기 때문에 훨씬 복잡하다. 그럼에도 불구하고 자연이 이를 택한 것은 그렇게 함으로써 자손의 다양성을 확보할 수 있기 때문이다. 자손이 다양하면 다양할수록 변화하는 환경에 적응해 살아남을 확률이 커진다. 지구상에 존재하는 고등 생명체가 모두 이를 택하고 있는 것을 봐도 이 방식의 효율성을 확인할 수 있다.

40억 년 전 지구상에 존재했던 원시 생명체와 만물의 영장인 인간과는 매우 다르지만 세포의 관점에서 보면 꼭 그렇지만도 않다. 모든 세포는 자기를 보호할 수 있는 막이 있고 외부에서 영양분을 받아들여 개체를 유지하고 복제를 통해 종족을 보존하는 기능을 갖추고 있다.

인간과 쥐, 개와 고양이, 기린과 돼지를 비롯한 포유류의 99퍼센트는 모두 7개의 목뼈를 갖고 있다. 이는 하나님이 천지를 7일 만에 창조해서도 아니고 일곱이 운이 좋은 숫자여서도 아니다. 모든 포유류의 공통 조상이 7개의 목뼈를 갖고 있었고 그 후 이를 바꿔야 할 필요가 없었기 때문에 그 후손 모두 목뼈가 7개가 된 것이라고 봐야 한다. 인간과 가장 가까운 동물인 침팬지는 인간과 유전자의 98.8퍼센트가 같다. 이 또한 우연의 일치라 보기보다는 이들 모두가 공통의 조상을 갖고 있었기 때문이라 보는 것이 옳다.

진화는 대다수 과학자들 사이에 의심의 여지가 없는 진실로 받아들여지고 있다. 그럼에도 미국인의 42퍼센트는 아직도 인간과 동물이 따로따로 창조되었다는 창조론을 신봉하고 있다. 교황이 갈릴레오에 대해 저지른 잘못을 시인하고 사과하는 데 350년이 걸렸다. 올해는 다윈의 『종의 기원』이 나온 지 157년이 되는 해다. 진화론이 널리 받아들여지기까지 아직 200년은 더 기다려야 할 모양이다.

2016. 9. 20

광야의 기사

라만차는 스페인의 수도 마드리드에서 남동쪽으로 100마일 정도 떨어진 지역이다. '스페인에서 가장 평범한 곳'이라는 평이 있을 정도로 평범한 이곳을 세계적으로 유명하게 한 것은 실제로 여기서 태어난 사람이 아니라 소설 속에 존재하는 가공의 인물이다. 세르반테스가 쓴 「돈키호테」의 주인공 라만차의 기사 돈키호테가 그 사람이다.

아랍어로 '광야'를 뜻하는 이 지역은 스페인에서 가장 넓은 평야가 있는 곳으로 지금도 수많은 양떼와 풍차를 볼 수 있다. 소설 속에서 돈키호테가 양떼를 군대로 오인해 공격하고 풍차를 거인으로 보고 돌격하는 에피소드가 제일 먼저 등장하는 것은 우연이 아니다.

성경 다음으로 널리 번역되고 2002년 노벨 연구소가 세계 주요 문인들을 상대로 한 여론 조사에서 '가장 위대한 책' 1위로 뽑힌『돈키호테』는 마크 트웨인이 말한 고전의 정의인 "모든 사람이 그에 대해 이야기하지만 읽지는 않는 책"에 딱 들어맞는다. 유치원생부터 대학원생까지 그 이름을 모르는 사람은 없지만 그 책을 다 읽은 사람은 별로 없다.

그도 그럴 것이 한글 완역본으로 1,500페이지에 달하는 분량만 해도 방대한 데다 비슷한 이야기가 수없이 반복되고 어떤 경우에는 앞뒤가 잘 맞지 않아 세르반테스 자신도 앞에서 무슨 이야기를 했는지 착각했음을 보여주고 있다. 한 평론가는 이 책을 집에 찾아온 반갑지 않은 늙은 친척에 비유하면서 돌아갈 생각은 하지도 않고 지저분한 친구들까지 불러들여 한 얘기를 또 하며 사람을 지치게 한다고 말한 적이 있다.

그럼에도 대다수 문인들의 이 책에 대한 평가는 확고하다. 러시아의 문호 도스토옙스키는 "이보다 힘 있고 심오한 작품은 본 적이 없다"고 말했으며 「참을 수 없는 존재의 가벼움」으로 유명한 밀란 쿤데라는 "모든 소설가는 세르반테스의 자식"이라고 주장했다.

어째서 얼핏 보면 혼란스럽고 복잡하며 지루하기 짝이 없는 이 책이 이처럼 높은 평가를 받고 있는 것일까. 그 이유의 하나는 이 책이 풍차와 양떼의 에피소드에서 보듯 어린 아이도 알 수 있는 이야기를 통해 외양과 실체, 현실과 이상, 존재와 당위 같은 인생의 근본적인 문제에 대한 질문을 던지기 때문이다.

또 여기 등장하는 수백 가지 격언은 시대가 변해도 인간과 세상에 대한 진실은 변하지 않는다는 것을 말해주고 있다. 그중 몇 개를 소개하면 이렇다. "고양이와 노는 사람은 할큄을 당할 각오를 해야 한다", "손 안에 든 새 한 마리가 밖에 있는 두 마리보다 낫다", "내일은 새 날이다", "시간은 모든 것을 성숙하게 만든다. 태어날 때부터 현명한 사람은 없다" 등등.

그러나 무엇보다 이 책이 지금까지 읽히는 큰 이유는 무엇이 진정 값진 삶인가에 대한 답을 제시하고 있기 때문일 것이다. 돈키호테의 하인인 산초 판자는 원래 먹는 것 이외에는 관심이 없는 인물이었다. 그가 편력 기사인 돈키호테와 함께 길을 떠난 것도 한 고을의 영주 자리를 약속받았기 때문이며 '판자'라는 이름 자체도 '밥통'이란 뜻이다.

그러던 그가 돈키호테와 수많은 모험을 함께 하며 세상은 밥이 다가 아님을 깨닫게 된다. 돈키호테는 나중에 자기가 환상에 사로잡혀 헛고생을 했다는 것을 깨닫고 회한 속에 숨을 거두지만 산초는 오히려 돈키호테에게 높은 뜻을 버리지 말고 다시 모험을 떠날 것을 호소한다.

산초가 한 섬의 총독으로 부임하는 에피소드에서 돈키호테는 지도자가 갖춰야 할 덕목으로 정의와 자비를 들며 둘 다 신의 속성이

지만 그중에서도 자비야말로 인간에 더 부합하는 덕목이라고 가르친다. 기사의 존재 이유는 약자를 돕고 정의를 바로 세우는 일이다. 이를 위해 집을 나선 돈키호테가 실패에 실패를 거듭하고 환멸 속에 생을 마감하는 것은 이 작업이 얼마나 지난한 일인가를 말해준다. 돈키호테가 미친 인간으로 나온 것은 아마도 제정신을 가진 인간은 이런 일을 할 수 없기 때문일 것이다. "꿈을 포기한다는 것은 미친 일이다. 어쩌면 너무 제정신인 것이야말로 미친 것인지 모른다. 가장 미친 것은 세상을 마땅히 그래야 할 곳으로가 아니라 있는 그대로 보는 것이다"라고 세르반테스는 말한다.

지난 23일은 세르반테스가 죽은 지 400년이 되는 날이었다. 유네스코는 셰익스피어 기일과 같은 날짜인 이날을 '세계 책의 날'로 정해 기리고 있다. 그의 명복을 빈다. 2016. 4. 26

시인의 고향

영국 중부에 있는 코츠월드(Cotswolds)는 런던에서 차로 2시간 정도 떨어진 지역이다. 외부인들에게는 다소 생소하지만 영국인들에게는 그렇지 않다. 영국 북서부에 있는 '호반 지역'에 이어 두 번째로 큰 '자연미 탁월 지역(Area of Outstanding Natural Beauty)'인 이곳은 영국에서 가장 아름다운 곳으로 손꼽힌다.

이곳의 중심인 바이버리(Bibury)에 가면 동화책에서 보던 유럽 마을의 모습을 직접 볼 수 있다. 길 따라 수정처럼 맑은 시내가 흐르고 오리들은 유유히 헤엄치며 푸르디푸른 버드나무는 바람에 산들거린다. 담쟁이넝쿨과 이끼로 덮인 오두막이 줄줄이 늘어서 있고 어디에도 휴지 한 점 찾아볼 수 없다. 지상에 낙원이 있다면 아마도 이런 모습일 것이다. 이 마을의 알링턴 거리(Arlington Row)는 영국에서 가장 많이 사진 찍힌 곳이라는데 그럴만해 보인다.

여기서 남쪽으로 한 시간쯤 떨어진 곳에서는 도시 전체가 영국 유일의 유네스코 지정 세계 문화유산이자 제인 오스틴이 살았던 바스(Bath)가 있고 북서쪽으로 2시간 거리에는 윌리엄 워즈워드가 호수가에 핀 '1만 송이의 황금빛 수선화'를 노래한 '호반 지역'이 있다. 이곳을 "세상에서 가장 아름다운 곳"이라고 불렀던 워즈워드는 워즈워드 호텔 옆 작은 교회 묘지에 부인과 누이, 그리고 세 자녀와 함께 누워 있다. 아름다운 풍광과 글의 상관관계를 이보다 잘 보여줄 수는 없다.

그러나 이들보다 코츠월드를 찾는 사람들이 꼭 가봐야 할 곳이 있다. 여기서 30분 떨어진 스트랫퍼드-어폰-에이번(Stratford-upon-Avon)이란 시골 마을이다. 겉보기에는 평범한 동네지만 영문학도에게 이곳은 성지나 다름없다. 영문학의 최고봉 윌리엄 셰익스피어가 태어나고 자라고 죽은 곳이기 때문이다.

셰익스피어는 1564년 존 셰익스피어와 메리 아든의 4남 2녀 중 장남으로 태어났다. 어머니는 부유한 지주의 딸이고 아버지는 성공한 상인으로 한때 이 마을 시장까지 지냈다. 그러나 아버지의 사업 실패로 가세가 기울기 시작하면서 셰익스피어는 대학 진학을 포기해야 했고 설상가상으로 18살 때 자기보다 8살 나이가 많은 앤 해서웨이와 관계를 맺어 임신하는 바람에 서둘러 결혼까지 했다. 곧이어

쌍둥이까지 태어나 셰익스피어는 가족의 생계를 책임져야 하는 가장이 된다. 그가 왜 20대 중반 고향을 떠나 런던으로 갔는지에 대해서는 여러 설이 있으나 어려서부터 연극과 글쓰기에 재능을 보인 그가 큰물에서 자기 꿈을 펼쳐 보려 했다는 데 이견이 없을 것이다.

그 후 20여 년 동안 그는 극작가와 배우, 극단주로 활동하며 연극계 종사자로서는 보기 드문 성공을 거둔다. 그의 명성은 살아생전에도 런던 전역에 울려 퍼졌으며 1603년 제임스 1세가 즉위하며 그의 극단은 '왕의 사람들(King's Men)'로 불리게 된다. 런던 연극계를 대표하는 극장 '글로브(the Globe)'의 공동 소유주이기도 했던 그는 은퇴에 충분한 돈을 모은 후 40대 후반 낙향한다.

이처럼 젊어서 품은 꿈을 이룬 그였지만 말년에 쓰인 4대 비극과 말기 대표작 「폭풍(Tempest)」 곳곳에는 세상과 인생의 허무함에 대한 쓸쓸함이 묻어난다. "What a piece of work is man …… and, yet to me, what is this quintessence of dust?"(「햄릿」), "Life is but a walking shadow, a poor player who struts and frets his hour upon the stage, and then is heard no more. It is a tale told by an idiot, full of sound and fury, signifying nothing."(「맥베스」), "The solemn temples, the great globe itself, Yea, all which it inherit, shall dissolve."(「폭풍」)

1613년에는 그가 아끼던 극장 '글로브'가 화재로 전소되고 1616

년에는 그가 52세를 일기로 사망한다. 오는 23일은 그가 죽은 지 400년이 되는 날이다. 그의 말대로 '온 세상은 무대'고 우리는 정해진 시간 동안 그 위에서 허우적대다 더 이상 들리지 않는 초라한 배우인지 모른다. 그의 명복을 빈다. 2016. 4. 19

섬진강의 봄

일본에서 가장 많은 매화꽃을 볼 수 있는 곳은 도쿄에서 기차로 한 시간 거리의 이바라키현 미토의 가이라쿠엔이다. 이 공원은 겐로쿠엔, 고라쿠엔과 함께 일본의 3대 공원의 하나로 일본의 전국시대에 종지부를 찍고 평화를 가져온 도쿠가와 이에야스의 후손인 미토 영주가 지었다.

170여 년 전 영주가 지었지만 백성들에게도 개방했기 때문에 '함께 즐기는 공원'이라는 뜻의 가이라쿠엔이란 이름이 붙었다. 이곳은 해마다 2월 말이면 100개 품종 3,000여 그루의 매화나무가 활짝 꽃을 피우는데 그야말로 장관이다. 매화를 사랑하는 사람이라면 한번쯤은 볼 만한 풍경이다. 2011년 대지진으로 피해를 입었지만 수리를 마치고 2012년 다시 문을 열었다.

그러나 한국에도 이를 능가하는 매화 명소가 있다. 바로 섬진강

변의 매화 길이다. 일본 가이라쿠엔의 매화가 인공미의 극치를 보여 준다면 섬진강 매화는 자연미의 절정이다. 전북 진안에서 발원해 남해 광양까지 212킬로미터에 달하는 섬진강은 한반도를 동서로 가른다. 이 강 서쪽은 전라도, 동쪽은 경상도다.

섬진강의 원래 이름은 두치강이었다고 한다. 고려 말 왜구들이 이곳으로 쳐들어오자 강에 살고 있던 수십만 마리의 두꺼비들이 일제히 울었고 이에 놀란 왜구들이 도망가자 마을 사람들이 두꺼비의 공을 기리기 위해 '두꺼비 섬' 자를 붙여 강 이름을 다시 지었다 한다. 사실인지 아닌지는 알 수 없으나 이곳 풍경에 어울리는 재미있는 전설이다.

섬진강은 강폭이 좁고 수심이 얕은 것이 특징이다. 이 때문에 해상 통로로는 적당하지 않아 주변에 큰 도시들이 발달하지 못하였다. 한때는 지역 발전에 장애가 됐던 이 요소가 이제는 장점으로 떠오르고 있다. 교통량이 많지 않고 대도시가 없는 탓에 섬진강은 한국의 5대 강 중 가장 깨끗한 강이 됐다. 맑은 물에서만 산다는 은어와 재첩, 참게가 이 고장 특산물인 것은 이 때문이다.

그러나 이들보다 이곳을 매력적으로 만드는 것은 이른 봄 구례에서 하동까지 섬진강 변을 따라 피는 매화다. 맑고 푸른 강을 따라 수천 그루의 매화나무에서 피어나는 은은한 흰빛을 띤 매화의 자태는 우아하면서도 기품이 있다.

김정희에서 정약용에 이르기까지 조선조 선비들은 '매난국죽'이라 하여 매화와 난초, 국화와 대나무를 사랑했지만 그중 매화를 으뜸으로 쳤다. 3월 초 매서운 겨울바람을 뚫고 가장 먼저 피고, 언제 피었나 하는 사이 어느덧 자취도 없이 깨끗이 지는 매화의 모습이 절개 있는 선비들의 마음에 몹시 와 닿았나 보다.

그 가운데서도 성리학의 대가 퇴계 이황의 매화 사랑은 각별해서 92제 107수의 매화시를 썼고 그중 62제 71수를 모아 『매화시첩』이란 책도 냈다. 얼마나 매화를 좋아했으면 퇴계의 마지막 말이 "매화나무에 물을 주라"였을까.

3월 말이면 섬진강의 매화는 사라지지만 너무 서운해 할 것은 없다. 매화에 버금가게 아름다운 벚꽃이 피기 때문이다. 이때는 역시 맑은 물에서만 자라며 벚꽃 필 때 먹어야 제일 맛있다는 벚굴이 나오는 시기이기도 하다.

전라도 경상도 사람 구별 없이 함께 즐기는 동서화합의 상징 화개장터에서 벚굴과 재첩국, 참게탕을 먹으면서 벚꽃 감상을 하는 것보다 즐거운 봄맞이를 하는 것은 불가능하다. 옛 화개장터는 작년 가을 화재로 불타버렸지만 노래 〈화개장터〉로 히트를 친 조영남 등의 모금활동에 힘입어 복구를 마치고 올 봄 다시 문을 열었다.

올해는 매화도 벚꽃도 모두 졌지만 봄은 다시 돌아온다. 한국에서 섬진강의 꽃 풍경을 능가할 수 있는 것은 내장산과 오대산의 단풍밖에는 없다. 섬진강 꽃길을 조용히 거닐다 보면 어째서 퇴계가 죽기 전 매화나무에 물을 주라 했는지 약간은 이해가 간다. 2015. 5. 5

허블 이야기

LA 북쪽에 있는 마운트 윌슨은 남가주에서 가장 경치가 좋은 곳의 하나다. 맑은 날은 70마일 떨어져 있는 카탈리나섬까지 선명하게 보인다. 이곳은 또 인류가 우주를 바라보는 시각을 바꿔놓은 기념비적인 곳이기도 하다.

1919년 에드윈 허블이 이곳에 세워진 윌슨 천문대에 오기 전까지 우리가 살고 있는 은하는 유일한 것이며 우주는 태곳적부터 지금까지, 또 앞으로도 지금과 같은 상태라는 것이 통설이었다.

그러나 허블은 직경 100인치로 당시 세계 최대였던 후커 망원경을 이용해 그때까지 은하계의 일부로 여겨졌던 안드로메다 성운이 사실은 우리 은하계와 맞먹는 별개의 은하임을 밝혀냈다. 현재 우주에는 우리 은하 같은 은하가 최소 1,000억 개가 넘는 것으로 추산된다.

　이것만으로도 그의 이름은 천문학사에 길이 남았겠지만 그는 이보다 더 큰 발견을 해낸다. 모든 별들이 빛 스펙트럼에서 빨간 쪽으로 기울고 멀리 떨어져 있는 별일수록 더 빨간 색을 띤다는 것(red shift)을 알아낸 것이다.

　빛은 소리와 마찬가지로 파도이고 파도에는 파장이 있다. 이동하는 물체가 관찰자로부터 멀어지면 파장은 상대적으로 길어지고 가까워지면 파장은 짧아진다. 앰뷸런스가 다가올수록 경고음이 높은 소리를 내다가 멀어지면 낮은 소리로 변하는 것은 이 때문이다. 이를 도플러 효과라 부른다. 빛에도 마찬가지 원리가 작동한다.

　빛이 주파수가 낮은 붉은 빛을 띤다는 것은 발광체가 관찰자로부터 멀어지고 있다는 것을 뜻하며 모든 별들이 지구로부터 멀어지고 있다는 것은 우주가 팽창하고 있다는 것을 의미한다. 그전까지 우주 불변설을 신봉하던 아인슈타인도 허블의 연구 결과를 보고는 우주 팽창설로 돌았고 20세기 물리학의 대부 아인슈타인마저 생각을 바꾸는 것을 보고 대다수 과학자들도 팽창설을 믿게 됐다. 이제 팽창설은 설이 아니라 사실로 굳어지고 있다.

　우주가 지금 팽창하고 있다면 어제의 우주는 오늘보다 작았고 그제의 우주는 그보다 더 작았다. 그렇다면 광대무변해 보이는 우주도 한 점에서 출발했다는 결론이 나올 수밖에 없다. 과학자들은 대폭발

(Big Bang)과 함께 우주가 탄생한 시점을 지금부터 138억 년 전으로 잡고 있다.

그뿐만이 아니다. 이들은 처음 3분간 어떤 일이 일어났는지도 알고 있다. 대폭발과 함께 생겨난 엄청난 에너지는 우주가 팽창하면서 식으며 소립자로 전환된다. 양성자와 전자 같은 이들 소립자가 결합해 수소 원자가 생기고 이들이 결합해 핵융합을 일으키며 빛을 뿜기 시작한다. 이것이 바로 별의 탄생이다.

숫자로 따질 때 지금 우주에 존재하는 모든 원자의 94퍼센트는 수소고 4퍼센트는 헬륨이다. 나머지 모든 원자를 다 합해 봐야 2퍼센트가 안 된다. 그 2퍼센트는 모두 별의 내부에서 일어난 핵융합의 산물이다. 이것이 초신성 폭발 때 산지사방으로 흩어졌다 태양계 어디선가 모여 지구를 이뤘으며 인간을 비롯, 지구에서 살고 있는 모든 생명체의 몸통이 된 것이다.

어떤 공상과학 소설보다 황당하지만 진실인 이 우주의 역사가 밝혀진 것은 에드윈 허블에서 비롯됐다 해도 과언이 아니다. 그럼에도 허블은 천문학은 물리학이 아니라는 이유로 살아생전 노벨상을 받지 못했다. 우주에 띄운 첫 탐사 망원경에 '허블'이란 이름을 붙인 것은 그런 의미에서 매우 적절하다.

지난 24일은 허블 망원경이 하늘에 오른 지 25주년이 되는 날이다. 그동안 렌즈의 초점이 맞지 않고 고장 나 여러 차례 수리를 받아야 했지만 25년간 허블이 보내온 깊은 우주의 모습은 먹고사느라 바빠 잊고 살았던 세계의 경이로움을 새삼 일깨워주기 충분하다. 아무리 일상이 고달프더라도 때로는 머리를 들어 별을 보며 우주 안의 내 모습을 돌이켜 보자. 2015. 4. 28

단풍에 관한 명상

올 서울 단풍은 예년보다 늦었다. 다른 해 같으면 11월 중순이면 낙엽이 대부분 떨어졌을 때인데 이번에는 아직도 노랗게 물들지 않은 은행나무가 많이 남아 있다.

미국에서도 동부나 로키 산맥 근처에 가면 단풍 구경을 제대로 할 수 있다. 그러나 그곳 단풍은 넓고 큰 미국을 닮아 광대하기는 하지만 한국 단풍처럼 아기자기한 맛은 없다. 아마도 단풍의 아름다움으로 따지면 한국을 능가할 나라는 많지 않을 것이다.

한국에서도 단풍의 명소로 으뜸을 꼽자면 오대산과 내장산을 들고 싶다. 오대산 월정사에서 상원사까지 계곡을 따라 펼쳐지는 단풍 경치는 그야말로 절경이다. 빨강, 노랑, 파랑 등 온갖 색이 뒤섞이고 계곡 물과 나무 사이로 보이는 하늘 모습은 한없이 아름답다.

10월 중순이 절정인 오대산과는 달리 내장산 단풍은 11월 초가 돼야 제대로 물이 든다. 총천연색의 오대산과는 달리 내장산은 붉은 아기 단풍이 주종을 이룬다. 하지만 나무마다 붉기의 정도가 다르다. 파랑이 섞인 빨강부터 연분홍에서 새빨갛게 타오르는 진홍에 이르기까지 빨강의 종류가 이토록 많다는 것을 새삼 느끼게 해준다. 사람들이 몰려오기 이전 이른 아침 이슬 품은 단풍잎이 햇살에 빛나는 모습은 죽기 전에 한 번은 봐야 할 장관이다.

단풍의 빨간 색은 안토시아닌이란 성분 때문인데 이는 독성이 있어 다른 나무들이 단풍나무 근처에서 자라는 것을 막아 준다. 인간이 보기에는 아름답지만 식물들 나름대로 살아남기 위해 벌이는 생존 경쟁의 수단인 것이다.

나뭇잎이 떨어지는 것을 학술 용어로는 '아포토시스(apoptosis)'라 부른다. 이는 세포학에서도 쓰는 단어다. 인간의 몸속에 있는 세포는 때가 되면 스스로 목숨을 끊는다. 이것이 아포토시스다. 죽음을 알리는 메신저가 도착하면 세포는 자발적으로 해체 작업에 들어가고 이렇게 해체된 세포는 시체 처리 반에 의해 나뉘어져 새 세포의 원료로 쓰이게 된다.

태아 때 한데 뭉쳐 있던 손가락이 다섯 개로 갈라지는 것도 그 사이에 있던 세포들이 자진해서 죽기 때문이다. 세포의 자살은 인간이 성장하는 동안 끊임없이 계속된다. 보통 인간의 경우 하루 평균 500

억에서 700억 개의 세포가 이렇게 죽고 생성된다. 아직도 정복되지 않은 질병인 암은 죽어야 할 세포가 죽기를 거부하기 때문에 일어나는 현상이다.

모든 고등 생명체의 세포에는 영화 〈미션 임파서블〉에 나오는 지시 테이프처럼 자기 파괴 장치가 장착돼 있다. 인간을 포함한 모든 고등 생명체는 시한폭탄을 안고 사는 셈이다. 이들에게 죽음은 태어난 순간부터 피할 수 없는 운명이다. 자연은 어째서 이런 가혹한 장치를 마련했을까.

세포를 비롯한 모든 존재는 시간이 갈수록 외부의 충격으로 마모되거나 손상을 입기 마련이다. 이를 방치하거나 수리하는 것보다 이를 해체시켜 새로운 세포의 원료로 사용하는 것이 개체 보존에 유리하다고 대자연은 판단한 모양이다. 개체 전체의 경우도 마찬가지다. 어차피 낡고 병들고 망가질 개체라면 이를 땜질할 것이 아니라 자손을 남기고 해체시켜 새 생명 탄생의 재료로 쓰는 것이 효과적이다.

떨어진 낙엽은 죽은 것 같지만 그 성분은 땅 밑으로 가라앉았다 나무에 흡수돼 내년 봄 싱그럽게 돋아날 새싹의 원료가 된다. 인간의 몸을 이루고 있는 성분도 인간이 죽은 뒤 사라지는 것이 아니라 다른 모습으로 바뀌어 새 생명의 재료가 되는 것이다.

결국 떨어지는 낙엽도, 인간의 죽음도 세상을 언제나 새롭게 하기 위해 어쩔 수 없이 치러야 하는 필연적인 대가인 셈이다. "한 알의 밀알이 땅에 떨어져 죽지 않으면 한 알 그대로 있고 죽으면 많은 열매를 맺는다"는 여전히 진리다.

늦가을 낙엽 지는 단풍 숲은 그 빛나는 화려함과 함께 삶과 죽음과의 깊은 관계를 조용히 속삭여준다. 2014. 11. 18

남녀의 차이

지금은 내비게이션이 나와 좀 달라졌지만 얼마 전까지 여름 휴가철을 맞아 온 가족이 여행을 떠날 때 흔히 볼 수 있는 풍경이 있었다. 가족이 차를 몰고 먼 길을 떠날 때 운전을 하는 것은 대개 남자고 남편 옆에 앉아 지도를 보는 것은 주로 아내다.

시비는 이때부터 발생한다. 남편이 어느 방향이냐고 물으면 아내는 제때 대답을 하지 못한다. 결국 길을 못 찾아 같은 길을 여러 번 돌게 되고 아내는 근처 주유소라도 들러 길을 물어보자고 한다.

그러나 남편은 결코 길을 묻지 않는다. 헤매다 지친 부부는 점점 목소리가 높아지고 즐겁게 떠난 여행길은 "다시는 당신과 같이 가지 않겠다"는 소리와 함께 잡쳐지고 만다.

어째서 이런 일이 벌어지는 것일까. 남성은 여성에 비해 공간 지각력이 뛰어나다. 한눈에 쉽게 볼 수 있는 지도를 제대로 읽지 못하는 아내가 이해가 되지 않는 것이다. 반면 남성에게 길을 잃고 헤맨다는 것은 매우 부끄러운 일이다. 아무리 헤매는 한이 있어도 남에게 길을 묻는다는 것은 자존심이 허락지 않는다. 여성은 남성의 이런 고집을 이해할 수 없다.

이런 남녀 간의 차이를 설명해주는 학문이 있다. 바로 진화 생물학이다. 인류는 오랜 기간 환경에 적응하며 살아왔고 그러는 동안 뇌의 구조도 바뀌었다. 인류가 농사를 지어 먹고 살기 시작한 것은 1만 년에 불과하다. 그 전 수백만 년 동안 인류는 수렵과 채취를 하며 살아남았다. 이때 수렵은 여성보다 신체적으로 강건한 남성이 맡았다. 짐승을 잡기 위해서는 이를 발견한 후 짐승이 도망가지 못하게 한눈팔지 않고 감시하고 눈치 채지 못하게 조용히 다가가는 것이 무엇보다 필요하다.

그리고 이에 못지않게 중요한 것이 잡은 짐승을 자신이 살고 있는 곳으로 무사히 가져오는 일이다. 짐승을 잡고도 집으로 돌아오지 못하면 말짱 헛고생일 뿐 아니라 목숨마저 위태롭다. 헤매다 가까스로 돌아온 사람은 동료들의 놀림감이 됐을 게 분명하다.

피임약도 없이 주기적으로 아이를 낳아야 했던 구석기 여성의 입장에서는 다른 어떤 영양분보다 철분 섭취가 절대적으로 필요했다. 철분이 없으면 태아도 산모도 목숨을 잃을 확률이 급격히 높아진다.

　그 철분의 보고가 바로 육류다. 가장이 해야 할 일로 "집에 베이컨을 가져오는 일(bring home the bacon)"이란 영어 표현이 괜히 있는 게 아니다. 농업이 발명되기 이전까지 얼마나 사냥을 잘해 오느냐는 남성 능력 척도의 전부였다. 남자로서 대우받으려면 과묵함과 집중력, 공간 지각력이 필수적이었고 이를 가진 사람들이 더 많이 살아남아 자손을 더 퍼뜨릴 수 있었다.

　반면 집근처에 남아서 아이를 돌보며 식물을 채집해야 했던 여성들은 필요로 하는 능력이 달랐다. 우선 불도 살펴야 하고 애도 봐야 하고 나물도 뜯어야 하는 여성들은 한꺼번에 여러 가지를 할 수 있는 능력이 있어야 했다. 어디에 무슨 풀이 있고, 이 풀은 먹을 수 있고, 저 풀은 먹으면 안 된다는 정보를 교환하면서 언어 능력이 발달됐다.

　지금도 여성은 TV를 보며, 밥을 먹으며, 전화를 하며, 아이들 참견까지 하는 멀티태스킹이 가능하지만 남자는 한 번에 한 가지 일밖에는 못한다. 여성은 하루 2만 단어를 사용하지만 남성이 사용하는 단어는 7,000개에 불과하다. 그 대신 공간 지각력만은 남성이 압도적으로 뛰어나다. 모든 분야에 여성 진출이 늘고 있는 요즘도 비행기 조종사는 어느 나라를 막론하고 95퍼센트가 남성이다.

　이런 남녀의 차이를 이해한다면 여행 가서는 물론이고 평상시에도 부부가 다투는 일이 많이 줄어들 것이다. 남편이, 아내가, 하는 일이 마음에 들지 않을 때 수백만 년 전 우리 조상들이 어떻게 살았는지 돌아본다면 약간은 이해하는 마음이 생길 것이다. 2014. 6. 10

행복한 인간

헤로도토스는 '역사의 아버지'라 불린다. 그의 『역사(*the Histories*)』는 서양 최초의 역사서로 단지 옛일의 기록을 넘어 일이 일어난 원인을 탐구하고 있다. 히스토리(history)의 원뜻이 바로 '탐구'이다.

이 책의 주제는 동서양의 운명을 가른 그리스와 페르시아의 한판 전쟁이지만 그에 앞서 수많은 주변 나라 이야기가 나온다. 그는 "지금 작은 나라는 한때 컸었고 지금 큰 나라는 한때 작았었다"며 변화야말로 역사의 본질임을 가르친다. 그러고는 책머리에 리디아의 왕 크로이소스의 이야기를 통해 국가와 인간의 흥망성쇠가 얼마나 변덕스러운가를 보여주고 있다.

리디아는 강에서 사금이 나오던 나라였다. 이 나라 사람들은 이를 이용해 사상 처음 금화를 만들었고 이를 바탕으로 경제를 발전시켰다. 이 나라 왕 크로이소스는 얼마나 돈이 많았던지 아직도 영어에

"크로이소스 같은 부자"라는 표현이 남아 있다.

이 나라에 어느 날 '아테네의 현자' 솔론이 찾아왔다. 일찍이 그의 명성을 듣고 있던 크로이소스는 그를 궁으로 불러 "세상에서 가장 행복한 사람이 누구냐"고 물었다. 당시 그는 억만금의 재산에, 이를 이용해 다른 나라를 쳐들어가 얻은 광대한 영토에, 똑똑한 아들까지 후계자로 두고 있었다. 자신이야말로 세상에서 제일 행복한 사람이라 믿어 의심치 않았다.

그러나 솔론의 대답은 의외였다. "아테네의 텔루스"가 그라는 것이다. 크로이소스가 "텔루스가 대체 누구냐"고 묻자 솔론은 "그는 아테네의 시민으로 먹고살기에 충분한 재산이 있었고 자식들이 모두 장성해 손자까지 봤으며 아테네를 외적의 침입으로부터 지키기 위해 싸우다 죽었으며 아테네 시민들이 그를 위해 성대한 장례식을 치러준 인물"이라고 답한다.

크로이소스가 "그러면 두 번째로 행복한 사람은 누구냐"고 묻자 솔론은 "아테네의 클레오비스와 비톤 형제들"이라고 답한다. 그가 "이들이 도대체 누구냐"고 묻자 솔론은 "어머니가 헤라 신전에 제사를 드리러 가는데 마차가 오지 않자 말 대신 차를 끌고 가다 신전에 도착한 후 지쳐 죽은 어머니를 위한 효심이 지극한 자들"이라고 답한다.

그리고 그는 "신은 인간의 번영을 질투하며 잠시 행복의 맛만 보여준 후 망하게 만들곤 한다. 죽기 전에는 누구도 행복했다 말할 수 없다"고 경고한다. 기가 막힌 크로이소스는 솔론이야말로 바보라고 생각하고 돌려보낸다.

그 후 얼마 되지 않아 똑똑한 아들은 사냥을 나갔다 일행이 실수로 쏜 화살에 맞아 사망한다. 거기다 "이웃 나라를 쳐들어가면 거대한 제국이 망할 것"이란 델피의 신탁 말을 믿고 이웃 페르시아를 쳐들어간 크로이소스는 오히려 포로로 잡히고 나라는 망한다. 신탁이 말한 '거대한 제국'이 바로 자기 나라였음을 깨닫지 못한 것이다.

화형에 처해지게 된 크로이소스가 비로소 솔론의 말을 기억하고 크게 탄식하자 그를 잡은 키로스는 이를 궁금히 여기고 까닭을 묻는다. 크로이소스가 자초지종을 얘기하자 키로스는 깨달은 바 있어 그의 목숨을 구해준다.

인간의 삶은 누구를 막론하고 불확실의 연속이다. 수학여행의 단꿈이 이처럼 엄청난 비극으로 끝나리라고는 아무도 예상치 못했으리라. 인류 문명의 발상지였던 메소포타미아의 수메르와 이집트는 이제 석유와 선조의 유물로 먹고사는 후진국으로 전락했고 그 뒤 바톤을 이어받은 그리스와 로마도 사정은 비슷하다. 대서양 항로를 열어 세계를 호령하던 스페인과 포르투갈은 한물간 지 오래고 그 뒤를

이었던 프랑스와 영국도 사양길에 접어들었다. 얼마 전까지 세계 유일의 수퍼파워로 불리던 미국마저 예전 같지 않다.

예나 지금이나 부귀영화는 한 곳에 오래 머무는 법이 없다. 그럼에도 사람들은 부자만 되면 행복해지고 그 행복은 오래갈 것이란 몽상에서 깨어나지 못한다. "돈으로 행복을 살 수 있다고 생각하는 사람은 큰돈을 가져보지 못한 사람이다." 할리우드의 억만장자 데이비드 게펜의 말이 떠오른다. 2014. 4. 22

노아의 전설

인류가 낳은 최초의 문학작품은 무엇일까. 지금부터 약 4,500년 전 쓰여진 「길가메시」일 것이다. 메소포타미아의 도시 국가 우루크의 전설적인 왕 길가메시의 일생을 그린 이 이야기는 그의 절친 엔키두와의 만남, 두 사람이 겪는 모험담 등 여러 가지 에피소드를 담고 있지만 그중 눈길을 끄는 것은 대홍수에서 살아남은 현자 우트나피쉬팀과의 만남이다.

길가메시는 우트나피쉬팀에게 영생의 비밀을 알려달라고 조르지만 그는 영생은 오직 신에게만 가능하다며 꿈을 포기하라고 달랜다. 그러면서 강 밑바닥에 있는 약초를 먹으면 다시 젊어질 수 있다고 알려준다. 길가메시는 강 밑까지 내려가 이 약초를 캐는 데는 성공하지만 그가 잠든 새 뱀에게 빼앗기고 만다. 결국 그는 영생을 포기하고 자기가 살던 곳으로 돌아간다. 에덴동산에 살던 아담과 이브가

뱀 때문에 영생을 잃은 것을 연상시킨다.

그러나 이보다 더 성경과 닮은 것은 우트나피쉬팀의 홍수 이야기다. 의인인 그가 신으로부터 홍수 경보를 미리 받고 배를 만들어 가족과 동물들을 싣고 살아나며 물이 빠졌는지를 알아보기 위해 비둘기를 날려 보낸다는 대목까지 똑같다. 다수 전문가들은 성경의 노아 이야기가 길가메시 이야기를 토대로 한 것이라는 데 의견을 같이하고 있다.

노아 이야기가 사실이라면 노아는 모든 인류의 조상인 셈이다. 지금도 노아의 방주와 대홍수의 증거를 찾기 위한 노력이 계속되고 있다. 처음 고고학자들이 주목한 곳은 메소포타미아 지방이었다. 「창세기」 첫 마디에 나오는 티그리스와 유프라테스 강이 흐르는 곳이고 주기적으로 홍수가 일어난 곳이기 때문이다. 과연 우르를 비롯한 고대 유적지를 파헤쳐 본 결과 대규모 홍수의 흔적이 발견됐다. 그러나 이것만으로 세계가 물에 잠겼다고 믿기는 힘든 정도였다.

그래서 나온 것이 흑해 가설이다. 2만 년 전 빙하시대가 절정에 이른 후 지구의 기온은 계속 상승했다. 당연히 북극과 남극의 얼음이 녹았고 해수면은 올라왔다. 전문가들은 2만 년 전 해수면은 지금보다 140미터 낮았던 것으로 보고 있다. 해수면이 점진적으로 상승할 경우에는 인간에게 큰 위협이 되지 못했을 것이다. 내륙으로 조금씩 이동하면 되기 때문이다.

그러나 기원전 5600년 재난이 일어났다. 바닷물이 불어나면서 지중해를 막고 있던 보스포루스 해협이 넘친 것이다. 그 때문에 그전까지 호수이던 흑해는 바다가 됐고 이 해협을 통해 300일간 나이아가라 폭포의 2배에 달하는 물이 흘러들었다. 흑해 주변에 농사짓고 살던 사람들에게는 이것이 세상의 종말처럼 보였을지 모른다. 성경이 노아의 방주가 정착한 곳을 중동 지역이 아니라 흑해 인근 터키의 아라라트산으로 명시한 것도 이를 뒷받침한다. 성경은 또 노아를 첫 포도주 제조자로 묘사하고 있는데 포도주가 처음 만들어진 곳도 흑해 연안이다.

그건 그렇고 과연 노아와 대홍수는 어느 정도 사실이었을까. 전문가들은 목재로 성경이 묘사한 크기의 배를 만드는 것은 불가능하다고 지적한다. 목재의 강도가 배의 무게를 견디지 못하고 무너질 수밖에 없다는 것이다. 남극에 사는 펭귄과 아프리카 열대 우림에 사는 침팬지를 비롯한 수백만 종에 달하는 동물들을 한 배에 모아 태운다는 것도 믿기 어렵다. 결론적으로 아주 오랜 옛날 지구 온난화로 바닷물이 불어나며 일어났던 대홍수의 기억이 세월이 흘러 각색돼 노아 이야기로 발전했다고 보는 것이 온당하지 않을까.

최근 나온 영화 〈노아〉가 종교 단체들의 심한 반발을 받고 있다.

성경에 나온 노아의 모습이 아니라는 것이다. 회교권에서는 선지자 노아의 모습을 영상으로 보여줬다는 이유로 아예 상영을 금지한 곳도 있다.

물론 영화에는 성경에 없는 괴물도 나오고 노아의 모습도 의롭기보다는 난폭하게 나오지만 영화는 어디까지나 영화일 뿐이다. 감독 대런 아로노프스키는 이 영화를 통해 인간이 계속 환경을 파괴하면 노아의 대홍수 때처럼 종말이 올 것이란 메시지를 전달하고 싶었던 것 같다. 천지창조부터 노아 때까지 우주 역사를 컴퓨터 그래픽으로 보여주는 장면도 볼 만하다. 〈노아〉를 보며 노아가 현대인에 주는 메시지를 한번쯤 생각해 보는 것도 괜찮을 것 같다. 2014. 4. 8

별에서 온 그대

TV 연속극 〈별에서 온 그대〉의 인기가 별을 찌를 기세다. 중국에서는 아직 TV로 방영도 되지 않았는데 인터넷 클릭 수가 25억을 넘었다. 극 중에서 전지현이 "눈 오는 날에는 치맥(치킨과 맥주)"이라고 한마디 했다는 이유로 치맥이 동나고 전지현이 손댄 물건은 모두 불티나듯 팔려 광고 효과만 3,000억에 달한다고 한다. 공산당 간부회의에서조차 "왜 우리는 이런 드라마를 못 만드냐"는 이야기가 나왔을 정도다.

이 드라마는 400년 만에 한 번 지구를 찾는 혜성을 이용해 지구에 왔다 돌아간다던 남자 주인공 외계인이 느닷없이 웜홀(wormhole)을 이용해 다시 나타났다 돌아가기를 반복한다는 결말이 다소 엉성하기는 하지만 두 주인공의 뛰어난 연기와 다음 회를 예측하기 힘든 기발한 전개 등으로 시청자들의 관심을 사로잡는 데 성공했다(어차피 웜홀 이동이 가능하다면 처음부터 400년을 기다리고 말고 할 것도 없었다).

이 드라마를 보면서 사람들은 "정말 외계인이 있기는 한 걸까" 하는 생각을 한번쯤 해봤을 것이다. '20세기의 뉴턴'으로 불리는 스티븐 호킹을 비롯한 많은 물리학자들은 있다고 본다. 지구가 있는 은하계에만 별이 1,000억 개, 그런 은하가 1,000억 개가 넘는다. 이 수많은 별들 중에 생명체가 있는 혹성이 단 하나도 없다는 것은 믿기 힘들다는 것이다.

지구가 탄생한 것은 46억 년 전이고 생명체가 처음 출현한 것은 37억 년 전으로 추정된다. 지구가 식고 생명체가 탄생한 바다가 생긴 지 얼마 되지 않아서다. 적당한 조건만 갖춰지면 생명 탄생이 의외로 빨리 일어날 수도 있음을 시사한다.

인간의 몸은 70퍼센트가 물이고 이 물에서 대부분의 비중을 차지하고 있는 것은 산소다. 이 산소는 지구에서 만들어진 것이 아니라 지구가 탄생하기 아주 오래전 머나먼 곳에 있는 태양보다 훨씬 큰 별 내부에서 핵융합의 산물로 나온 것이다. 이것이 초신성 폭발로 흩어졌다 태양계에서 다시 만나 지구의 일부가 된 것이다.

따지고 보면 우주 탄생과 함께 만들어진 수소를 제외한 모든 원소들은 핵융합의 산물이고 그것으로 이뤄진 지구도, 거기 살고 있는 인간을 비롯한 모든 생명체도 별의 자식들이다. 도민준만이 아니라 우리 모두가 '별에서 온 그대'인 것이다.

천체 물리학자들은 우주가 탄생한 것을 138억 년 전으로 보고 있다. 우주의 나이를 1억 년 단위까지 알아냈다는 것이 놀랍다. 태양 탄생은 지구와 비슷한 46억 년 전, 인류의 직계 조상이 출현한 것은 20만 년 전에 불과하다. 우주의 역사를 1년으로 잡는다면 인류가 출현한 것은 12월 31일 자정 10여 초 전이다.

20세기 이전에 태어난 사람들은 아무리 천재라도 우주가 언제 탄생했는지, 태양이 어떻게 빛을 발하는지, 앞으로는 어떻게 되는지 전혀 알지 못했다. 그러나 이제 천문학에 조금만 관심이 있는 사람들은 알 수 있다.

10억 년 후가 되면 태양이 점점 뜨거워져 지구상에 있는 물은 모두 마른다. 물론 그 훨씬 이전에 아무것도 살 수 없게 될 것이다. 50억 년 후가 되면 태양은 지구를 집어삼킬 정도의 크기인 적색거성이 됐다 지구만 한 크기의 백색왜성으로 오그라든다. 그 후 수조 년 동안 희미한 빛을 발하다 촛불이 꺼지듯 깜깜해진다. 그때쯤 되면 다른 별들도 연료를 모두 소진한 후 우주 전체는 빛 한 줄기 없는 어둠으로 뒤덮이게 된다.

일부 학자들은 언젠가는 우주가 팽창을 멈추고 수축을 시작해 다시 한 점으로 모인 뒤 다시 대폭발을 일으켜 새로운 우주가 탄생할 것으로 본다. 또 일부에서는 우리가 살고 있는 우주는 수많은 우주의 하나일 뿐이며 이것이 사라지더라도 다른 우주가 계속 부풀어 오를 것으로 전망하고 있다.

언젠가는 별도 사라진다니 한편으로는 쓸쓸한 생각도 들지만 지금 우리는 수많은 별들이 찬란한 빛을 뿜고 있는 우주의 전성기에 살고 있다. 때로는 별을 바라보며 거대한 우주 속 작은 지구에서 잠깐 살다 가는 우리의 삶을 돌이켜 보자. 2014. 3. 11

아스펜에 관한 명상

모건 프리먼과 잭 니콜슨이 주인공으로 나오는 〈버킷 리스트〉라는 영화가 있다. 불치병에 걸린 두 노인이 병원에서 우연히 만나 죽기 전에 해보고 싶은 것을 모두 해보기로 약속하고 함께 세계 여행을 떠난다. '버킷 위에 올라 목을 매달기 전에 하고 싶은 일을 적은 목록'이라는 의미에서 '버킷 리스트'라는 이름이 붙었다.

이들이 적은 '버킷 리스트'에는 스카이다이빙, 카 레이스, 문신하기, 가장 아름다운 여성과 키스하기, 정말 웅장한 것 보기 등등이 적혀 있는데 정말 이들은 죽기 전에 그 대부분을 실천하고 눈을 감는다. 이 영화 덕인지는 모르지만 요즘 '죽기 전에 해야 할 일 몇 가지', '죽기 전에 가 봐야 할 곳 몇 군데' 식의 책들이 쏟아져 나오고 있다.

이 리스트는 사람마다 다르겠지만 미국에 살고 있는 한인이라면 죽기 전에 해보라고 권하고 싶은 것이 있다. '맑은 가을 날 아스펜 숲

걸어 보기'가 그것이다. 사시나무과에 속하는 아스펜은 9월이 되면 노랗게 물들다 9월 말에서 10월 초로 접어들면 진하디 진한 황금빛으로 변한다.

아침이나 저녁 무렵 노란 햇살을 받으며 수천, 수억 개의 아스펜 잎이 춤추는 장면은 장관이다. 바람이 불면 아스펜은 '사시나무 떨듯 떨며' 맑은 소리를 내며 황금 동전의 눈보라를 선사하기도 한다. 동방 정교가 주류인 슬라브 문화권에서는 예수를 배반한 유다가 이 나무에 목을 매 죽었기 때문에 나무가 겁에 질려 이처럼 떤다고 한다. 악귀를 물리치는 힘이 있는 이 나무로 창을 만들면 뱀파이어를 죽일 수 있다는 전설도 있다. 인디언들은 이 나무껍질을 소염제와 진통제로 쓰기도 했다.

아스펜은 특이한 나무다. 개성이 강해 물드는 시기가 제각각이다. 같은 동네에서도 앞산은 노랗게 단풍이 졌는데 뒷산은 아직도 파랗고 옆 산은 아예 잎이 다 떨어진 곳도 있다. 같은 동네가 아니라, 같은 산언덕, 심지어는 같은 나무 안에서도 파랑과 노랑이 제멋대로 섞여 있다. 수명도 100년 남짓으로 수천 년씩 사는 다른 나무에 비하면 짧은 편이다.

그러나 이런 겉모습은 실상과는 조금 다르다. 지상에서는 따로따로인 것처럼 보이지만 땅 밑 뿌리는 서로 얽혀 있다. 한 아스펜 군락지에 자라고 있는 아스펜 나무는 알고 보면 한 생명체다. '다양성에서 하나로(E Pluribus Unum)'를 모토로 내건 미국의 이념과도 맞는다.

산불이 나 다른 나무들이 다 타죽어도 아스펜은 끄떡없다. 뿌리만 살아 있으면 언제든지 다시 솟아나기 때문이다. 다른 나무 그늘 밑에서는 자라지 못하는 아스펜에게 산불은 오히려 고마운 존재다. 이처럼 끈질긴 생명력 덕에 아스펜의 실질 수명은 몹시 길다. 유타에 있는 '판도'라는 한 아스펜 자생지는 8만 년 동안 존재해 오고 있는 것으로 추산된다. 지구상에 이보다 오래 사는 생명체는 없다.

중가주 비숍에도 아스펜 숲이 있기는 하지만 제대로 보려면 콜로라도로 가야 한다. 비숍과 콜로라도의 아스펜 규모를 비교하자면 새우와 고래 정도 될 것이다. 콜로라도 전역에 널려 있다 해도 과언은 아니지만 아스펜이 많이 자라 동네 이름을 '아스펜'이라 지은 아스펜이야말로 아스펜의 성지다.

한때 은광촌으로 번성했다 폐허가 됐던 이곳은 70년대 존 덴버 등 가수가 모여 살면서 반문화 중심지로 떴으며 그 후 스키 리조트로 부활하면서 지금은 매매 주택의 중간가가 420만 달러를 웃돌 정도로 미국에서 집값이 가장 비싼 곳이다. 아스펜의 아름다움을 감상하기 위해 이곳에 집을 살 필요가 없음은 물론이다.

아스펜 단풍이 절정을 이루는 시기는 9월 말에서 10월 초로 매우 짧다. 아름다움을 마음껏 뽐내다가 순식간에 사라지고, 제각각인 것 같지만 뿌리로 서로 연결돼 하나이고, 약한 듯하지만 끈질긴 생명력을 지닌 아스펜은 어찌 보면 생명과 세계의 훌륭한 메타포다. 올해가 아니라면 죽기 전에 한 번은, 아스펜 숲이 선사하는 빛과 소리의 향연을 감상해 보자. 2012. 10. 9

문 닫는 책방

인간의 조상이 아프리카에 출현한 것은 지금부터 약 300만 년 전으로 추산되고 있다. 인간이 문자를 발명해 쓰기 시작한 것은 약 5,000년 전이니까 299만 5,000년 동안 인간은 문자 없이 살았다는 이야기가 된다. 그 장구한 세월 동안 읽고 쓰는 일 없이 살았던 인간은 어째서 어느 날 갑자기 문자를 발명했으며 그 이후 줄곧 이를 사용해 오고 있는 것일까.

인간이 문자를 발명한 시기는 문명이 일어난 시기와 일치한다. 모든 문명은 대규모 영농과 도시 국가, 세금이 특징이다. 하루하루 토끼 잡고 풀 뜯어 먹고살 때는 글이 필요 없었다. 머릿속에 저장해 둔 정보만으로 사는 데 아무 지장이 없었기 때문이다. 1만 년 전 농사가 처음 시작됐을 때도 그랬다. 몇몇이 조그만 마을을 이뤄 살 때는 문자가 필요 없었다.

그러나 사람 수가 수만으로 늘어나고 이들에게서 세금을 거둬야 할 필요가 생기자 머릿속 계산만으로는 숫자를 맞출 수 없었다. 실제로 인류 최초의 문자로 꼽히는 메소포타미아의 쐐기 문자로 쓰여진 진흙 판 문서 내용의 대부분은 세금 출납 기록인 것으로 나타났다.

왜 중동 사람들은 진흙 판에 글자를 썼을까. 진흙 판이 글자 쓰기에 가장 흔하고 편한 재료였기 때문이다. 비슷한 시기에 상형 문자를 발명한 이집트인들은 나일 강가에 널려 있는 파피루스를 원료로 한 종이에 글자를 썼다. 파피루스는 잘 알려진 대로 영어 '페이퍼'의 어원이다. 그리스인들은 이 파피루스가 제일 많이 수출되던 지금 레바논의 한 도시를 '바빌루스'라고 불렀고 이것이 그리스 말로 '종이'를 뜻하게 됐다. 이것이 성경을 의미하는 '바이블'의 어원이다.

양이 흔했던 그리스인들은 양피지에, 중국인들은 동물 뼈, 특히 거북이 껍질에 글자를 썼다. 이렇게 쓰여진 글은 진흙 판보다는 가지고 다니기 편하고 파피루스보다 오래가는 장점이 있지만 비싸다는 흠이 있었다. 호머의 「일리아드」와 「오디세이」 한 편을 쓰려면 양 수백 마리가 희생돼야 했는데 이런 돈을 가진 사람은 많지 않았다.

후한 시대 채륜이 종이를 발명하자 이것이 점차 전 세계로 퍼져 최근까지 정보를 보관하고 전달하는 주요 수단이 됐던 것은 이 때문

이다. 그만큼 싸고 편리하고 오래 정보를 보관 전달할 수 있는 방법
은 없었다.

그러나 더 이상은 아니다. e북이라는 것이 나왔기 때문이다. 아마
존에서 나온 킨들은 손바닥보다 조금 더 큰 크기에 3,500권이 들어
간다. 책값도 성경 같은 고전은 공짜고 최근작도 종이책보다 훨씬
싸다.

종이책에 익숙한 구세대는 죽을 때까지 종이책을 버리지 않겠지
만 이제 인생을 막 출발하는 신세대는 굳이 편한 전자책을 마다할
이유가 없다. 무거운 교과서를 책가방에 가득 넣는 대신 e북이나 태
블릿 PC 하나 들고 등교할 날이 다가오고 있다.

미국에서 두 번째로 큰 대형 서점 체인인 보더스가 지난주 파산을
신청했다. 40년 전 미시간 앤아버에서 탐과 루이스 보더스 형제가
첫 가게 문을 연 후 전국적으로 팽창에 팽창을 거듭하며 수많은 군
소 서점 문을 닫게 만든 체인이 생사의 기로에 놓이게 된 것이다.

그 이유로는 지나친 확장과 무리한 자사주 매입을 통한 자금난 등
여러 가지가 지적되고 있지만 가장 큰 것은 인터넷 혁명과 함께 온
우편 주문과 e북의 출현 등 시대의 흐름을 잘못 읽은 것이다. 2000
년 아마존의 미국 책 시장 점유율은 5퍼센트, 보더스 15퍼센트였지
만 이제는 아마존 22퍼센트, 보더스 8퍼센트로 완전히 역전됐다. 이

런 추세는 앞으로도 바뀌지 않을 전망이다.

　문자 발명 이후 흐름을 살펴보면 역사를 움직이는 것은 필요와 편리임을 알 수 있다. 필요가 발명을 낳고 발명된 것 중 인간은 편리한 것을 선택한다. 정보의 보관과 전달 필요성은 날로 커지고 있지만 그 수단이 꼭 종이여야 할 이유는 없다. 종이책은 진흙 판과 양가죽, 거북이 껍질이 역사의 뒤안길로 사라진 것과 같은 운명을 맞게 될 것 같다. **2011. 2. 22**

1억 송이의 꽃들

동물을 좋아하는 사람이라면 아프리카의 세렝게티 평원에 대해 들어본 적이 있을 것이다. 탄자니아와 케냐에 걸쳐진 이 평원은 동물의 낙원이다. 이곳에 살고 있는 마사이 부족 말로 '끝없는 초원'을 뜻하는 세렝게티에는 전 세계에서 가장 많은 동물들이 모여 살고 있다 해도 과언이 아니다.

이곳이 '세계 10대 자연 비경'으로 꼽히는 것은 동물 수도 수지만 해마다 반복되는 동물들의 이동 때문이다. 건기와 우기로 뚜렷이 갈라지는 이곳 기후 때문에 동물들은 매년 이동을 반복한다. 100만 마리가 넘는 윌더비스트 떼들이 초원을 가로지르고 악어에 잡혀 먹히면서 강을 건너는 모습은 그야말로 장관이다.

이곳 동물들이 세계에서 가장 길고 가장 대규모의 이동을 반복하는 이유는 오직 하나 먹이를 찾아서다. 몇 달 동안 비가 오지 않아 바삭바삭 마른 대지가 쏟아지는 빗방울과 함께 푸른 옥토로 변하는 것은 대자연의 기적 그 자체다. 이곳이 '죽기 전에 가봐야 할 곳' 1순위로 꼽히는 것은 놀랄 일이 아니다.

그러나 남가주에 사는 사람들은 멀디 먼 아프리카까지 가지 않고도 요즘 이런 신비를 경험할 수 있다. 5번 프리웨이를 타고 북쪽으로 달리는 것이다. 해마다 이때쯤 유명해지는 프레스노 인근의 '블라섬 트레일'까지 갈 필요도 없다. 베이커스필드를 벗어나면 보통 때는 볼품없는 갈색 황무지이던 곳이 푸른 초원으로 바뀌어 있다. 멀리 보이는 산들도 파릇파릇 생기가 돈다. 몇 년래 최대로 내린 비 덕분이다.

그뿐만이 아니다. 벚꽃과 꼭 닮은 흰 꽃이 흐드러지도록 매달린 나무가 빽빽이 들어선 과수원이 끝없이 펼쳐진다. 홍매화와 닮은 짙은 핑크빛 꽃송이도 보인다. 시속 80마일로 한 시간을 달려도 꽃밭은 끝나지 않는다. 한국이 자랑하는 광양과 하동의 매화 마을도, 앤틸로프 밸리의 파피 꽃밭도 여기에 비하면 어린아이 장난이다. 수억 송이는 족히 되는 것 같다.

나중에 알아보니 아몬드 꽃이란다. 중동이 원산지인 아몬드는 지중해에 널리 퍼졌다가 18세기 스페인 수도사들에 의해 가주에 수입돼 지금은 가주를 대표하는 농산물로 자리 잡았다. 여름에 건조하고 겨울에 비가 오는 가주 기후가 이들이 자라는 데 이상적이기 때문이다.

미국에서 생산되는 아몬드는 100퍼센트가 가주 산이고 전 세계에서 나오는 아몬드 80퍼센트가 가주 산이다. 가주는 '세계 아몬드의 수도'라 불려 손색이 없다. 가주 내 아몬드 농장 수가 6,000개가 넘는데도 나날이 늘고 있다. 프리웨이 주변에 갓 심은 묘목들이 즐비하게 늘어서 있는 모습이 여기저기 눈에 띈다.

이처럼 아몬드 농사가 붐을 이루고 있는 것은 아몬드의 건강식품으로서의 효능이 입증됐기 때문이다. 비타민 E와 각종 미네랄이 풍부한 아몬드는 콜레스테롤을 낮춰주고 심장질환과 당뇨 예방 효과가 있는 것으로 알려져 있다.

원래 LA는 사막이었다. 그것을 멀리 오언스 밸리와 콜로라도강에서 물을 끌어다 이런 도시를 만든 것이다. 동쪽으로 한두 시간만 달려 팜스프링스 쪽으로 가 보면 물 없는 남가주의 원래 모습이 어땠는지를 그대로 볼 수 있다. 그러나 비는 이런 사막을 순식간에 '꽃의 카펫'으로 만드는 힘을 갖고 있다. 몇 년이고 땅속에서 대지의 열기를 묵묵히 견디고 있다가 비 소식과 함께 형형색색으로 폭발하는 사막의 꽃들. 그보다 더한 대자연의 경이는 없다.

올해 유난히 많이 내린 비로 산동네에 사는 사람들은 걱정이 이만

저만이 아니다. 비가 좀 많이 쏟아질 것이란 예보만 나오면 내 집이 산사태에 묻히는 것은 아닌지, 또 소개령이 떨어지는 것은 아닌지 전전긍긍이다.

　그러나 이는 대자연의 신비를 체험하기 위해 치르는 작은 희생으로 치부할 수밖에 없다. 지구상에 존재하는 모든 물은 결국 비에서 온 것이고 물이 없이 생명은 존재할 수 없다. 그 비를 많이 내려준 이번 남가주의 겨울은 대다수 생명체에게 축복의 시간이었다고 말해도 좋을 것 같다. 2010. 3. 9

차라투스트라의 메시지

그리스식 이름인 조로아스터로 더 잘 알려져 있는 차라투스트라는 신비에 싸인 인물이다. 생몰연대도, 일생의 행적에 관해서도 정확히 알려진 바가 없다. 기원전 7세기경 활동한 인물이라는 설이 있는가 하면 기원전 13세기에 태어났다는 설도 있다. 지금도 이란과 인도 곳곳에 남아 있는 조로아스터 교도들에 따르면 그는 기원전 6000년 전 사람이다.

여러 가지가 불분명하지만 한 가지 확실한 것은 인류 역사상 그만큼 큰 영향을 미친 종교 지도자는 아마 없을 것이라는 점이다. 현재 세계 최대 종교로 손꼽히는 기독교와 회교의 큰 틀은 그의 가르침에 의해 짜였다 해도 과언이 아니다. 그 두 종교의 모체인 유대교 또한 강한 영향을 받았다.

원래 유대교에는 세계를 선과 악의 싸움터로 보는 이원론, 동정녀가 낳은 구세주의 출현, 죽음 다음에 찾아오는 부활, 최후의 심판과 천당과 지옥, 영생 같은 개념이 없었다. 유대 민족의 메시아는 주위 강대국의 압박에서 유대 민족을 해방시켜 잘살게 해주는 다윗과 같은 정치 군사 지도자였다.

또「욥기」에서 보듯 사탄도 모든 악의 근원인 악마가 아니라 야훼와 토론도 벌이고 내기도 하는 '적수'에 불과했다. 그러던 것이 조로아스터교의 영향을 받으면서 인간을 타락시키고 신에 대적한 죄로 최후의 심판을 받아 지옥으로 떨어지는 존재가 된 것이다.

조로아스터교는 언제, 어떻게 이처럼 유대교에 큰 영향을 미친 것인가. 그 대답은 유대의 역사를 살펴보면 금방 나온다. 기원전 6세기 바빌로니아를 멸망시킨 페르시아의 키로스 대왕은 바빌로니아에 의해 포로로 잡혀 왔던 유대인을 고향으로 돌아가게 한다. 이 키로스 대왕이 바로 조로아스터교를 페르시아의 국교로 선포한 인물이다.

페르시아가 알렉산더 대왕에 의해 망하기 전은 물론이고 망한 뒤에도 기원후 7세기 회교가 이 일대를 휩쓸 때까지 중동 지역을 지배한 종교는 조로아스터교였다. 장장 1,000년이 넘는 세월 동안 조로아스터의 메시지는 이곳 주민들의 머릿속에 각인됐으며 이는 기원후 1세기에는 기독교가, 기원후 7세기에는 회교가 급속도로 전파되는 것을 쉽게 했다.

　기독교는 복음서에서 예수가 탄생했을 때 동방박사가 찾아왔다는 사실을 언급함으로써 간접적으로 조로아스터에 진 빚을 인정한다. 여기서 말한 박사는 'magi'의 번역인데 'magi'는 조로아스터교의 사제다. 영어로 '마술사', '점성술사'를 뜻하는 'magician'도 여기서 나왔다.

　조로아스터를 이야기하면서 빼놓을 수 없는 것이 미트라다. 이란 사람들의 조상인 아리안족(이란의 어원은 아리안이다) 신의 하나인 미트라는 훗날 태양신으로 바뀌면서 인도에서 로마까지 광범위한 추종자들을 갖는다. 로마 시대 때는 미트라교야말로 기독교의 가장 큰 라이벌이었다. 특히 로마 군인 가운데 신도가 많았으며 이들은 스스로를 '미트라의 군인'이라고 불렀다. 일부 기독교인들이 스스로를 '그리스도의 군인'이라고 부르는 것은 이를 본딴 것이다.

　이 미트라의 생일이 바로 12월 25일(동지)이었다. 로마 황제 중 처음으로 기독교를 공인한 콘스탄티누스 대제는 사회 통합의 필요성을 느끼게 되었고 많은 사람들이 이에 공감, 4세기 후반 그리스도의 생일이 12월 25일로 굳어진 것이다. 아직까지도 일부 기독교인들은 1월 6일이 진짜 예수의 생일이라며 이날을 기념하고 있다.

　1년 중 날이 가장 짧은 동지를 기점으로 해의 힘은 더 강해지고 만물은 소생의 희망을 품기 시작한다. 동서고금을 막론하고 이날을 축하하는 것은 조금도 이상한 일이 아니다. 이날을 기독교인만의 축제가 아니라 세계인의 축제로 삼는 것은 여러모로 온당하다.

『차라투스트라는 이렇게 말했다』라는 책을 통해 그의 이름을 새롭게 널리 알린 니체는 책 마지막에 "세계는 깊다, 낮이 이해할 수 있는 것보다 더(Die Welt ist tief, und tiefer als der Tag gedacht)"라고 결론지었다. 세계는, 인간은 쉽게 이해할 수 있는 존재가 아니며 시간이라는 우물 밑바닥 저 아래 깊은 뿌리로 얽혀 있다. 세모를 맞아 크리스마스의 참된 의미를 되새겨 본다. 2009. 12. 22

가장 큰 계명

'종교는 인민의 아편'이라는 말이 있다. 입으로는 신의 진리를 외치면서 실제로는 집권자 편에 서 가난한 자를 착취하는 것을 도운 성직자들은 언제 어디에나 있었다. 파라오를 신으로 모시며 국민들을 착취한 이집트의 승려들부터 농노들 위에서 사실상 신으로 군림하며 호의호식했던 중세의 교황들, 귀족과 함께 인구는 극소수지만 국부의 대부분을 독점했던 프랑스 대혁명 전의 사제들이 그 예다.

그러나 예외도 있다. 그 대표적인 것이 유대의 예언자들이다. 이들은 오직 야훼에 의지해 집권자의 잘못을 비판하고 잘못된 길로 가는 '민중'까지 꾸짖었다. 종교 지도자가 권력에 충성하기는커녕 도전자로 나서 살아남고 오히려 존경까지 받은 것은 아마 이들이 처음이 아닌가 싶다.

물론 그렇게 된 데는 이스라엘 민족의 역사적 특수성이 있었다.

이들은 처음부터 중앙집권적 왕권이 확립된 사회가 아니라 각각 특성이 있는 12개 지파가 모인 연합체였다. 이들의 공통분모는 야훼 신앙이었고 야훼의 대변자인 사제가 강력한 영향력을 발휘할 수밖에 없었다.

블레셋인을 비롯한 외적의 공격에 직면한 이스라엘 부족들이 왕을 세울 것을 요구하자 사무엘은 "왕은 너희에게 세금을 물릴 것이며 아들은 뽑아 군인으로, 딸은 시녀로 삼을 것"이라고 경고하지만 이들은 뜻을 굽히지 않는다. 사무엘은 결국 이들의 요구를 어쩔 수 없이 수락, 사울을 왕으로 삼는다.

그 후 사울이 야훼의 뜻을 어기자 그는 사울을 폐하고 다윗을 새 왕으로 삼는다. 진짜 힘이 누구에게 있는가를 분명히 보여주는 대목이다. 다윗은 한때 사울의 암살 기도를 피하기 위해 이스라엘의 적인 블레셋 편으로 도주하기도 하지만 사울 왕이 블레셋 군과의 싸움에 져 전사하자 결국 왕위에 오른다.

그는 이스라엘의 영토를 과거 어느 때보다 넓히고 국력을 키운 유능한 왕이었지만 개인적으로는 결함이 많은 인물이었다. 그의 최대 오점의 하나는 충성스런 부하 우리아의 아내를 탐내 그를 사지에 보내 죽인 후 아내를 차지한 것이다. 선지자 나단이 가난한 자의 새끼양 한 마리를 빼앗은 부자의 비유로 다윗을 꾸짖자 다윗은 참회하고

눈물을 흘린다. 나단과 함께 권력에 대해 바른 말을 하는 선지자의
전통은 자리를 굳히게 된다.

기원전 8세기는 선지자의 전성시대였다. 메시아의 출현을 예고해
기독교에서 최고의 선지자로 추앙받는 이사야를 비롯 아모스와 호
세아, 미가 등이 부와 권력의 횡포를 지탄하고 고아와 과부, 약자에
대한 보살핌을 호소했다. "정의가 하수처럼 흐르게 하라"고 외쳤던
아모스와 "내가 자비를 원했고 제사를 원하지 않았다"던 호세아, 그
리고 이들과 이사야를 종합해 "야훼가 너에게 바라는 것은 정의롭
게 행동하고 자비를 사랑하며 야훼와 함께 겸손히 걷는 것뿐"이라
고 말한 미가가 이때 활약했다.

미가의 이 말은 유대교 가장 높은 가르침의 요약이며 예수의 '가
장 큰 계명'과도 일치한다. 정의는 '하나님에 대한 사랑', 자비는 '인
간에 대한 사랑'의 다른 말이기 때문이다. 히브리 말로 '정의'는 '체
덱'이라고 부른다. 이 말에는 '자비'라는 뜻도 있다고 한다. 정의와
자비는 근본적으로 하나며 자비가 빠진 정의나 정의에 바탕을 두지
않은 자비는 무의미하다는 생각을 보여준다.

지금도 유대인들은 하루 세 번 기도하며 '세상을 고치라(tikkun
olam)'를 외친다. 자기보다 못한 사람에게 조금이나마 베풀고 세상
을 보다 정의로운 곳으로 만들며 겸손하게 하나님과 함께 걷는 것,

그것이 유대인뿐만 아니라 새해를 맞는 모두의 결심이어야 하지 않

을까. 아니 새해가 아니라 평생을 사는 좌우명으로 삼아도 좋을 것

같다. 2009. 12. 29

청춘의 샘

플로리다에 있는 세인트오거스틴은 미국에서 가장 오래된 도시다. 플로리다를 발견한 스페인의 탐험가 후안 폰세 데 레온이 1513년 이곳에 첫 발을 디디고 도시를 세웠다. 푸에르토리코의 총독이었던 그가 이곳에 온 것은 한 번 마시면 영원히 늙지 않는 '청춘의 샘'을 찾아서였다고 전해진다. 실제로 이 도시에는 그를 기념하는 '청춘의 샘 국립공원'이 있다.

지구상 어디엔가 '청춘의 샘'이 있다는 믿음은 영생불사를 바라는 인간의 소망만큼 오래됐다. 헤로도토스의 『역사』에는 에티오피아에 이런 샘이 있다는 기록이 있고 진시황은 불로초를 구하기 위해 사신을 제주도까지 보냈다는 전설이 있다.

그러나 아직까지 영원한 젊음을 약속하는 묘약을 발견한 인간은 없다. 오히려 이를 구하려는 노력이 생명을 단축시켰다. '청춘의 샘'

을 찾던 폰세 데 레온은 인디언의 독화살에 맞아 47세로 사망했고 진시황제도 수은이 든 환약을 장수 보약으로 알고 먹다 약물중독으로 49세에 이승을 하직했다.

그러나 최근 불로초까지는 아니더라도 노화를 늦추는 성분이 발견돼 학계를 흥분시키고 있다. 기름진 음식을 많이 먹는 프랑스인들이 심장병에 걸리는 확률이 오히려 적은 소위 '프랑스 패러독스'가 CBS 보도로 세상에 처음 알려진 지 벌써 17년이 지났다. 전문가들은 그 이유를 프랑스인들이 엄청나게 마시는 붉은색 포도주에서 찾았다. 이 포도주에 다량 함유돼 있는 레스베라트롤이라는 성분이 심장질환 예방에 특효가 있다는 것이다.

그 후 해를 거듭하면서 이 성분이 심장병뿐 아니라 당뇨, 류머티즘, 알츠하이머, 암 등 노화와 관련된 질병 예방에 효과가 있는 것은 물론 노화 자체를 늦춰준다는 사실이 속속 밝혀지고 있다.

지금까지 입증된 가장 훌륭한 노화 예방법은 덜 먹는 것이다. 보통 원숭이보다 30퍼센트 덜 먹은 원숭이는 원숭이 평균 수명인 27세가 돼도 팔팔하며 당뇨나 암, 심장병에 걸릴 확률도 현저히 줄어든다. 보통 사람들보다 훨씬 덜 먹는 '굶는 사람 모임(Calorie Restriction Society)' 회원들을 대상으로 한 조사도 마찬가지로 보통 사람보다 노인성 질병에 걸릴 확률이 매우 적은 것으로 나타났다.

　문제는 대부분의 사람들은 배가 고파 이를 견디지 못한다는 점이다. 굶지 않으면서 건강하게 오래 살고 싶은 사람에게 레스베라트롤은 한 줄기 희망의 빛이 되고 있다. 하버드 의대 교수인 데이비드 싱클레어가 세운 이 성분 전문 연구소인 서트리스사가 쥐를 대상으로 한 실험 결과에 따르면 잘 먹은 두 마리 가운데 이 성분을 투약한 쥐는 2배나 빨리 뛰었을 뿐만 아니라 평균 수명이 20퍼센트나 길고 부검 결과 내장도 건강했다.

　쥐 실험에 성공했다고 인간에게도 효과가 있다는 보장은 없다. 쥐에 효과가 있는 약의 90퍼센트가 인간 실험 결과 실패한다. 그러나 이 성분의 포텐셜은 최근 대형 제약회사인 클락소 스미스클라인이 서트리스를 7억 5,000만 달러에 인수한 것만 봐도 알 수 있다. 이 성분을 농축시킨 알약 시장은 현재 연 2,000만 달러로 비타민 등에 비하면 미미하지만 가장 급속도로 성장하고 있다.

　아직까지는 이 성분을 어느 정도 섭취해야 하는지, 장기간 섭취해도 부작용은 없는지에 관해 밝혀진 바는 없다. 그럼에도 동물실험 결과 약효가 너무나 뚜렷하기 때문에 과학자들 가운데도 이를 정기적으로 복용하는 사람들이 적지 않다. 이 분야 전문가인 싱클레어 교수는 "90세 노인이 60세 노인처럼 건강하게 살다 잠자면서 평화롭게 숨을 거두는 날이 올 것"이라며 그 시기를 넉넉잡아 5년, 아무리 늦어도 우리 생애 중에 이뤄질 것으로 내다봤다.

그날이 오면 미국의 장래를 어둡게 하는 요인의 하나인 의료비 폭
등 문제도 해결된다. 하루속히 그날이 오기를 모두 두 손 모아 기도
해야겠다. 2009. 7. 14

지진을 위한 변명

예수의 원래 직업이 목수였다는 사실은 널리 알려져 있다. 성경에 나오는 '목수'는 그리스 원어로 '텍톤'의 번역인데 '텍톤'은 '짓는 자'라는 뜻으로 나무나 돌을 막론하고 이런 재료를 이용해 물건을 만드는 사람을 총칭한다. 4대 성인 중 하나로 꼽히는 소크라테스 아버지의 직업도 '텍톤'이었다는 사실은 흥미롭다.

일반인에게 생소했던 '텍톤'이란 단어가 20세기 들어 널리 쓰이기 시작한 것은 지질학 덕분이다. 지구 표면을 덮고 있는 거대한 대지가 사실은 용암의 바다에 떠 있는 판자때기에 불과하며 용암의 흐름에 따라 이리저리 흘러 다닌다는 '판 구조론(plate tectonic theory)'이 정설로 굳어지면서 웬만큼 공부를 한 사람들은 '텍톤'이란 단어를 알게 된 것이다.

지구 표면을 덮고 있는 판들이 움직이는 근본적인 이유는 지구 내부의 맨틀이 움직이기 때문이다. 물을 끓이면 더운 물이 위로 올라가고 표면에 올라온 물은 식어 다시 밑으로 내려가듯 지구 내부에서도 이와 비슷한 운동이 일어나고 있는 것이다.

더운 물이 표면에 올라오면 양쪽으로 갈라져 흩어지는데 이와 똑같은 현상이 지상에서도 벌어진다. 뜨거운 용암이 솟아올라 양쪽으로 갈라지는 것과 발맞춰 지표면도 양쪽으로 갈라져 점점 벌어진다. 그 대표적인 곳이 대서양 중간에 있는 '대서양 중간 언덕(mid-Atlantic Ridge)'이다.

쉬지 않고 솟아오르는 용암 덕분에 대서양 한복판에는 새로운 땅이 계속 생겨나고 대서양은 점점 커지며 미국과 유럽의 거리는 빠르면 머리카락, 늦으면 손톱 자라는 속도로 매년 벌어진다. 바닷물을 뽑아내고 바라본 대서양 바닥은 야구공 모양 한가운데 언덕을 기점으로 양쪽으로 나뉘어 있다.

7~8개로 구성돼 있는 주요 판들 중 가장 크고 가장 활동적인 판은 태평양판이다. 이 판의 움직임 덕에 환태평양 일대는 가장 지진이 잘 일어나는 곳이다. 지구상에 발생하는 지진의 90퍼센트가 이곳에서 일어난다. 화산도 판의 움직임과 밀접한 관계가 있음은 물론이다.

인간에게는 재난인 화산과 지진이지만 지구 전체 생명체로 보면

이 또한 필요한 활동이다. 7억 년 전 지구가 이산화탄소 부족으로 얼음덩이로 변했을 때 지구를 구해준 것은 화산이었다. 표면 깊숙이 잠자고 있던 이산화탄소가 화산 폭발과 함께 터져 나오면서 지금 우리가 살고 있는 따뜻한 환경이 마련된 것이다.

판들이 움직이지 않았다면 그 충돌로 이뤄진 히말라야 산맥도 없었고 히말라야가 없었다면 그 눈 녹은 물로 이뤄진 인더스와 갠지스, 양쯔 강도 없었다. 인도 문명과 중국 문명도 아마 존재하기 힘들었을 것이다. 지금이라도 지각의 융기가 정지한다면 지구상의 모든 산은 풍화에 의해 평지로 변할 것이다. 판의 이동은 새 땅과 새 산을 만들어 지구를 새롭게 한다.

1980년 5월 18일 워싱턴주 마운트 세인트헬렌스 화산이 폭발했을 때 그 일대는 초토화됐지만 지금은 언제 그랬느냐는 듯 풀과 나무들이 온 산을 덮고 있다. 화산재는 가장 영양분이 많은 흙의 하나다.

지구핵의 움직임은 생명 보호를 위해 이보다 더 중요한 역할을 한다. 바로 자장이다. 녹은 금속으로 구성된 핵의 회전은 자장을 발생시켜 온 지구를 그 보호 아래 있게 한다. 자장이 없다면 지구의 대기는 태양에서 날아온 소립자로 구성된 태양풍에 쓸려 나가 우주 속으로 날아가게 된다. 자장이 없어 대기를 빼앗긴 혹성인 화성의 모습이 바로 핵이 정지한 지구의 모습인 것이다.

지난 주말 리히터 진도 7.2의 강진이 미국과 멕시코 국경 지대를 강타, 최소 2명이 죽고 멕시칼리와 칼렉시코 일대는 큰 피해를 입었다. 아이티, 칠레에 이은 이번 지진은 강진 발생 위협 아래 살고 있는 남가주 주민들을 불안에 떨게 만들고 있다. 그러나 지진은 지구가 생명을 지키기 위해 움직이면서 발생하는 필연적인 부산물이다. 판들이 충돌하는 곳에 살기로 선택한 인간들은 이를 감수해야 할 운명으로 받아들일 수밖에 없을 것 같다. 2010. 4. 6

자선의 8등급

모세스 마이모니데스는 중세가 낳은 가장 위대한 유대 철학자로 꼽힌다. 1135년 스페인의 코르도바에서 태어난 그는 유대교의 경전인 구약의 권위자일 뿐 아니라 천문학, 의학, 철학 등 온갖 분야에서 독보적인 업적을 남겼다. '위대한 독수리'라는 별명과 "(「출애굽기」의) 모세에서 모세(마이모니데스)에 이르기까지 모세만 한 인물은 없다"는 묘비명은 유대인 정신세계에서 그가 차지하는 비중이 어느 정도인지 말해 준다.

유대인은 인간이 베풀 수 있는 덕 중 자선의 덕을 으뜸으로 친다. 나라를 잃고 2,000년 동안 온 세상을 헤매던 유대인 공동체가 아직까지 존속될 수 있었던 가장 큰 원인의 하나는 그 구성원들이 서로 어려울 때 도왔기 때문이다. 이런 전통은 지금도 계속되고 있다. 2010년 현재 미국에서 가장 기부를 많이 한 53명 중 19명이 유대인이고 상위 6명 중 1위 조지 소로스(3억 3,000만 달러), 2위 마이클 블룸 버그(2억 8,000만 달러), 4위 엘라이와 에디트 브로드 등 5명이 유대인 이다. 빌 게이츠 등이 주도하는 억만장자들의 '기부 약속'에 동참한 사람의 절반도 유대인이다.

마이모니데스가 쓴 수많은 글 중 지금도 널리 읽히는 것의 하나가 「자선의 8등급」이라는 것이다. 똑똑한 유대인 부모들은 자식들에게 어려서부터 이를 가르친다. 마이모니데스에 따르면 자선 중 가장 낮 은 등급은 불쌍해서 주는 것이다. 거지에게 주는 동냥이 이에 해당 한다. 그 위는 자선을 선으로 생각해서 주기는 하지만 인색하게 주 는 것, 그 위는 달라기 전에 미리 주는 것, 그 위는 자발적으로 충분 히 주는 것이다.

4등급은 자신은 알리되 받는 사람은 알리지 않고 주는 것, 3등급 은 자신은 감추되 받는 사람은 알리고 주는 것, 2등급은 주는 사람도 받는 사람도 알리지 않고 주는 것, 그리고 마지막 1등급은 도움이 필 요한 사람에게 돈을 주거나 무이자로 빌려줘서 그 사람이 스스로 자 립할 수 있게 하는 것이다. 가난한 학생에게 주는 장학금이 이에 해 당할 것이다.

유대인은 아니지만 마이모니데스의 가르침을 충실히 따른 사람 이 있다. 찰스 피니다. 뉴저지주에서 태어나 한국 전쟁에 공군 무전

사로 참전했으며 코넬대 호텔 경영학과를 나온 그는 면세점 체인을 창업해 억만장자가 됐다. 81세가 되던 해인 2011년, 그는 2016년까지 남은 재산을 모두 기부하겠다고 약속했다. 그리고 그는 작년 말 자신의 재단 애틀랜틱에 남아 있던 마지막 700만 달러를 모교인 코넬대 후배들의 장학 기금으로 내놓는 것으로 그 약속을 지켰다. 그가 평생 기부한 돈의 총액은 80억 달러로 이 돈은 주로 고등교육과 보건, 인권, 학술 사업 지원에 쓰였다. 더 놀라운 것은 그가 이런 일을 익명으로 해왔다는 것이다. 그의 자선 사업 행위가 드러난 것은 파트너와 법적 분쟁으로 돈의 용처가 공개됐기 때문이다.

그에게 이제 남은 재산은 200만 달러. 지금까지 남에게 준 돈의 액수에 비하면 터무니없이 작은 숫자지만 먹고사는 데 지장은 없을 것이다. 그는 75세 이전까지는 비행기도 이코노미만 타고 다녔으며 식사도 주로 햄버거로 때우곤 했기 때문이다. "바지는 한 번에 한 벌밖에 못 입는다"는 것이 그의 지론이다.

이런 그의 행적은 한국의 재벌과 재벌 2세들의 모습과 너무나 비교된다. 한국에서 나오는 재벌 관련 뉴스는 배임, 횡령으로 감옥에 가거나 재산을 놓고 형제끼리 소송을 벌여 원수가 됐다는 이야기 아니면 회사 비행기를 개인 비행기로 착각해 마음대로 기수를 돌리게 하거나 아버지의 백만 믿고 술에 취해 종업원을 폭행하는 재벌의 자식에 이르기까지 한심한 이야기뿐이다. 최순실의 딸 정유라가 SNS에 올렸다는 "능력 없으면 니네 부모를 원망해. 있는 우리 부모 가지고 감 놔라 배 놔라 하지 말고. 돈도 실력이야"라는 말은 한국의 소위 있다는 집 자식들의 의식 구조를 그대로 보여준다. 이런 사회가 제대로 굴러갈 리 없다.

한국 부모들은 유대인 교육에 관심이 많지만 어떻게 하면 자녀를 명문대에 보낼 수 있는가에 국한돼 있다. 그러나 진짜 중요한 것은 베푸는 삶의 중요성에 대한 가르침이다. 한국 부모들이 마이모니데스를 읽고 피니를 본받는 재벌이 나오지 않는 한 한국이 공정하며 평화롭고 번영하는 사회가 되는 것은 불가능하다. 2017. 1. 10

2부 • 미국 경제의 현주소

시어즈의 몰락

리처드 시어즈는 1863년 미네소타의 유복한 가정에서 태어났다. 그러나 그가 16살 되던 해 아버지가 주식 투기 열풍에 휘말려 전 재산을 날리고 죽자 철도 역원으로 일하며 생계를 유지해야 하는 처지로 전락했다. 그러나 얼마 후 그의 일생을 송두리째 바꿔 놓은 사건이 발생한다. 동네 보석상에 주문 착오로 시계 상자가 잘못 배달된 것을 본 시어즈가 이를 인수해 동료들에게 팔아 상당한 이익을 남겼다. 이 작은 일이 역사적 사건의 시작이라는 사실은 그도 몰랐을 것이다.

돈을 벌려면 장사를 해야 한다는 데 생각이 미친 그는 1886년 우편으로 시계를 파는 'RW 시어즈 시계 회사'를 차린다. 다음 해 시계 수리공인 앨버 로벅을 만나 동업을 결심하고 시카고로 무대를 옮겨 첫 시어즈 카탈로그를 발행한다.

장사가 잘 되자 회사를 비싼 가격에 팔고 아이오와로 이주한 시어즈는 곧 그곳 생활에 싫증을 내고 1892년 시카고로 돌아와 로벅과 함께 '시어즈, 로벅 회사'를 세운다. 그때까지 시골 농부들은 동네에 있는 잡화점에서 생필품을 사는 것이 보통이었다. 물건의 종류도 많지 않았고 주인 마음대로였다. 그런 농부들에게 수많은 물품을 정찰제로 파는 시어즈 카탈로그는 복음과 같았다. 판매가 기하급수적으로 늘어나며 분량이 1894년 300페이지를 돌파했던 카탈로그는 1895년에는 500페이지를 넘어섰다.

시어즈는 1906년 소매기업으로는 사상 처음 주식을 상장했으며 1924년 미국을 대표하는 기업만 들어갈 수 있는 다우존스 산업 지수에 편입된다. 처음 시어즈는 주로 농부들을 대상으로 장사를 했다. 그러나 산업화가 진행되며 도시 인구가 급속히 늘자 농촌 고객만으로는 성장에 한계를 느낀 시어즈는 1925년 시카고에 첫 백화점을 연다.

자동차 운전자를 위해 주차장을 마련한 것도, 주말 손님을 잡기 위해 일요일에 문을 연 것도, '만족 보장. 불만 시 전액 환불'을 모토로 내건 것도 시어즈가 처음이다. 시어즈가 미국 최대 소매업소로 일어서면서 미국인들 가운데 시어즈 카탈로그는 '소비자의 바이블'로 불리기 시작했다. 1974년 완성된 110층짜리 시카고 시어즈 타워는 한동안 세계 최고층 빌딩이었다.

그러나 소비자들이 원하는 것이 무엇인지 정확히 진단하고 트렌드를 선도하던 시어즈도 헛발질하기 시작한다. 소매업에 만족하지 못하고 부동산과 증권 등 금융 분야까지 진출하겠다며 1981년 딘 위터와 콜드웰 뱅커를 인수한 것이다.

그러나 금융과 부동산은 소매와는 전혀 다른 노하우가 필요한 업종이다. 시어즈가 잘 모르는 분야에서 허둥대고 있는 사이 월마트와 홈 디포 등이 치고 들어오며 시어즈는 매출이 급감하기 시작했다. 1993년에는 수익이 나지 않는다는 이유로 시어즈의 상징이나 다름없던 카탈로그마저 중단시켜 버렸다.

기울기 시작한 시어즈에 결정타를 먹인 것은 90년대 인터넷 보급과 함께 일반화된 온라인 시장이다. '모든 것을 파는 가게'였던 시어즈의 별명은 어느새 아마존이 가져갔다. 한때 소매업의 강자였지만 망해가던 K 마트를 인수한 투자가 에드워드 램퍼트는 2004년 시어즈를 합병하면서 시너지 효과를 노렸으나 한번 기울기 시작한 거함을 살리기에는 역부족이었다.

2006년 15억 달러의 이익을 내며 반짝했으나 2010년 수익은 0으로 줄어들고 그다음 6년간 100억 달러가 넘는 손실을 기록했다. 낡고 허름한 매장에 구닥다리 재고, 무능하고 맥 빠진 직원들만 남은 시어즈를 사람들은 외면했다. 2010년 3,500개가 넘던 시어즈 매장은 불과 7년 사이 695개로 줄어들었으며 매출도 급속히 감소했다. 재정이 악화되면서 납품업자들은 선금을 요구하기 시작했고 이는 경영난을 가중시켰다.

지난 수십 년간 살아남기 위해 발버둥 치던 시어즈가 15일 결국 파산을 신청했다. 한때 미국 최대 소매업체였던 시어즈의 이번 파산으로 미국 소매업계는 새 역사를 쓰게 됐다. 시어즈의 몰락이 올해 아마존이 시가 총액 1조 달러를 넘으며 미 최대 기업이 되고 그 창업자 제프 베조스가 빌 게이츠를 제치고 미국 최고 부자가 된 것과 무관하지 않음은 물론이다.

아무리 한때 잘 나가고, 오래되고, 규모가 큰 기업이라 하더라도 변화하는 시장 환경에 적응하지 못하고 소비자의 기호를 충족시키려는 노력을 게을리하면 도태될 수밖에 없다는 냉혹한 현실을 시어즈의 몰락은 새삼 일깨워주고 있다. 2018. 10. 16

잠 못 이루는 시애틀 업주들

두 개의 원리가 인간의 두뇌를 지배한다는 사실을 처음 밝혀낸 것은 오스트리아의 심리학자 지크문트 프로이트다. 그는 이것을 '쾌락 원리'와 '현실 원리'로 불렀다. 쾌락을 추구하고자 하는 인간의 욕망은 너무나 크기 때문에 뜻하는 바가 이뤄지지 않을 때 인간은 환상 속에 숨으려 하는 경향이 있다. 모든 사람이 이런 성향을 지니고 있지만 이것이 지나치면 병이 된다. 정신과 전문의들은 이런 사람을 정신병자라고 부른다.

정책 영역에서 이 두 원리가 정면으로 충돌하는 것이 최저 임금 문제다. 최저 임금 인상을 주장하는 사람들은 현재 임금으로는 인간다운 생활을 하는 것이 불가능하기 때문에 이를 현실에 맞게 올려야 한다고 말한다.

부분적으로 맞는 말이다. 지금 받는 월급이 먹고 살기에 충분하다고 모든 사람이 생각한 적은 인류 역사상 한 번도 없었다. 오히려 대부분의 사람들은 자기가 하는 일에 비해 월급이 너무 적다고 생각한다.

문제는 임금을 인위적으로 올렸을 때 어떤 사태가 벌어지느냐이다. 비용이 늘어난 고용주들은 당연히 이를 줄일 방법을 연구할 것이다. 가장 먼저 취할 수 있는 수단은 직원 수와 근로 시간을 줄이는 것이다. 앞으로 더 사람을 채용할 계획이 있었더라도 이를 재고하고 사람 대신 로봇과 자동화를 검토할 것이다. 그렇게 되면 최저 임금이 오르더라도 근로 시간과 기회가 줄어 근로자들의 소득은 줄어들 수 있다.

너무나 자명한 이런 결론을 최저 임금 인상론자들은 수용하지 않으려 한다. 최저 임금을 아무리 올려도 취업 인구는 줄지 않고 근로자들의 소득은 올라갈 것이란 것이 이들의 신앙이다.

이런 이들의 믿음을 흔드는 연구 결과가 최근 나왔다. 시애틀 시 정부가 후원해 워싱턴대가 실시한 연구 조사에 따르면 시애틀 시가 최저 임금을 2016년 시간당 13달러로 올리자 업주들이 근로 시간을 9퍼센트 줄이는 바람에 근로자들의 평균 월급은 125달러 감소했다는 것이다.

시애틀은 미국에서 인구당 백만장자가 가장 많은 곳이다. 수십 년째 세계 1위 부자인 빌게이츠의 마이크로소프트를 비롯, 버라이즌, 아마존 등 첨단기업부터 커피업계의 판도를 바꾼 스타벅스 등이 다 이곳에 몰려 있다. 미국에서 최저 임금을 충분히 올릴 수 있는 여력이 있는 도시 순위를 매긴다면 아마 이곳이 첫째로 꼽힐 것이다. 이곳이 시간당 15달러 최저 임금 운동을 벌여 제일 먼저 성사시킨 것은 우연이 아니다.

이번 워싱턴대 연구 결과는 그런 도시에서조차 무리한 임금 인상은 역효과만 부른다는 것을 실증적으로 보여줬지만 인상론자들은 이를 외면하고 있다. 이 연구는 최저 임금에 관한 한 가장 광범위하고 정밀한 기법으로 이뤄진 것임에도 "한 연구만으로는 부족하다", "믿을 수 없다"는 반응이 대부분이다.

이달부터 LA에서도 시간당 최저 임금이 12달러로 올랐다. 이는 앞으로 4년간 계속 올라 2021년에는 15달러가 되고 그 후에는 가주 전체가 15달러가 된다. 이 부담을 고스란히 지는 것은 한인들이 많이 종사하는 스몰 비즈니스 업주들이다. 돈을 많이 버는 대기업이나 부유층을 상대로 하는 고급 레스토랑 등은 최저 임금이 올라도 별 영향이 없다. 처음부터 최저 임금을 받는 사람이 별로 없는 데다 있다 해도 임금 인상분을 가격을 올리는 것으로 상쇄할 수 있기 때문이다.

그러나 지금도 겨우 수지를 맞추며 허덕이는 영세 상인은 다르다. 고객들의 주머니 사정이 넉넉하지 않아 가격을 인상할 경우 매출 감소를 각오해야 한다. 아마존 등 인터넷 상거래의 확대로 이들의 입지는 좁아지고 있는데 최저 임금까지 지속적으로 올려야 한다면 더 이상 장사하기 어려워질 것이다. 날로 치솟고 있는 건강 보험 등 각종 보험료 인상도 이들의 발목을 잡고 있다. 미국에서 가장 소득이 높은 도시의 하나인 시애틀이 시간당 13달러의 최저 임금을 감당할 수 없다면 LA에 15달러는 무리라 보는 것이 상식이다.

그러나 이번 워싱턴대 조사에도 불구하고 시간당 15달러 최저 임금이 철회되는 일은 없을 것이다. 인간답게 살고 싶다는 욕망은 어떤 현실이나 이론보다 강하기 때문이다. 그 욕망이 투표권을 갖고 있을 때는 더욱 그렇다. 앞으로 잠 못 이룰 사람은 시애틀 업주만은 아닐 것 같다. 2017. 7. 18

사라지는 쇼핑몰

상가는 인류 문명과 역사를 함께 한다. 숲속을 뛰어다니며 사냥하던 시절에야 각자 알아서 먹을 것을 마련해야 했겠지만 농업과 함께 정착 생활이 시작되고 분업이 이뤄진 다음에는 자기가 생산한 물건을 장으로 가지고 와 교환하는 것이 보편적인 현상으로 자리 잡았다.

역사에 기록된 최초의 쇼핑몰은 고대 로마 트라야누스 포럼에 세워진 트라야누스 시장으로 전해진다. 기원 100년 다마스쿠스의 아폴로도로스가 지었다고 하는 이 상가는 노점상 형태를 탈피해 여러 물건을 파는 상점이 즐비하게 늘어선 형태로 근대 쇼핑몰의 원조로 불린다.

70~80년대 미국에 이민 온 한인들을 놀라게 했던 것 중 하나가 한 도시를 방불케 하는 어마어마한 규모의 쇼핑몰이었다. 먼지 하나 없이 깨끗한 실내에 끝도 없이 진열돼 있는 생전 처음 보는 물건들

은 당시만 해도 초라한 빈국이었던 한국에서 온 이방인들을 놀라게 하기에 충분했다. 지금은 한국 쇼핑센터가 오히려 미국을 압도할 정도로 화려하고 현대적이지만.

어쨌든 지난 100년간 미국인들의 사랑을 받으며 주요 생활 공간 노릇을 해오던 쇼핑몰이 이제 죽어가고 있다. 크레디 스위스가 최근 내놓은 보고서에 따르면 미국 내 쇼핑몰의 20~25퍼센트가 앞으로 5년 내 문을 닫을 것으로 보인다. 일부 전문가들은 이 수치가 지나치게 낙관적이라며 최소 30퍼센트는 사라질 것으로 보고 있다.

얼마가 사라질지는 그때 가봐야 알겠지만 줄어든다는 것만은 분명해 보인다. 그 이유는 물론 아마존으로 상징되는 인터넷 쇼핑의 폭발적인 성장 때문이다. 이 추세로 가장 큰 타격이 예상되는 업종은 의류업인데 지금 인터넷 쇼핑의 17퍼센트를 차지하고 있는 의류는 2030년이 되면 35퍼센트로 늘어날 전망이다. 지금 쇼핑몰 곳곳을 채우고 있는 의류점은 고객들이 한번 옷을 입어보는 장소로 전락한 지 오래다. 옷은 쇼핑센터에서 입어보지만 정작 사는 것은 아마존에서 한다. 같은 옷인데 가격이 비교가 되지 않기 때문이다.

리미티드, 아메리칸 어패럴, 베베 등은 이미 파산을 신청했고 올해 문 닫는 매장만 8,640개에 이를 것으로 추산된다. 그 내용을 구체적으로 살펴보면 애버크롬비&피치가 60개, 칠드런스 플레이스 300개, 크록스 160개, JC 페니 130~140개, 메이시 100개, 라디오 색(Radio Shack) 552개, 시어즈와 K 마트 150개, 아메리칸 어패럴 104개, 리미티드 250개, 파산이 예상되는 페이리스 슈즈 500개, 웨트 실 150개 등이다.

이들의 폐업만으로도 수만 명의 실업자가 발생하는데 이 중 유명 점포로서 앵커테넌트 역할을 하고 있는 메이시 등이 나갈 경우 그 몰 전체 고객 수에 영향을 줘 남아 있는 업소들까지 타격을 받게 된다. 거기다 메이시에 물건을 대주던 하도급 업체들의 연쇄 파산도 불가피해 보인다. 이커머스가 늘어나면 늘어날수록 이런 현상은 심화될 것이 뻔한데 지금으로서는 이 추세가 바뀌기는커녕 가속화될 가능성이 크다.

전문가들은 이제 쇼핑몰이 물건을 파는 시대는 갔고 경험을 파는 곳으로 변신해야 한다고 말한다. 80년대 비디오테이프가 나오자 사람들은 영화산업은 망했다는 이야기를 했지만 그 후 30여 년이 지난 지금 아직도 건재하다. HD와 3D 등 고화질 입체 영화를 경험할 수 있는 기회를 줌으로써 사람들을 극장으로 끌어내는 데 성공했기 때문이다. 미국과 캐나다의 영화 티켓 세일은 2002년 15억 8,000만 장에서 2015년 13억 3,000만 장으로 소폭 줄었지만 티켓 가격 상승과 DVD, 스트리밍 영화 판매로 영화 제작사들의 수입은 오히려 늘어났다.

식당도 마찬가지다. 일반 소매업소가 죽을 쓰고 있는 것과는 대조적으로 쇼핑몰 내 식당들은 번창하고 있다. 많은 사람들이 집에서 요리를 해 먹거나 주문 배달을 시키는 것보다 분위기 좋은 식당에서 맛있는 음식을 먹고 싶어 하기 때문이다.

요가 등 자기 개발을 위한 강좌나 마사지 등 서비스도 인터넷으로는 주문하기 어려운 것들이다. 앞으로 당분간 거스를 수 없는 추세인 이커머스와 경쟁하기보다는 인터넷이 할 수 없는 경험을 파는 것이 새 시대에서 살아남는 비결인 셈이다.

인간이 존재하는 한 물건을 사고파는 일은 사라지지 않는다. 다만 그 형식이 바뀔 뿐이다. 변화로 인한 손실을 한탄할 때가 아니라 새 시대에 발맞춰 재빠르게 변신하는 노력이 한인 상인들에게 어느 때보다 절실히 요구되고 있다. 2017. 6. 6

롱비치 앞바다에 늘어선 배들

세계 역사상 첫 노동조합이 탄생한 것은 19세기 초 영국 맨체스터
다. 칼 마르크스와 함께 근대 공산주의 운동의 창시자로 꼽히는 프
리드리히 엥겔스는 1842년 22살의 젊은 나이에 이곳에 왔다. 그는
아버지가 지분을 갖고 있는 회사에서 일하며 맨체스터 노동자들의
참상을 눈으로 직접 목격했다. 이때 그가 쓴 책이 『영국 노동자 계급
의 실상』이란 책은 지금까지도 초기 자본주의에 관한 고전으로 평
가받고 있다.

특히 그를 분노케 한 것은 일반 노동자도 노동자지만 어린 아동
에 대한 혹사였다. 올망졸망한 어린이들이 제대로 먹지도 못하고
하루 10시간 이상 노동에 시달리다 툭하면 사고로 손발이 잘려 나
가는 모습을 본 그에게 자본주의는 망해야 할 제도 이상도 이하도
아니었다.

그러면서도 그는 봉제공장 자본주로 일하며 번 돈으로 친구 마르크스의 생계를 도왔다. 그가 없었더라면 마르크스는 일찍이 굶어죽었을 가능성이 높고 그렇게 됐더라면 『자본론』도 국제 공산주의 운동도 없었을 것이다.

노동자들의 비참한 현실이 알려지면서 많은 사람들이 노동조합의 필요성에 공감하게 됐고 노조는 정부의 탄압에도 불구하고 세력을 점차 키워 합법적 지위를 인정받고 제2차 대전 후에는 이들의 지지를 받는 노동당이 집권하기에 이른다.

미국도 이와 비슷한 과정을 밟았다. 영국보다 한 세기 늦게 산업화를 경험한 미국 노동자들은 20세기 들어 본격적으로 노조를 조직했고 1954년에는 미국 노동자의 35퍼센트가 노조에 가입할 정도로 위세를 떨쳤다. 이는 당시 유럽과 일본이 2차 대전의 참화에서 벗어나지 못했고 소련과 중국은 공산화된 상태로 미국이 세계의 유일한 공장 역할을 하고 있어 미국 기업이 이들의 요구를 들어주고도 충분히 수익을 낼 수 있었기 때문이다.

그러나 유럽과 일본 경제가 회복되고 90년대 공산주의가 무너지면서 세계의 노동자들이 모두 미국 노동자들의 경쟁 상대가 되자 사정은 달라지기 시작했다. 미국 기업들은 인건비가 싼 외국으로 공장을 이전하고 자동화를 서두르면서 노조의 입김은 약해졌다. 현재 미국 노동자들의 노조 가입률은 11퍼센트, 사기업 근로자의 가입률은 7퍼센트다.

사기업 노조가 약해지는 것과는 대조적으로 공기업 노조는 강해지고 있다. 2009년 미 공기업 노조 가입자 수는 790만으로 740만의 사기업 노조를 처음 앞질렀다. 공기업 노조가 이처럼 강한 것은 사기업과는 달리 정부 조직은 해외 이전이 불가능하기 때문이다. 그러나 모든 사기업 노조가 다 약한 것은 아니다. 사기업 중에서도 해외 이전이 안 되는 직종은 노조가 강하다. 그중 대표적인 것이 청소 등 서비스 노조와 항구에서 물건을 나르는 하역 노조다.

요즘 롱비치 앞바다에 가보면 고래 등만 한 화물선 수십 척이 줄줄이 서 있는 모습을 볼 수 있다. 롱비치 하역 노조원들이 임금 인상을 요구하며 사실상 태업을 벌이고 있기 때문이다. 이를 지켜보는 수출입 업자들은 애간장이 타고 있다. 해외로 수출해야 할 농산물이 부두에서 썩고 있고 배가 들어오지 못해 납품 날짜를 맞출 수 없게 됐기 때문이다.

하역 노조원의 평균 연봉은 9만 8,000달러며 은퇴 연금, 건강 보험 등 베네핏까지 합치면 1인당 인건비는 연 15만 달러에 달한다. 그런데도 부족하다며 임금 인상 투쟁을 벌이고 있는 것이다. 19세기 맨체스터에서 참 오기는 많이 왔다.

롱비치 하역원이라고 모두 노조원은 아니다. 이 중 상당수는 일용직과 우선 일용직 노동자다. 일용직 노동자는 임금도 낮고 베네핏도 없으며 일감도 노조가 차지한 후 남은 것이 있어야 할 수 있다. 우선 일용직은 일용직으로 오래 일하면 한 단계 올라가는 자리고 여기서 또 오래 있어야 정식 노조원이 될 수 있다. 현직 노조원의 친인척이 아니고서는 사실상 노조 가입이 불가능하다는 것은 공공연한 비밀이다.

LA와 롱비치 항은 미국으로 들어오는 수입 물량의 40퍼센트를 담당한다. 이곳 태업이 장기화되고 최악의 경우 항구 폐쇄로까지 이어진다면 겨우 회복기를 맞은 남가주 경기에 타격이 불가피하다. 항만노조는 적당히 하기 바란다. 2015. 2. 17

신흥 석유 강국

1859년 8월 펜실베이니아 유전에 투자했던 코네티컷 뉴헤이븐의 은행가 제임스 타운센드는 절망에 빠졌다. 야심 찬 꿈을 안고 투자가들을 모아 시작한 석유 개발 사업이 실패로 돌아갔다고 생각했기 때문이다. 투자가들의 돈을 모두 날리고 개인 재산까지 쏟아부었지만 석유는 나오지 않았다. 마지막 한 푼까지 톡톡 털어 수표를 써주고 펜실베이니아 타이터스빌에 나가 있던 개발업자 에드윈 드레이크에게 철수하라는 명령을 내렸다.

그러나 그 편지가 도착하기 바로 전 드레이크가 뚫은 유정에서 기름이 나오기 시작했다. 한적한 농촌이었던 이 마을은 하루아침에 붐 타운이 됐고 드레이크와 타운센드는 일약 백만장자로 변신했다. 이것이 첫 번째 미 석유 붐의 시작이다.

그 이전까지 석유는 지표면에 올라온 것을 거둬내는 것이 유일한 수확 방식이었다. 땅에 드릴을 박아 파 올리겠다는 발상은 타운센드 와 드레이크 등 극소수만이 해냈고 이들이 이를 실행에 옮기자 사람 들은 미쳤다고 생각했다. 그러나 펜실베이니아 북서부 인근 유정에 서 석유가 쏟아져 나오자 사람들은 곧 생각을 바꿨다. 그러고는 일 확천금의 꿈을 안고 너도나도 석유 사업에 뛰어들기 시작했다.

그중의 한 명이 인근 클리블랜드에서 무역업을 하던 존 록펠러였 다. 그는 회유와 협박으로 동종 정유업자들을 구슬려 이를 통폐합한 후 생산에서 제조, 운송까지 석유에 관한 모든 분야를 장악했다. 이 를 통해 스스로는 세계 최고 부호의 반열에 올랐고 동시에 미국을 세계 석유 산업의 중심지로 만들었다.

그러나 이런 미국의 독주는 그 후 러시아에서 유전이 발견되고 제 1차 대전 후 중동 석유 개발이 본격화되면서 흔들리기 시작했다. 70 년대 두 차례의 오일 쇼크는 세계 석유의 중심이 어디로 이동했는지 를 분명히 보여줬다.

그 후 오랫동안 중동 석유에 목을 맨 채 끌려 다니던 미국의 위상 이 요즘 변하고 있다. 바로 '프래킹(fracking)'이란 신기술 때문이다. 프래킹이란 모래와 화학 약품을 섞은 물을 이용해 강한 수압으로 셰 일 암반을 분쇄한 후 거기 들어 있는 기름을 추출하는 기법이다. 이 를 통해 바위 속에서 잠자고 있던 기름을 뽑아낼 수 있게 된 것이다.

이 기법이 도입된 후 하루 500만 배럴에 불과하던 미 석유 생산량은 750만 배럴로 늘어났으며 2019년까지 1,000만 배럴에 육박할 것으로 추산되고 있다. 이와 함께 미국은 이미 세계 랭킹 2위의 석유 생산국이던 러시아를 제쳤고 2015년에는 사우디아라비아를 뛰어넘어 세계 1위의 산유국이 될 것으로 예상된다. 지금 미국은 명실상부한 제2의 석유 부흥기를 맞고 있는 것이다.

아직 미국 경기가 좋다는 얘기를 하는 사람은 별로 없지만 프래킹 최적지의 하나인 배큰 암반대가 있는 노스다코타는 예외다. 얼마 전까지 석유가 거의 나지 않던 이곳은 이제 미국 전체 석유의 10퍼센트를 생산하고 있으며 경기도 어느 때보다 좋다. 요즘 석유 엔지니어 구하기는 하늘의 별 따기고 취업 걱정은 할 필요가 없는 분야가 이곳이다.

최근 석유 값이 연일 폭락하면서 올 여름 최고치에서 25퍼센트나 떨어졌다. 남보다 유별난 석유를 쓰는 가주는 예외지만 미 전국 평균 가스 값이 갤런당 3달러 이하로 떨어지는 것은 시간문제로 보인다. 이처럼 기름 값이 내리는 것은 세계 경기 침체 둔화에 대한 우려로 풀이되지만 프래킹을 통한 신기술 개발로 석유 생산량이 늘어난 것이 더 큰 원인이다. 하이브리드나 전기차를 타는 사람이 는 것도 다소 보탬이 됐을 것이다.

기름 값 하락은 소비자들에게 우선 좋은 일이지만 지정학적으로도 환영할 일이다. 대표적인 반미 국가인 이란과 러시아, 베네수엘라 등이 모두 석유 수입에 국가 재정의 대부분을 의지하고 있다. 석유 값이 떨어지면 떨어질수록 이들은 심한 재정 압박을 받게 될 것이며 반미 책동에도 지장이 불가피할 것이다. 유가 폭락은 오랫동안 나쁜 뉴스에 시달려온 미국인들에게 드물게 반가운 소식이다.

2014. 10. 21

특허 전쟁

'특허'를 뜻하는 'patent'는 원래 라틴어로 '열려 있다'는 뜻이다. 근대 국가 중 처음으로 특허를 인정한 영국에서 발명가가 자기가 만든 물건의 제조 방식을 법적으로 보장해달라고 요청하면 모든 사람이 이를 알 수 있도록 왕은 '열린 편지(letters patent)'를 써줬는데 이것이 줄어 'patent'가 된 것이다. 14세기부터 이를 인정해오던 영국은 1624년 '특허법'을 제정, 이를 공식적으로 법제화한다.

'특허' 하면 뭔가 별난 사람들만의 관심거리일 것 같은 인상이 들지만 이는 한 나라의 국력과 직결돼 있다. '특허법' 제정 당시만 해도 서유럽 변방의 작은 섬나라에 불과했던 영국이 18세기 산업혁명을 일으키고 19세기 '해가 지지 않는 나라'로 전 세계에 식민지를 거느리며 떵떵거릴 수 있었던 것도 그 바탕은 어느 나라보다 먼저 특허로 지적 재산권을 보호한 데 있다.

인간은 원래 편한 것을 좋아하는 동물이다. 어쩌면 이것이 인간을 별 볼 일 없는 침팬지 사촌에서 만물의 영장으로 우뚝 서게 했는지 모른다. 어느 날 누군가가 코코넛을 머리로 박치기 해 깨는 것보다 돌로 내리치는 것이 손쉽다는 것을 발견했고 또 누군가가 그냥 돌보 다는 이를 손도끼로 만들어 사용하는 것이 효과적이라는 것을 깨달 았을 것이다. 인류의 역사는 보다 효율적인 도구의 역사라 해도 과 언이 아니다.

인간은 또한 이기적인 동물이다. 자기가 땀 흘려 얻은 노동의 과 실이 자기한테 돌아오지 않으면 땀을 흘리려 하지 않는다. 열심히 깐 코코넛을 누군가가 홀랑 가져가 버린다면 이를 쉽게 까는 법은 연구하지 않게 된다.

특허법이 한 일이 바로 코코넛을 깐 사람이 코코넛을 먹을 수 있 게 한 것이다. 자기가 딴 열매를 자기가 먹을 수 있게 된 영국인들은 너도나도 손쉽게 열매를 따 먹을 수 있는 방법을 고안하기 시작했고 이와 함께 특허도 쏟아져 나왔다. 이렇게 축적된 기술이 역사상 처 음 산업혁명을 일으키게 한 원동력이 된 것이다.

19세기 영국이 세계를 제패하게 된 것은 '영국은 파도를 지배한다 (Britannia rules the waves)'라는 말에서도 알 수 있듯이 제해권을 장악 했기 때문이고 제해권을 장악할 수 있었던 것은 누구보다 우수한 성

능의 배와 대포를 갖고 있었기 때문이다. 그리고 그런 배의 생산이 가능했던 것은 특허법으로 기술 혁신을 보호했기 때문이다.

특허가 국력을 좌지우지하는 것은 예나 지금이나 다름이 없다. 옛날에는 거함과 대포가 국력의 척도였다면 이제는 스마트폰과 탭이 이를 결정한다. 그러나 보다 나은 스마트폰과 대포 모두 기술 혁신 없이는 불가능하며 이를 궁극적으로 담보하는 것은 특허를 통한 지적 재산권의 보호다.

특허 수는 그 나라의 국력과 정비례 한다. 그런 의미에서 불과 60년 전 6·25의 폐허 위에서 신음하던 한국의 약진은 자랑스럽다. 지난 수년간 한국의 특허 수는 일본, 미국, 중국 등 큰 나라에 이어 4위를 고수하고 있다. 2007년에는 GDP 대비 특허 수로는 세계 1위를 차지했다. IT 강국이 괜히 된 것이 아니다.

스마트폰을 둘러싼 삼성과 애플의 특허 전쟁이 전 세계를 무대로 수년째 계속되고 있다. 누가 이 특허 전쟁에서 승리하느냐가 두 회사의 운명은 물론 두 나라의 국력에도 큰 영향을 미친다는 점을 고려하면 놀랄 일이 아니다.

오바마 행정부는 3일 미 국제무역위원회가 삼성전자의 특허를 침해한 애플 제품의 미국 내 수입 금지 판정한 것에 대해 거부권을 행사했는데 이는 극히 이례적인 일이다. 미국이 급하기는 급했나

보다.

　스마트폰과 태블릿의 선두주자였던 애플은 최근 삼성과의 경쟁에서 급속히 뒤지고 있다. 스마트폰은 말할 것도 없고 사실상 독점이었던 태블릿도 올 2분기 시장 점유율이 32퍼센트에 불과했는데 이는 1년 전에 비해 28퍼센트 포인트나 낮아진 것이다. 반면 삼성은 탭 판매가 277퍼센트나 늘었으며 시장 점유율도 7.6퍼센트에서 18퍼센트로 높아졌다.

　이번 오바마 행정부의 결정은 미국 소비자 보호를 명분으로 내세웠지만 노골적인 애플 편들기라는 것은 삼척동자도 아는 사실이다. 이로써 미국은 특허 분쟁에 정치적으로 개입하는 나쁜 선례를 남겼다. 삼성과 애플의 총성 없는 전쟁은 앞으로도 오래 계속될 것이다.

2013. 8. 6

디트로이트의 몰락

　디트로이트라는 이름은 '좁은 수로'라는 뜻의 'détroit'에서 왔다. 5대호의 하나인 휴론과 이리 호를 잇는 작은 강의 이름이 바로 디트로이트다. 1701년 프랑스 장교인 앙투안 드 라 모트 카디약(Cadillac)가 51명의 프랑스계 캐나다인과 세운 마을이 바로 지금 디트로이트 시의 모체다. 고급 차의 대명사 캐딜락은 이 사람 이름에서 따온 것이다.

　교통의 요지에 자리 잡고 있던 덕에 이곳은 일찍이 모피 무역의 중심지로 성장했다. 19세기 들어서는 남부 흑인 노예들을 캐나다로 빼돌리는 소위 '지하철(underground railroad)' 사업의 주요 통로이기도 했다. 서부 개척과 함께 이 도시는 날로 번성, 빼어난 건축물들이 빽빽이 들어서 '서부의 파리'라는 별명을 얻기도 했다.

　동서 교역의 요충지였던 탓에 마차 산업도 발달했는데 이는 1896

년 헨리 포드가 맥 애비뉴에 자그마한 자동차 공장을 차리는 결정적
계기가 된다. 이것이 잘 되자 1903년에는 포드 모터 회사라는 이름
으로 정식 회사를 설립하며 그와 함께 다지 형제와 월터 크라이슬러
등도 이곳에 자동차 공장을 세우면서 디트로이트는 미국 자동차 산
업의 중심이 된다.

디트로이트 발전의 일등 공신은 단연 포드였다. 그는 그때까지 두
세 명이 한 조가 돼 망치를 두들겨 만들던 자동차 제조 방식을 일련
공정으로 체계화하고 여기저기서 조달하던 부품도 자체 공장에서
제작케 함으로써 자동차 생산에 일대 혁신을 일으킨다. 1908년 이
렇게 생산된 모델 T는 생산 단가를 크게 낮춰 그전까지 부유층의 전
유물이던 자동차를 일반 노동자들도 타고 다닐 수 있게 만든다.

1941년 일본의 진주만 기습으로 미국이 제2차 대전에 참전하면
서 디트로이트는 '민주주의의 군수 공장'으로 변신한다. 탱크와 장
갑차를 비롯한 수많은 군수 물자가 개조된 디트로이트의 공장에서
굴러 나왔다. 제2차 대전이 끝나고 유럽과 일본이 초토화되면서 자
동차 산업 중심지로서 디트로이트의 위치는 독보적이었다. '모터 시
티'의 부귀영화는 영원히 끝나지 않을 것처럼 보였다.

그러나 그것으로 끝이었다. 자동차 회사들이 떼돈을 벌면서 하루
8시간 노동과 오버타임, 고임금을 요구하는 노동자들의 목소리도

커졌다. 나아가서는 현직 근로자뿐만 아니라 은퇴 노동자에게도 죽을 때까지 연금과 건강 보험을 제공하라는 압력도 거세졌다. 회사 측은 이런 자동차 노조의 요구를 결국 모두 수용했다. 나중에는 자동차 제조 원가에서 철강 비용보다 의료 보험 비용이 더 많아졌다.

미국 자동차 회사가 이런 고비용에 허덕이고 있는 동안 일본 자동차는 연비가 높고 성능이 우수하면서 값도 싼 소형차로 미국 시장을 파고들었다. 70년대 오일 쇼크로 기름 값이 폭등하자 일제 소형차에 대한 수요도 급증했다. 70년대 초까지만 해도 거의 미국 자동차의 독무대였던 미국 자동차 시장이 점차 외국 차에 의해 잠식돼 가고 있는데도 미국 자동차 회사와 노조는 과거의 영화에 취해 기술 개발과 소비자 취향 변화를 감지하는 데 게을렀다.

2008년 금융 위기와 함께 오랫동안 안으로 곪았던 상처는 터지고 말았고 GM과 크라이슬러는 연방 정부의 구제 금융을 받고서야 겨우 연명할 수 있었다. 경기 회복과 함께 이들 회사는 흑자로 돌아섰지만 디트로이트의 쇠락을 막기에는 역부족이었다.

1950년대 200만에 가까웠던 디트로이트 인구는 이제 겨우 70만을 헤아린다. 도시 전체 주택지의 절반이 버려져 일부는 황무지로 변했고 폐허가 된 빌딩만 7만 채가 넘는다. 작년 디트로이트에서 매매된 주택의 평균 가격은 불과 7,500달러인데도 사려는 사람이 없다. 범죄율은 미국 최고이며 911을 아무리 불러봐야 1시간이 넘어야 온다. 하도 동네 분위기가 험악해 경찰 호위 없이는 구급차가 오지도 않는다.

이 디트로이트가 지난주 180억 달러가 넘는 부채를 견디지 못하고 드디어 파산을 신청했다. 미국 대도시 중 최대 규모지만 올 것이 왔다는 분위기다. 디트로이트의 몰락은 아무리 한때 번영했던 도시라도 시대의 흐름에 발맞추지 못하면 망할 수밖에 없다는 것을 분명히 보여준다. 2013. 7. 23

잿더미가 된 낙원

1846년 6월 14일 33명의 미국인들이 북가주 소노마에서 당시 이곳을 지배하고 있던 멕시코 정부를 상대로 반란을 일으켰다. 이들은 곰을 그린 깃발을 국기로 삼고 '캘리포니아 공화국'을 선포했다. 멕시코인들은 이들을 "곰들"이라고 불렀는데 이는 이들이 곰을 새 나라의 상징으로 삼았기 때문이기도 했지만 이들이 생긴 모습이 곰처럼 우락부락했기 때문이기도 했다. 이들이 일으킨 반란을 '곰 깃발의 반란'이라고 부른다.

당시 미국은 그해 5월 멕시코를 상대로 전쟁을 선포한 상태였지만 이들은 그 사실조차 모르고 있었다. 그해 7월에는 미 태평양 함대를 이끌고 있던 존 슬로트 제독이 몬터레이를 점령하고 미국 깃발을 내걸었다. 그리고 곰 깃발이 걸렸던 소노마의 반란군 본부에도 성조기가 나부끼게 된다. 가주 독립 운동의 본산은 소노마인 셈이다.

소노마는 또 가주를 대표하는 포도주 산업의 탄생지이기도 하다. 헝가리 출신 이민자인 아고스톤 하라치는 소노마로 이주한 뒤 1856년 부에나비스타 양조장을 차렸다. 한때 5,000에이커가 넘는 규모의 포도밭을 운영하며 '가주 포도주의 아버지'로 불리던 그는 1860년대 포도나무를 병들어 죽게 하는 필록세라 병이 창궐하며 재산을 모두 잃고 파산하기에 이른다. 1868년 재기를 꿈꾸며 니카라과로 건너가지만 다음 해 강가에서 실종된 후 자살설부터 악어에 물려갔다는 설 등 설만 분분한 채 시체조차 찾지 못했다.

그는 갔지만 지금 가주는 이탈리아와 프랑스, 스페인에 이은 세계 4대 포도주 생산지의 하나다. 미국에서 생산되는 포도주의 90퍼센트가 가주에서 나온다. 가주 와인의 75퍼센트는 중가주에서 나오지만 질만은 소노마와 나파를 따라갈 수 없다.

가주 와인의 질을 높이는 데 결정적 공을 세운 사람으로 로버트 몬다비를 빼놓을 수 없다. 이탈리아 이민 2세인 그는 1966년 나파에 몬다비 포도원을 차리고 첨단 기법으로 가주 포도주의 수준을 유럽에 비교해도 손색이 없는 수준으로 끌어올렸다. 이 같은 그의 노력으로 1976년 파리 포도주 시음 대회에서 가주 와인은 프랑스를 누르고 1등을 차지했다.

가주 독립과 포도주의 본산인 소노마와 나파가 지난 달 북가주를 휩쓴 산불로 직격탄을 맞았다. 7,000채의 주택이 불타고 30억 달러의 재산 피해가 발생한 이번 산불은 미 역사상 최악의 자연 재해로 분류되는데 소노마 일대에서 3,000채의 피해가 발생하는 등 집중적인 타격을 받았다.

그중에서도 소노마 최대 도시 샌타 로자의 주택가인 커피 팍 일대는 히로시마를 연상시킬 정도로 폐허가 됐다. 불이 꺼진 지 한 달이 지났지만 복구는 엄두도 못 내고 곳곳에 불에 타 흉측한 고철로 변한 자동차만 덩그러니 놓여 있다.

가주를 대표하는 식물학자 루터 버뱅크가 "온 지구상에서 가장 선택받은 곳"이라고 불렀던 샌타 로자는 미국에서 가장 행복한 10대 도시 중 9위로 랭크된 곳이다. 모든 것을 다 가졌다 한순간에 잃은 욥 이야기가 남의 일이 아님을 보여준다.

한 가지 다행인 것은 올 여름이 무척 더워 포도가 일찍 영근 덕분에 포도의 90퍼센트를 화재 전 수확할 수 있었다. 남은 포도는 껍질이 두꺼운 카베르네 소비뇽으로 연기 피해를 거의 입지 않는다. 거기다 500개가 넘는 포도원 대부분이 화를 면했다.

그러나 이번 화재로 이곳 주민들이 입은 손실은 크다. 집을 잃은 사람은 말할 것도 없고 그렇지 않더라도 대부분이 관광 수입에 의존하고 있는데 포도 수확 시즌에 불이 나는 바람에 관광객이 크게 줄었기 때문이다.

이곳 러더포드에 자리 잡고 있는 오베르주 뒤 솔레유('태양의 숙소'라는 뜻)는 미국 최고급 호텔의 하나로 제일 싼 방이 하루에 800달러가 넘는다. 그러나 비싼 돈을 주지 않더라도 테라스 카페에서 커피를 마시며 지극히 평화로운 나파 밸리의 명품 경치를 감상할 수 있다. 인근에는 채소의 향을 살린 세상에서 가장 맛있는 야채수프를 끓여주는 식당도 있다.

내년 휴가로 나파와 소노마를 택한다면 세계 어느 곳에 내놔도 손색없는 맛과 멋을 즐기며 화마로 절망에 빠진 주민도 돕는 좋은 일까지 할 수 있다. 불탄 재 속에서 부활한다는 피닉스처럼 나파와 소노마가 다시 일어설 것을 믿어 의심치 않는다. 2017. 11. 28

대가뭄

옥수수는 특이한 곡물이다. 인간의 손에 너무나 잘 적응해 이제는 인간이 도와주지 않으면 번식하지 못한다. 최대한 씨를 늘리는 방식으로 진화했기 때문에 자연 상태로 땅에 떨어지면 과포화 상태로 죽게 된다. 그러나 이런 풍성함은 인간에게는 축복이다.

지금부터 1만 년 전쯤 멕시코 남부 지역에서 자라는 테오신테라는 풀을 멕시코인의 조상인 마야족이 길들여 재배하기 시작했다고 하는데 정확한 것은 아직도 파악되지 않고 있다. 한 가지 분명한 것은 옥수수만큼 광범위한 지역에서 토양과 기후에 관계없이 잘 자라는 곡물은 없다는 사실이다. 1620년 지금 뉴잉글랜드 일대에 정착한 영국의 필그림들은 영국에서 하던 것처럼 밀을 심어보려 했으나 추운 날씨와 풍토에 맞지 않아 실패하고 굶어죽을 위기에 처했다.

이들을 구해준 것은 이 지역 출신으로 스페인을 거쳐 영국에 끌려갔다 탈출한 스콴토라는 인디언이었다. 영어를 할 줄 알았던 그는 이들에게 옥수수 심는 법을 가르쳤고 영국인들은 그의 도움으로 아사를 면했다. 옥수수로 배를 채운 이들이 감사의 표시로 시작한 것이 미국 최대 명절의 하나인 '추수감사절'이다.

미국인들의 주식이 빵이므로 밀이야말로 미국 최대 곡물이 아닐까 생각하는 사람이 있을지 모르지만 이는 착각이다. 옥수수가 재배 면적으로는 40퍼센트, 총 수확 매출로는 3배가 많다. 옥수수는 단지 식용으로만 중요한 것이 아니라 가축의 사료로서도 필수적이다. 미국에서 길러지는 대부분의 소와 돼지, 닭 등 가축은 옥수수를 먹고 큰다.

이처럼 옥수수가 널리 쓰이는 것은 단위 수확량이 다른 어떤 곡물보다 높기 때문이다. 미국인들이 물처럼 마시는 콜라를 비롯 대부분 탄산음료에 들어가는 시럽의 원료도 옥수수고 화석 연료 대용으로 쓰이는 에탄올도 옥수수로 만든다.

옥수수를 주식으로 먹는 멕시코인들은 '걸어 다니는 옥수수'로 불린다. 토티야 등 이들이 옥수수를 통해 섭취하는 칼로리는 하루 전체 섭취량의 40퍼센트에 이른다. 그러나 최근 음식 성분 조사에 따르면 미국인들이 멕시코인들보다 고기와 콜라 등을 통해 옥수수를 더 많이 섭취하는 것으로 밝혀졌다.

이처럼 미국인의 식생활에 밀접한 영향을 미치는 미국의 옥수수가 말라 죽어가고 있다. 가뭄 때문이다. 광대한 미국 본토의 절반이 가뭄 재해 지역으로 분류되고 있다. 현재로서는 60년래 최악의 가뭄이라고 하는데 앞으로 더 악화될 가능성이 높아 자칫 하면 역사상 최악이 될지도 모른다. 이와 함께 지난 6주 새 옥수수 가격도 40퍼센트나 급등했는데 육류와 우유 등 낙농 제품 값도 오를 것이 확실해 보인다. 이들의 원료가 모두 옥수수이기 때문이다.

재난은 이상하게 함께 닥치는 경향이 있다. 이번 가뭄은 대공황이 한창이던 30년대 '더스트 볼'을 연상시킨다. 중서부 지역 넓디넓은 풀밭의 야생 잡초를 모두 뽑고 농토로 만들었는데 잡초가 사라진 데다 건조한 날씨가 계속되고 강한 바람이 불자 흙이 먼지로 변해 농장들이 초토화되고 만 것이다. 졸지에 삶의 터전을 잃게 된 농부들은 '캘리포니아 드림'을 꿈꾸며 서부로 몰려들었지만 이곳 또한 이들을 기다리고 있는 것은 고단한 현실이었다. 이 이야기를 주제로 「분노의 포도」란 소설을 쓴 존 스타인벡은 퓰리처상과 노벨 문학상을 받았다.

이번에 왜 이런 대재난이 왔는가에 대해서는 논란이 분분한데 일부에서는 지구 온난화의 필연적 결과라며 앞으로 온난화가 심화될수록 미 중서부의 가뭄 등 기상 이변은 더 심각해질 것이며 피해도 커질 것이란 우울한 전망을 내놓고 있다. 반면 이 같은 결론이 아직은 속단이라는 신중론도 있다.

어쨌든 이번 가뭄으로 지난 수년간 미국의 대불황에도 불구, 농산물 호황으로 호경기를 누리던 미 중서부 지역들이 직격탄을 맞게 됐다. 모두가 고통을 겪고 있는데 혼자서만 편해서야 되겠느냐는 하늘의 뜻인가. 한국은 한국대로 사상 최장의 열대야와 폭염으로 고통받고 있다고 한다. 올림픽을 빼고는 별로 기쁜 소식이 없는 요즘이다. 2012. 8. 7

양극화 촉진 법안

아시아나 항공 비즈니스 석으로 LA에서 서울까지 다녀오는 사람들은 특별한 경험을 할 수 있다. 스튜어디스들이 셰프 모자를 쓰고 직접 음식을 만들어 대접하는 셰프 스페셜 비행을 올해부터 시작했기 때문이다.

한 달에 단 한 번뿐으로 운이 좋아야 탈 수 있지만 하늘 위에서 프랑스 유명 요리 학원인 코르동 블뢰 훈련을 받은 스튜어디스가 거위 간으로 만든 프랑스 고급 요리인 푸아그라, 송이버섯보다 비싸다는 송로버섯 트러플 등 직접 만들어 가져온 요리를 맛볼 수 있다. 와인도 음식에 맞게 세 개의 잔에 따로 제공한다. 부자들은 어떻게 먹고 사는가를 잠시나마 엿볼 수 있다.

그러나 이런 서비스는 싱가포르 항공이 올해부터 시작한 퍼스트 클래스 스위트에 비하면 초라하다. 싱가포르에서 시드니를 잇는 일부 노선에서 시범적으로 시작한 이 좌석 1인당 요금은 6,000~8,000 달러로 한 비행기에 여섯 개밖에 없다. 좌석이 아니라 방이라고 부르는 것이 더 정확하다. 방 안에 좌석과 침대, 그리고 화장실이 따로따로 있기 때문이다. 부부가 같이 탈 경우 두 방을 합쳐 큰 침대 하나로 만드는 것도 가능하다.

이보다 더한 것도 있다. 아랍계 에티하드 항공이 내놓고 있는 레지던스 좌석이다. 이 또한 역시 좌석이 아니라 쓰리 베드룸 아파트에 가깝다. 침실과 거실이 따로 있고 샤워장이 딸린 화장실이 따로 있다. 뉴욕-두바이 왕복 요금은 1만 5,000달러로 싱가포르 항공의 2배다. 음식은 물론 일류 호텔 셰프가 직접 만들어 준다.

날로 호화로워지는 일등석 좌석만큼 전 세계적 현상인 부의 양극화를 극명하게 보여주는 것은 없다. 30년 전만 하더라도 이코노미와 비즈니스 석의 가격 차이는 몇백 달러 정도로 크지 않았다. 그러던 것이 이제는 점점 벌어져 LA-서울 노선의 경우 주말 요금이 1,000여 달러와 4,000여 달러로 4배 가까이 차이가 난다.

30년 전 미국 상위 10퍼센트가 차지하는 부의 비중은 전체의 30퍼센트 선이었지만 이제는 70퍼센트가 넘는다. 하위 50퍼센트 재산은 다 합쳐 봐야 1퍼센트에 불과하다. 어째서 이런 일이 일어났을까. 1989년 베를린 장벽이 무너지고 1991년 소련이 망하면서 소련

과 동구권, 중남미, 아프리카 많은 지역의 지도 이념이던 사회주의
는 몰락했다.

거기다 세계 인구 1위와 2위국이던 중국과 인도가 사회주의를 포
기하고 세계 시장에 뛰어들었다. 잠자던 수십억 명의 노동 인구가
깨어나면서 노동의 가치는 하락하고 자본은 귀해졌다. 설상가상으
로 테크놀로지의 발달로 자동화가 대세를 이루며 단순 노동이 설 자
리는 사라졌다. 지난 30여 년간 선진국 노동자들의 실질 임금이 오
르지 않은 것은 놀랄 일이 아니다.

빈부 격차의 심화가 시대의 화두인 지금 연방 하원은 지난주 사상
최대 규모의 감세를 골자로 하는 세법 개정안을 통과시켰다. 이를
주도한 공화당은 이것이 중산층을 위한 감세안이라며 경기 활성화
를 촉진할 것이라고 주장하고 있으나 실상은 이와 다르다.

전문가들은 이 안이 시행될 경우 내년 상위 0.1퍼센트는 연 17만
5,000달러, 상위 1퍼센트는 4만 8,000달러의 감세 혜택을 보겠지만
중간 소득이 중위권인 중산층은 고작 750달러를 더 가져갈 것으로
보고 있다. 그나마 2027년이 되면 상위 1퍼센트 혜택은 6만 4,000달
러로 늘어나지만 중산층 혜택은 460달러로 줄어든다.

부자들의 세제 혜택이 이렇게 큰 것은 이 법안이 기업소득세는 35
퍼센트에서 20퍼센트로, 파트너십 등 '이익 통과(pass-through)' 기업

세는 39퍼센트에서 25퍼센트로 내리며 고소득자에 대한 '대체 최소세(AMT)'와 상속세를 폐지하고 있기 때문이다. 이로 인한 이익의 절대 다수는 상위 1퍼센트에게 돌아간다.

2016년 대선에서 트럼프에게 승리를 안겨준 펜실베이니아와 오하이오, 미시간의 백인 중하류 노동자들은 대부분 세계화와 자동화로 일자리를 위협받고 절망에 빠진 사람들이다. 이들은 자신의 곤궁한 처지를 이민자와 불법 체류자 탓으로 돌리며 이들을 조롱하고 비난한 트럼프에게 몰표를 줬다.

그런 트럼프와 공화당이 백인 중하류 노동자들에게는 별 도움이 안 되지만 사상 최대 억만장자들로 이뤄진 트럼프 내각에 횡재를 안겨줄 세법 개정안을 통과시켰다는 것은 지지자들에 대한 엄청난 배신이다. 그러나 놀랄 일도 아니다. 트럼프에게서 무엇을 기대하겠는가. 배고픈 곰들이 언제까지 되놈 장단에 춤출지 궁금하다. 2017. 11. 21

폰지 이야기

찰스 폰지는 이탈리아계 이민자이다. 많은 이민자들처럼 그는 미국 땅을 밟았을 때 빈털터리였지만 큰돈을 벌어 보겠다는 꿈을 가지고 있었다. 그러나 이민자가 '아메리칸드림'을 이루기는 예나 지금이나 쉽지 않았다. 식당 접시닦이로 취직한 후 웨이터까지 승진하지만 손님 돈을 훔쳤다는 이유로 쫓겨나고 만다.

그는 미국 꿈을 접고 캐나다 몬트리올로 올라가 작은 은행에 일자리를 얻는데 여기서 새로운 비즈니스 기법을 배우게 된다. 당시 다른 은행들의 예금 금리는 연 3퍼센트였는데 이 은행은 그 2배를 줬다. 당연히 손님 돈이 몰려들었다. 그러나 이 은행이 높은 이자를 준 것은 장사가 잘 돼서가 아니었다. 부동산 론이 부실 대출로 변하면서 이를 메우기 위한 돈이 필요했고 이자를 올린 후 몰려든 돈으로 비싼 이자를 준 것이다. 계속 돈이 들어오지 않으면 망할 수밖에

없는 구조로 결국 망했으며 은행 주인은 돈을 챙겨 멕시코로 도주
했다.

　다시 보스턴으로 돌아온 그는 이 수법을 그대로 이용했다. 당시에
는 외국 우표를 미국 우표로 바꿔 주는 프로그램이 있었다. 제1차 대
전 후 유럽 인플레로 달러로 표시된 미국 우표의 실질 가치가 이탈
리아 우표보다 훨씬 높았다. 폰지는 이에 착안, 이탈리아 우표를 사
미국에 가지고 와 미국 우표로 바꾸고 이를 팔면 큰 이익을 남길 수
있다고 선전하며 투자가를 모집했다. 그러나 이를 실행에 옮기려면
복잡한 절차가 필요했고 비용도 많이 들었다.

　그럼에도 처음에 투자한 사람들은 고수익을 얻을 수 있었다. 폰지
가 나중에 투자한 사람 돈으로 첫 투자가들에게 돈을 지급했기 때문
이다. 폰지한테 오면 떼돈을 벌 수 있다는 소문이 퍼지면서 사람들
은 집을 잡혀 모은 돈을 들고 그를 찾았다. 폰지는 불과 몇 달 만에
지금 돈으로 450만 달러를 챙겼다.

　그는 이 돈으로 호화 주택을 사고 흥청망청 했지만 그의 사기행각
은 오래가지 못했다. 이 모델은 새 투자가가 기하급수적으로 들어와
야 유지될 수 있는데 이는 불가능했다.《보스턴 포스트》가 그의 재
정이 엉망이라는 기사를 쓰고 수사기관이 조사에 착수하면서 그의
마각이 드러났다. 투자가들은 그에게 맡긴 돈 대부분을 날리고, 그

는 연방 및 주 교도소를 전전하다 브라질로 이민 가 극빈 환자로 67세의 생을 마감했다. 그는 갔지만 그의 '폰지 사기(Ponzi scheme)'는 사기극의 대명사로 미국인의 머릿속에 아직도 남아 있다.

공화당의 유력 대선 후보인 릭 페리 텍사스 주지사가 미국인들의 80퍼센트가 지지하는 정부 프로그램인 소셜 시큐리티(국민 연금)를 '폰지 사기'라 불러 논란이 일고 있다. 민주당은 물론이고 당내 경선을 놓고 그와 경쟁을 벌이고 있는 밋 롬니 전 매사추세츠 주지사도 이를 강력 비난하고 나섰다. 미국인들이 이를 좋아하는 이유는 간단하다. 두 부부가 일하는 평균 가정의 경우 평생 58만 달러를 소셜 시큐리티 세로 내지만 90만 달러를 찾아 먹는다.

그러나 나중 투자가가 계속 돈을 부어야 먼저 투자가가 돈을 찾아갈 수 있는 것이 '폰지 사기'의 요체라 한다면 분명 소셜 시큐리티는 '폰지 사기'다. 지금 근로자와 기업이 열심히 내고 있는 월급의 12퍼센트가 넘는 세금은 이미 은퇴한 사람들이 타 갔다. 지금 일하고 있는 사람들이 은퇴해 이를 받으려면 다음 세대 근로자들이 세금을 내줘야 한다.

1930년대 소셜 시큐리티가 처음 시작됐을 때 20명의 근로자가 1명의 은퇴자를 부양했고 미국인의 평균 수명은 60대를 넘지 않았다. 지금은 3명의 근로자가 1명을 부양하며 80세까지 보통 산다. 앞으로 30년 후가 되면 2명이 한 명을 부양하고 평균 수명은 90세에 육박할 것이며 지급해야 할 소셜 시큐리티 부족분은 22조 달러에 달할 것으로 추산된다.

소셜 시큐리티 세는 처음 2퍼센트로 시작했다. 최고 세액도 60달러이던 것이 그 후 40차례나 인상, 1만 3,000달러로 늘어났다. 인플레를 감안해도 800퍼센트의 증가율이다. 현재 상태가 유지될 수 없음은 자명하다. 공화·민주 양당은 은퇴자들을 자극해 표를 얻으려는 얄팍한 정치 산술을 접고 미국의 장래를 위협하는 이 연금제도를 어떻게 개혁할 것인지 진지하게 논의할 때다. 2011. 9. 13

가주 망치는 공무원 연금

한국에서 교사와 공무원은 전에는 대학생들에게 별 인기가 없는 직종이었다. 월급이 많은 것도 아니고 일 자체가 도전적이거나 진취적인 것과는 멀었기 때문에 젊은 나이에 이런 일을 하면서 일생을 보내겠다고 생각하는 사람은 많지 않았다.

그러나 이제는 사정이 달라졌다. 자기 직업으로도 이들은 인기가 상종가고 배우자의 직업으로서도 이상적인 직종으로 분류되고 있기 때문이다. 우선 대과가 없으면 정년이 보장되는 데다 퇴직 후에는 죽을 때까지 연금이 나오기 때문이다.

얼마 전까지 한국에서 퇴임한 교사, 공무원, 군인 출신 홀아비는 과부의 배우자 후보 1순위였다고 한다. 아예 '나와 결혼해 달라'며 돈을 싸들고 오는(공정 가격이 3,000만 원이란다) 여자들이 줄을 섰다고 한다. 남편이 죽으면 그 수입은 고스란히 아내 차지가 되기 때문에 평생 돈 걱정할 필요가 없기 때문이었다. 이것이 사회 문제가 되자 한국 정부는 법을 바꿔 원래부터 결혼했던 조강지처에게만 이런 혜택이 돌아가도록 했다.

그럼에도 불구하고 공무원과 교사의 인기는 쉽게 수그러들지 않을 것 같다. 인간의 평균 수명은 갈수록 늘어가는 데 일반 기업의 은퇴 연령은 계속 낮아지기 때문이다. 일류 기업에서 중역으로 잘 나가다가도 50대에 명퇴를 당하고 나면 할 일도 없어지거니와 신분도 삽시간에 격하된다. 어차피 하루에 네 끼 먹는 것도 아니고 뭘 해도 먹고는 산다고 볼 때 현역으로 있을 때 못지않게 은퇴 후 수십 년을 어떻게 사느냐가 중요하다는 데 생각이 미치기 시작한 것이다.

요즘 같이 불황이 심할수록 이런 경향도 뚜렷해지는데 이곳 미국도 예외는 아니다. 연방 및 주 공무원이 받는 연금은 부러움 차원을 넘어 지탄의 대상이 되기에 이르렀다. 가장 연금이 후한 공무원의 하나인 가주 소방대원의 경우 마지막 월급의 3퍼센트에 근무 연한을 곱한 액수가 연금으로 지급된다.

20세에 일을 시작해 34년을 일하고 은퇴하면 평생 월급보다 많은 돈을 연금으로 받게 되는 것이다. 장기 근무한 한 소방대장은 현재 마지막 연봉 22만 달러보다 훨씬 많은 28만 달러를 매년 연금으로 받고 있다.

　　소방대원이나 경찰은 위험이 따르는 직업이니까 그렇다 치고 우유 검사관 같은 아무 위험 부담이 없는 직종까지 이런 혜택을 주는 것은 이해가 가지 않는다. 그럼에도 가주 의회는 2002년 이들에게도 같은 혜택을 주는 법안을 통과시켰다. 민주당의 자금줄인 공무원 노조의 입김 때문임은 말할 것도 없다. 그 결과 현재 가주에서는 1만 5,000명이 넘는 전직 공무원이 연봉 10만 달러가 넘는 고액의 연금을 받고 있다.

　　가주가 호황을 누리던 시절에는 이런 모순이 가려져 넘어갔으나 세수가 급속히 줄고 있는 지금 이것이 문제가 되지 않을 수 없다. 최근 주 정부는 30억 달러에 달하는 연금 부족분 일부를 메우기 위해 8억 달러의 캘리포니아 대학(UC) 등록금 인상을 단행했다. 은퇴 공무원의 과도한 연금 지급을 위해 최저임금을 받으며 피자 배달을 하는 학생들의 주머니를 턴 것이다.

　　현재 55억 달러에 달하는 은퇴 공무원 연금과 의료비는 향후 10년간 150억 달러로 늘어날 것으로 주지사 사무실은 보고 있다. 가주 정부의 총 연금 의료비 부채는 1,220억 달러에 달한다. 갈수록 늘어날 이 문제가 해결되지 않는 한 등록금과 세금은 계속 올라 학부모의 허리는 휘고 비즈니스는 가주를 떠날 것이다. 그럼에도 공무원 노조에 발목이 잡혀 있는 민주당은 아무런 개혁안을 내지 못하고 있다.

　모든 물은 오래 고이면 썩는다. 가주 의회의 민주당 집권은 인간 기억력의 한계를 시험하고 있다. 가주가 살기 위해서는 대대적인 물갈이가 불가피하다. 올 가을 중간 선거에서 민주당의 다수 의석을 박탈한다면 가주 회생의 중대한 전기가 마련되겠지만 그럴 가능성은 희박해 보인다. 가주에 밝은 내일이 찾아오기까지는 오랜 시일이 걸릴 것 같다. 2010. 3. 16

현실에 두들겨 맞은 리버럴

"신은 신비롭게 역사한다(The Lord works in mysterious ways)"는 말이 있다. 인류의 역사가 인간의 힘으로 이해하기 힘든 방향으로 흘러갈 때 흔히 하는 말이다. 기독교 역사만큼 이 말의 진실을 그대로 보여 주는 것도 없다.

기독교가 서양의 중심 종교로 뿌리내리는 데 누구보다 큰 기여를 한 사도 바울은 원래 열렬한 기독교 박해자였다. 그러다 다마스쿠스 로 가는 길에 예수의 계시를 받고 졸지에 독실한 기독교도가 돼 일 생을 복음 전파에 바치며 나중에는 목숨까지 내놓는다.

토마스 아퀴나스와 함께 가장 위대한 기독교 신학자로 꼽히는 성 오거스틴도 원래는 마니교 신자였다. 그러다 기독교로 전향하며 방 대한 『신국론』을 통해 중세 1,000년 기독교 신학의 토대를 닦았다.

80년대 '레이건 혁명' 이후 수십 년 간 미국 정계를 주도해온 네오콘 사상도 그렇다. '네오콘의 대부'로 불리는 어빙 크리스톨은 가난한 뉴욕 유대인 출신으로 젊어서는 급진 좌파인 트로츠키 추종자였다. 평생 아내이자 지적 동반자였던 거트루드 힘멜파브를 만난 것도 뉴욕 시립대의 트로츠키 클럽에서였다.

그런 그가 나중에 가장 열렬한 반공주의자가 된다. 그뿐만이 아니다. 1917년 러시아 혁명이 성공하면서 서구의 수많은 지식인이 공산주의에 빠졌다. 착취와 계급이 없고 모든 사람이 잘사는 사회를 만들어야 한다는 당위는 너무나 그럴 듯해 보였기 때문이다.

『7층산』으로 잘 알려진 가톨릭 사상가 토머스 머튼도 한때는 공산주의자였다. 그러던 그가 공산주의 운동의 실상에 환멸을 느끼고 켄터키의 트라피스트 수도원에 들어가 수도사가 된 것이다. 신에 대한 믿음에 바탕을 두지 않은 어떤 사상도 인간을 행복하게 하지 못한다는 것이 그의 결론이었다.

어빙 크리스톨은 공산주의뿐만 아니고 60년대 존슨에 의해 시작된 소위 '위대한 사회'라 불리는 복지 제도에 반대했다. 개인이 자발적으로 사회적 약자를 돕는 것은 찬사를 받아야 할 일이지만 국가가 세금으로 A라는 개인에게서 강제로 돈을 거둬 B에게 주는 것은 역효과만 날 뿐이라는 것이다. 처음에는 감사히 받을지 몰라도 시간이 지나면 B는 이를 자신의 당연한 권리로 주장하면서 더 많은 혜택을 요구하게 된다. 그러려면 더 많은 세금을 거둬야 하며 A는 이에 반발, 계층 간 알력만 심해지고 근로 의욕은 저하되며 복지 관료 수만 늘어나 국가 경제는 멍든다는 것이다.

그는 그 대안으로 감세를 통해 기업가들의 투자를 촉진할 것을 촉구했다. 기업의 투자가 늘어야 생산성이 향상되고 생산성이 향상돼야 근로자들의 실질 임금이 올라간다는 것이다. 장기적으로 실질 임금은 노동 생산성과 비례할 수밖에 없다.

반공과 감세, 복지 혜택 축소는 공화당과 레이건 행정부의 기본 정책으로 1980년대 이후 미국을 이끈 지도 이념이 된다. '레이건 혁명'은 그의 어깨 위에 서 있다 해도 과언은 아니다. 1992년 집권한 클린턴도 이 골격에서 벗어나지 못했으며 1996년에는 공화당도 하지 못했던 웰페어 개혁법에 서명함으로써 사상 최대의 복지 혜택 축소를 단행한다. 이 법은 지금까지 가장 성공적인 사회 입법의 하나로 평가받고 있다.

어빙은 스스로를 '현실에 두들겨 맞은 리버럴(a liberal mugged by reality)'이라고 불렀다. 이상 사회를 꿈꾸는 것도 좋지만 현실이 받쳐주지 않으면 아무 소용이 없다는 뜻이다. 이와 함께 그의 가장 큰 신념은 세상은 인간이 의도한 것과는 다른 방향으로 흘러간다는 것이다. 소위 '의도하지 않은 결과의 법칙'이다.

한때 '바보들의 정당'이라고 불리던 공화당에 지적 힘을 실어주고 보수주의의 이론적 토대를 단단히 하는 데 누구보다 앞장선 어빙 크리스톨이 지난주 89세로 사망했다. 어빙의 아내 힘멜파브도 대표적 네오콘 사가고 아들 빌 크리스톨은《위클리 스탠더드》편집장으로 역시 대표적인 네오콘 언론인이다. 온 가족이 네오콘인 셈이다.

"사상은 결과를 낳는다(Ideas have consequences)"는 말이 있다. 길게 보면 사상만이 진정한 역사적 의미를 지닌다. 기독교와 공산주의, 그리고 네오콘의 역사가 이를 입증한다. 그의 명복을 빈다. 2009. 9. 22

전설의 퇴장

95년 아카데미 작품상과 감독상을 받은 영화 〈포레스트 검프〉를 보면 검프가 새우잡이 회사를 차려 번 돈을 '애플'에 투자해 거부가 되는 장면이 나온다. 검프는 애플이 자기가 즐겨 먹던 사과를 재배하는 회사인 줄 알고 주식을 샀는데 애플 주가가 마구 오르면서 떼돈을 벌게 된 것이다.

약간 두뇌 회전이 '느리기'는 하지만 천성이 착한 검프가 하늘의 축복을 받아서인지 뭐든지 하는 일이 잘 되는 것을 보여주는 사례의 하나지만 애플의 성공과 검프가 전혀 무관하다고 말할 수는 없다. 검프 정도의 지능을 가진 사람도 쉽게 사용할 수 있게 만들어진 것이 애플 제품이기 때문이다.

전 세계 태블릿 PC 시장을 사실상 독점하고 있는 애플의 아이패드에는 제품 설명서가 없다. 꼭 설명서를 원하는 사람은 애플 사이트로 가 다운로드 받으면 되지만 그럴 필요가 없다. 스위치를 틀면 웬만한 사람은 본능적으로 어떻게 이용해야 하는지 알게 만들어져 있다. 세 살짜리부터 대학교수까지 금방 능숙하게 다룬다.

편리함도 편리함이지만 많은 사람들은 애플의 절제된 단순미에 빠져든다. 누르는 단추라고 켜고 끄는 스위치와 소리를 크고 작게 하는 버튼이 전부다. 제품 전체가 간결함의 정수이자 젠(zen) 선사의 가르침이 담긴 한 편의 예술품을 보는 것 같다.

이런 서양의 하이테크에 동양의 미학을 가미한 애플 제품에 전 세계가 흥분하고 있다. 음반 전체가 아니라 곡 하나하나를 사는 새로운 개념의 마케팅을 전제로 한 아이팟에서부터 애플의 미학과 테크놀로지로 스마트폰의 역사를 다시 쓴 아이폰, 그리고 PC 시대의 종말을 예고한 아이패드에 이르기까지 애플 제품에 대한 고객의 사랑은 중독을 넘어 종교적 열정에 가깝다.

신제품이 나올 때마다 몇 시간씩 줄을 서 사고 자나 깨나 옆에 두고 침식을 같이 하는 사람이 하나둘이 아니다. 한때 망해가던 애플의 시가 총액이 미국 최대 기업인 엑슨 모빌을 넘어서고 애플의 현금 보유고가 미국 연방 정부를 제친 것은 놀랄 일이 아니다.

이런 애플의 성공 신화 뒤에는 스티브 잡스가 있다. 미혼모에게 버려져 입양된 잡스는 오리건에 있는 이름 없는 대학을 한 학기 다니다 중퇴한 것이 학력의 전부다. 미국 최고 부자 빌 게이츠나 '페이스북'을 만들어 20대 억만장자가 된 마크 주커버그 모두 하버드 중퇴자인 것을 보면 미국에서 억만장자가 되려면 일단 대학 중퇴부터 해야 하는 모양이다.

그래도 이때 잡스가 청강한 서예 과목은 훗날 애플 디자인에 결정적 영향을 미쳤다. 한때 인도로 건너간 그는 불교 신자가 돼 돌아왔고 결혼식 주례도 젠 선사가 맡았다. 잡스의 친부는 시리아계 회교도라고 하는데 그러고 보면 애플 제품이 전 세계인에 어필하고 있는 것도 한 문화와 한 지역에 치우치지 않는 그의 독특한 경력이 이유의 하나일 것이다.

그 스티브 잡스가 지난주 애플 최고 경영자 자리에서 물러났다. 그는 오래전부터 췌장암을 앓고 있었는데 아마 병세 악화가 원인인 것으로 분석된다. 그는 이로써 사실상 IT 업계에서 은퇴했으나 이미 그가 남긴 업적만으로도 그는 록펠러나 카네기, 포드 등 미국 비즈니스 전설의 반열에 오르기에 충분하다.

빌 게이츠는 "내가 석기 시대에 태어났더라면 오래 살지 못했을 것이다. 나는 잘 뛰지도 못하고 나무도 잘 못 타기 때문"이라고 말한 적이 있다. 잡스가 이런 업적을 남길 수 있었던 것은 물론 사람들이 원하는 것을 사람들이 깨닫기 전에 미리 알아내는 그의 천부적 재능이 1차적 원인이겠으나 개인의 자유와 창의를 존중하는 미국적 시스템이 있기에 가능했다. 석기 시대는 그만두고 그가 구소련이나 모택동 치하의 중국에서 자랐더라면 애플도 IT 혁명도 없었을 것이다. 그의 남은 인생이 평안하기를 빈다. 2011. 8. 30

행복한 경제학자

경제학은 '우울한 학문(dismal science)'이라고 불린다. '생산은 산술급수적으로 증가하고 인구는 기하급수적으로 증가한다'는 맬서스의 『인구론』을 읽고 토머스 칼라일이 붙인 이름이다. 아무리 연구해봐야 결론이 비참하게 날 수밖에 없는 학문이란 뜻이다.

그러나 맬서스의 예측은 들어맞지 않았다. 농업 생산 양식의 개혁으로 농산물 수확량이 인구 증가 속도를 능가하면서 인류는 지금 어느 때보다 풍요로운 삶을 누리고 있다. 선진국의 경우에는 인구 과밀과 기아가 아니라 저출산과 다이어트가 가장 큰 걱정거리다.

경제학은 '우울한 학문'일지 모르지만 많은 경제학자들은 '행복한 삶'을 살았다. 이 학문을 창시한 애덤 스미스는 평생 독신이었지만 대학 교수와 자유무역주의자임에도 불구하고 스코틀랜드 관세청장을 지내며 경제적으로도 윤택하고 사회적으로도 인정받는 인생을 즐겼다.

증권 브로커 출신으로 경제학에서 "가장 중요하며 확실한 이론"으로 평가받는 무역에서의 비교우위설을 주장한 데이비드 리카도는 주식 투자로 떼돈을 벌었고 20세기 최고 경제학자의 하나인 케인스도 환투기 등으로 1,000만 달러가 넘는 돈을 벌어 문화 사업을 후원하는가 하면 러시아 발레리나와 결혼해 즐겁게 살았다.

20세기 미국을 대표하는 경제학자 셋을 들라면 프리드리히 하이에크와 밀턴 프리드먼, 그리고 폴 새뮤얼슨이 꼽힌다. 학문적으로는 서로 다른 이들이지만 공통점도 많다. 첫째는 셋 다 시카고 대학과 인연이 깊다는 점이다. 그곳에서 배우거나 가르쳤다. 두 번째는 모두 노벨상 수상자라는 점이다. 1970년 미국인으로는 처음 노벨 경제학상을 받은 새뮤얼슨을 필두로 1974년에는 하이에크가, 1976년에는 프리드먼이 각각 받았다.

세 번째는 모두 유대계라는 점이다. 철학자 비트겐슈타인의 친척으로 오스트리아 출신인 하이에크, 헝가리 이민 1세 집안에서 태어난 프리드먼, 그리고 폴란드 이민자 집안인 새뮤얼슨 모두가 유대인 출신이다. 새뮤얼슨의 제자로 얼마 전 노벨 경제학상을 받은 폴 크루그먼도, 하버드 총장을 지내고 지금 오바마 대통령의 경제 고문인 래리 서머스도 그의 조카로 유대인이다.

네 번째는 세 사람 모두 장수를 누렸다는 점이다. 하이에크는 92세, 프리드먼은 94세까지 살았고 지난 주말 타계한 새뮤얼슨도 94세를 일기로 눈을 감았다.

프리드먼은 죽기 직전 경제학자인 아내와 자신의 긴 삶을 돌아보며 『두 운 좋은 사람들(*Two Lucky People*)』이라는 자서전을 썼다. 셋 모두 오랫동안 보람 있는 삶을 산 정말 운 좋은 사람들이다.

이 세 명 중 한국인에게 가장 친숙한 인물은 새뮤얼슨이다. 한국에서 경제학을 공부한 사람치고 그의 경제원론을 읽지 않은 사람은 없다. 1948년 처음 나온 이 책은 전 세계 40개 언어로 번역돼 지금까지 400만 부가 팔렸다. 경제학뿐만 아니라 모든 교과서를 통틀어 최고 기록이다. 새뮤얼슨은 초기에는 '소련식 계획 경제도 자본주의에 못지않은 성장을 이룩할 수 있다'는 오류를 범하기도 했으나 후에 이것이 잘못임이 밝혀지자 개정판에서 이를 인정하는 용기를 보였다. 그의 교과서가 19판을 찍으며 지금까지 긴 생명력을 갖고 있는 것은 이런 정직함 때문이다.

새뮤얼슨의 서거 소식이 전해지자 그의 제자로 지금 연방 준비제도 이사회 의장인 벤 버냉키의 "경제학의 거인"이란 평을 비롯, 찬사가 쏟아지고 있다. 명예와 업적을 함께 남긴 값진 삶을 살다간 그의 명복을 빈다. 2009. 12. 15

3부 • 미국 정치 이야기

억지 논쟁

1850년대 미국은 노예주와 자유주로 나뉘어 극심한 대립을 보이고 있었다. 이때 노예제 폐지에 불을 붙인 사건이 발생한다. 흑인 노예 드레드 스콧이 주인을 따라 자유 주인 일리노이로 이주한 것을 이유로 자신을 노예 신분에서 해방시켜 달라는 소송을 제기한 것이다. 그러나 연방 대법원은 1857년 노예는 미국 시민이 아니기 때문에 소송을 제기할 자격이 없으며 그에게 자유를 부여한다면 이는 소유주의 재산권을 침해하는 것이기 때문에 허용될 수 없다고 판시했다.

당시 연방 대법원장인 로저 토니는 이로써 노예 해방 문제에 종지부를 찍었다고 생각했으나 오판이었다. 이 판결에 분노한 노예 폐지론자들은 미 전국에서 노예제를 없애야 한다는 캠페인에 열을 올렸고 남부 노예주들은 연방 탈퇴를 공공연히 외치기 시작했다.

이 논쟁은 결국 1861년부터 1865년까지 미 역사상 가장 많은 미국인이 죽은 남북전쟁을 치르고서야 끝났다. 전후 제정된 노예제 폐지를 규정한 수정헌법 13조, 모든 미국 내 출생자에게 시민권을 부여토록 한 14조, 모든 시민권자에게 참정권을 보장한 15조는 이렇게 마련된 것이다.

올 중간 선거를 앞두고 시민권 논쟁이 다시 불붙고 있다. 도널드 트럼프는 미국에서 태어났다고 무조건 시민권을 줄 수는 없다며 헌법 개정이나 법을 고치지 않고도 자신의 행정명령만으로 자동 시민권 폐지가 가능하다고 주장했다. 그러나 대다수 법률 전문가들은 이를 헛소리로 일축하고 있다.

연방헌법 14조는 "미국에서 태어나거나 귀화하고 미국 사법권의 관할 하에 있는 사람들은 모두 미국 시민이다"라고 명확히 규정하고 있다. 트럼프를 비롯, 미국 출생자의 자동적 시민권 부여에 시비를 거는 사람들은 이 가운데 "미국 사법권의 관할 하에 있는"이라는 문구를 가지고 불법 체류자와 그 자녀는 미 사법권 관할 하에 있지 않기 때문에 시민권을 자동으로 부여할 수 없다는 주장을 편다.

한마디로 말이 안 되는 억지 주장이다. 불법 체류자와 그 자녀가 미 사법권 밖에 있다면 이들은 미국 법을 지키지 않아도 된다는 말인가. 미국에서 태어난 사람은 부모의 신분에 관계없이 미국 시민권자라는 사실은 연방 대법원 판례로 굳어져 있다. 연방 대법원은

1898년 '중국인 배척법'에 의해 시민권자가 될 수 없는 중국인 부모 밑에서 태어난 '웡 킴 아크' 사건에서 미국에서 태어난 이상 누구나 미국 시민이며 부모의 신분은 문제가 되지 않는다고 판결했다. 현행 이민법도 미국에서 태어난 모든 사람의 시민권 취득을 인정하고 있다.

그럼에도 불구하고 트럼프가 선거를 코앞에 두고 이 문제를 들고 나온 것은 자신의 지지자들을 투표장에 나오게 하려는 꼼수로밖에는 보이지 않는다. 트럼프는 지구상에 자기 나라에서 태어난 모든 사람에게 시민권을 주는 나라는 미국밖에 없다고 주장했지만 이 또한 거짓말이다. 캐나다와 멕시코, 남미 대다수 등 자국 영토 내 출생자에게 시민권을 주는 나라는 30개국이 넘는다.

지금 미국 경제는 실업률이 수십 년래 최저이고 경제 성장률이 3퍼센트가 넘는 등 호황을 구가하고 있다. 정상적인 대통령이면 이런 경제 실적을 자랑하며 공화당에 표를 달라고 할 것이다. 모든 미국인이 공감할 수 있는 부분이기 때문이다.

그럼에도 트럼프는 연일 중앙아메리카에서 올라오는 캐러밴을 막기 위해 대규모 군대를 국경에 배치하고 이들 중에 범죄조직과 회교 테러분자가 들어 있다는 근거 없는 주장을 되풀이하며 반이민 정서 고취에 열을 올리고 있다. 모든 사람이 잘사는 나라가 아니라 증오와 적개심에 불타는 미국을 만들려는 그의 모습이 참으로 딱하다.

미국 대통령은 취임할 때 "나는 대통령의 직무를 성실히 수행할 것이며 최선을 다해 연방헌법을 보전하고 보호하며 수호할 것을 엄숙히 맹세한다"는 선서를 한다. 트럼프가 연방헌법과 현행 이민법의 규정을 무시하고 행정명령으로 상위법을 뒤집으려 한다면 이는 헌법 파괴행위 이상도 이하도 아니다.

트럼프가 일방적으로 미국 내 출생자의 자동 시민권 부여를 폐지하겠다고 발언한 직후 폴 라이언 연방 하원의장은 대통령에게 그럴 권한이 없다고 잘라 말했다. 하원의장이 대통령 말을 즉각 반박한 것은 매우 이례적이다. 이번 시민권 논쟁은 어째서 트럼프 같은 인물이 미국 대통령이어서는 안 되는가를 다시 한번 확인해주고 있다.

2018. 11. 6

영혼을 판 코끼리

존 코니어스는 최근까지 최장수 연방 하원의원이었다. 한국전에 참전한 후 민권 운동에 뛰어들어 존 딩겔 연방 하원의원 보좌관으로 정계에 입문한 그는 1964년 연방 하원의원에 당선된 후 올해까지 장장 53년간 하원을 지켰다. 그동안 그는 흑인 연방 하원들의 모임인 의회 흑인 회의(CBC)를 공동 창립했고 마틴 루터 킹 생일을 연방 공휴일로 만드는 데 앞장섰으며 연방 정부가 주도하는 전 국민 의료 보험제 설립을 추진해왔다.

민주당의 아이콘이자 당내 가장 진보적인 인사의 하나였던 그가 지난 5일 사임했다. 여성 보좌관들을 성추행한 의혹이 제기되자 지난 11월 내년 선거 불출마 의사를 밝혔으나 그것으로는 부족하다는 당 지도부의 압력에 굴복해 즉각 물러나고 만 것이다.

앨 프랭컨은 70~80년대 〈새터데이 나잇 라이브〉로 유명해진 코미디언 출신 정치인이다. 독일과 러시아에서 이민 온 유대인 이민자 후손으로 하버드 정치학과를 우등으로 졸업한 그는 어려서부터 연극에 재능을 보여 TV 대본 등으로 7차례나 에미상 후보로 지명됐으며 세 번 상을 받기도 했다.

진보적 소신을 가진 그는 폴 웰스톤 미네소타 출신 연방 상원의원의 강력한 지지자이기도 했으며 그가 2002년 선거를 앞두고 비행기 사고로 사망하자 그의 뒤를 이어 정치판에 뛰어들기로 결심한다. 2004년 연방 상원의원 선거에 출마해 현직이던 공화당의 놈 콜먼을 총 유효표 300만 표 가운데 312표 차로 이기고 당선된 후 지난 10여 년 동안 그는 여권 신장을 비롯한 진보적 이슈를 위해 싸워왔다.

그러던 그도 지난 7일 사임 의사를 밝혔다. 7명의 여성이 그가 자신들을 성추행했다고 주장하자 그는 사과를 하면서도 일부 주장은 사실이 아니라며 윤리위 조사를 성실히 받겠다고 밝혔지만 역시 그것으로는 부족하다는 당 지도부의 압력에 사표를 던지고 만 것이다.

로이 모어는 앨라배마주 대법원장을 두 번이나 지낸 공화당 정치인이다. 웨스트포인트에 들어가 지휘관으로 월남전에 참전한 후 돌아와 앨라배마대 로스쿨을 졸업하고 검사가 됐다. 2001년에는 선출직인 앨라배마주 대법원장에 당선되지만 법원 청사에 설치된 10계명 기념물이 정교 분리를 규정한 연방 헌법에 위반된다며 이를 철거

하라는 연방 법원의 명령을 거부해 2003년 해임된다.

2013년 다시 주 대법원장에 선출되지만 이번에는 동성 결혼 금지가 위헌이라는 연방 대법원 판결이 난 후에도 주 판사들에게 동성 결혼을 금지하라는 지시를 내려 직무가 정지된 후 이를 풀어달라는 항고가 기각된 후 2017년 다시 사임한다.

그러고는 제프 세션스 현 법무장관이 사임함으로써 공석이 된 앨라배마 연방 상원의원 후보로 출마해 12일 선거를 앞두고 있다. 유세 기간 중 당시 14살이었던 여성을 비롯 3명의 여성이 모어가 40년 전 자신들을 성추행했다고 주장했지만 모어는 10대 여성들과 데이트를 한 것은 맞지만 성추행을 한 적은 없다고 맞섰다. 미치 매코널 연방 상원 공화당 원내 총무를 비롯한 공화당 지도부는 그의 사임을 촉구했으나 그는 이를 거부하고 있다.

같은 앨라배마 출신 공화당 연방 상원의원인 리처드 셸비마저 "14살짜리를 건드렸다는 얘기로 충분하다. 나는 그에게 표를 줄 수 없다"고 말했으나 도널드 트럼프는 모어가 사실을 부인하고 있다며 지지 의사를 밝혔다. 하긴 10여 명의 여성이 트럼프에게 성추행을 당했다고 주장하고 있고 스스로가 수많은 여성들을 성추행했다고 자백한 인물이 모어를 비난하기는 쉽지 않을 것이다.

특이한 점은 로이 모어 지지자들의 상당수가 독실한 기독교인이라는 사실이다. 하긴 10계명 중에 "네 이웃의 아내를 탐하지 말라"는 계명은 있어도 "네 이웃의 딸을 탐하지 말라"는 계명이 없는 것은 사실이다.

최근 공화당이 통과시킨 감세안 내용을 살펴보면 어째서 공화당 지도부와 거액 헌금자들이 명백한 무자격자인 트럼프의 대통령 당선을 밀었는지 알 수 있다. 그가 미국을 올바로 이끌어갈 능력과 자질이 있느냐보다 공화당 부자들의 숙원 사업인 감세안에 서명할 사람이 필요했던 것이다.

기독교인들이 모어를 지지하는 이유도 같다. 리버럴한 민주당원 대신 독실한 기독교 신자를 연방 상원에 보내는 것이 그가 과거에 성추행을 했느냐 안 했느냐보다 중요한 것이다. "온 세상을 얻고도 제 영혼을 잃어버리면 무슨 유익이 있겠느냐"는 성경 구절이 떠오른다. 2017. 12. 12

오바마의 공과 과

지난주 버락 오바마의 정치적 고향인 시카고에서 있은 그의 고별 연설은 어째서 그가 미 역사상 최초의 흑인 대통령이 될 수 있었는 지를 보여준다. 차분하고 논리적이면서 유창하고 감동적인 그의 연설은 그가 웅변가임을 다시 한번 확인시켜 줬다. 트위터를 통해 비명 비슷한 외마디 소리만 지를 줄 아는 도널드 트럼프와 너무 비교된다.

그는 이날 연설에서 대공황 이후 최악의 경제 위기를 맞은 미국 경제를 살려냈고 수천만 명의 무보험자가 건강 보험의 혜택을 누리게 됐으며 9·11 사태의 주범인 오사마 빈 라덴이 사살됐음을 언급하는 등 자신이 이룩한 치적을 열거했다.

"나는 여러분에게 우리 건국 문서에 적힌 믿음을 굳건히 지킬 것을 부탁합니다. 노예와 노예제 폐지론자가 속삭인 생각, 이민자와 개척민과 정의를 위해 행진했던 사람들이 노래한 정신, 외국의 전장과 달의 표면에 국기를 박은 사람들이 확인한 믿음, 아직 쓰이지 않은 역사를 가진 모든 미국인의 가슴 한복판에 있는 믿음, 바로 우리는 할 수 있고 해냈다는 것입니다"는 말로 고별사의 마지막을 장식했다.

그러나 그의 연설은 그의 집권 8년이 어째서 애초의 기대에 크게 못 미친 채 끝났는지도 말해주고 있다. 한 시간 가까운 그의 연설 어디에도 그의 정책적 실패에 대한 인정과 반성은 찾아볼 수 없다.

2009년 그가 집권했을 때 대다수 미국인들은 그의 통합과 포용, 희망의 메시지에 높은 기대를 갖고 있었다. 미 유권자들은 금융 위기에 대한 책임을 물어 당시 집권당인 공화당을 몰아내고 민주당에게 의회 다수당 지위를 부여했다.

오바마가 좀 더 포용력 있는 정치를 펼쳤더라면 건강 보험, 세제 개혁, 사회 복지 제도 개선, 불법 체류자 문제 등 폭넓은 사회 문제를 해결할 수도 있었을 것이다. 그러나 그는 연방 상하원을 민주당이 장악하고 있다는 점을 믿고 전 국민 의료 보험 제도를 밀어붙였다.

그 결과 공화당의 단 한 표 지지도 얻지 못한 채 오바마케어 법안은 의회를 통과했고 다른 현안에 대해 타협안을 찾는 것도 불가능해졌다. 공화당과의 협력이 물 건너간 상태에서 오바마는 행정 명령으로 현안을 해결하려 했다. 미성년자녀인 상태에서 부모와 함께 미국에 밀입국한 사람들을 보호하기 위한 '미성년 입국자 추방유예 (DACA)' 명령 등이 대표적이다.

그러나 야당 협조 없는 법안 제정과 대통령령의 문제는 대통령과 의회 다수당이 바뀌면 하루아침에 정책이 바뀔 수 있다는 점이다. 트럼프는 선거 유세 중 오바마케어 폐지를 포함 오바마가 내린 행정 명령 중 상당수를 뒤집을 것을 공언해왔다.

오바마의 일방적인 정책 결정에 미 유권자들은 민주당을 응징하는 것으로 답했다. 오바마 자신만 2012년 선거 재선에 성공했을 뿐 전국적으로 지난 8년간 민주당은 몰락의 길을 걸었다. 연방 상하원 다수당 지위를 공화당에 내줬고 주 정부 차원에서도 99개 상하원 중 (네브래스카만 단원제) 69개가 공화당 다수며 50개 주지사직 중 33개 가 공화당 차지다. 오바마 집권 8년간 선거에서 진 민주당의 주 상하 원 의원 수만 900명에 달한다.

오바마 집권 8년간 경제가 꾸준히 성장한 것은 사실이나 그 속도 는 연 2퍼센트대로 역대 회복 중 가장 느리다. 실업률은 8년 내 최저 지만 많은 사람들이 직업 찾기를 포기했고 임금도 거의 오르지 않 았으며 빈부 격차는 오바마 취임 때보다 더 커졌다. 빈 라덴은 사살 됐지만 그 뒤를 이은 IS는 시리아와 이라크에서 기승을 부리고 있고 무엇보다 시리아 내전 방치로 수백만의 이재민과 수십만의 사망자가 발생했다.

미 국민 대다수가 나라가 잘못된 방향으로 가고 있다고 믿고 있는 것은 놀랄 일이 아니다. 그런 미국인들이 '오바마 집권 3기'라 불린 힐러리 클린턴을 거부하고 그와 정반대인 도널드 트럼프를 택했다.

그럼에도 불구하고 흑인 유학생과 백인 여성 사이에서 태어난 그가 첫 흑인 대통령 자리에 올랐다는 것만으로도 오바마의 역사적 입지는 확고하다. 수많은 장애에도 불구하고 인종 평등을 향해 나아가는 미국의 저력을 온 세상에 보여줬기 때문이다. 그가 남은 많은 시간을 스스로 고별사에서 밝힌 대로 미국을 보다 나은 곳으로 만드는 데 쓰기 바란다. 2017. 1. 17

힐러리, 닉슨, 클린턴

힐러리 클린턴이 예일 법과대학원을 졸업하고 공직과 처음 인연을 맺은 것은 1974년 닉슨 탄핵을 주도한 연방 하원 법사위원회 연구원으로 일하면서부터다. 힐러리는 존 도어 주임과 버나드 너스바움 선임위원의 지도를 받으며 탄핵 절차와 요건 등을 연구했다. 닉슨은 탄핵이 확실해지자 그해 8월 사임했다. 힐러리는 닉슨 탄핵에 일조하는 것으로 공직 생활을 시작한 셈이다.

이때 힐러리가 하나 분명히 배운 것이 있다. 탄핵을 하기 위해서는 증거가 있어야 하고 증거가 없이는 탄핵하지 못한다는 점이다. 닉슨이 워터게이트 사건과 관련이 있음을 입증하는 녹음테이프가 백악관에 있었고 제출을 명령받자 닉슨은 자기가 관련된 부분을 삭제한 채 내놨다. 이 테이프가 분실됐다고 끝까지 우겼더라면 아마 그는 탄핵을 모면했을지 모른다.

힐러리는 퍼스트레이디로 백악관에 있으면서 다시 한번 탄핵과 인연을 맺게 된다. 남편이 르윈스키 사건과 관련해 위증을 했다는 이유로 탄핵당할 처지에 놓인 것이다. 빌 클린턴은 처음 르윈스키 와의 관계를 부인하다 성관계를 입증하는 '블루 드레스'가 나오면서 사실을 실토하지 않을 수 없었다. 이 증거물만 없었더라도 탄핵 소 동은 벌어지지 않았을 것이다.

이 두 차례의 경험을 통해 힐러리는 자신에게 불리한 증거는 결코 남겨두어서는 안 된다는 교훈을 얻었다. 2009년 오바마 행정부가 출범하면서 국무장관이 된 힐러리는 처음부터 국무장관으로 행한 직무에 관한 이메일도 모두 개인 이메일을 사용했다. 이는 고위 공 직자는 반드시 정부 이메일을 사용하도록 한 오바마 행정부의 지침 을 명백히 위반한 것이다.

그러고는 국무장관 재직 중 주고받은 이메일 반환을 요구받자 "개인용"으로 사용했다는 수만 통의 이메일을 삭제한 채 반환했다. 연방 하원의 벵가지 미 영사관 습격 사건 진상 규명위원회가 클린턴 이 집에 두고 있는 서버를 조사하겠다고 나서자 변호사를 통해 이메 일이 이미 모두 삭제됐기 때문에 조사해 봐야 소용없다는 답변만 보 냈다.

이 개인용 이메일은 나중에 추억거리로 살펴보려고 따로 모아둔 것이 아니라 아무도 볼 수 없게 영구 삭제된 것이다. 국무장관 재임 기간 동안 추억에 남을 이메일이 하나도 없었거나 아니면 이를 공개 했다 생길 시빗거리를 원천 봉쇄해 버린 것이다. 전자보다는 후자일 가능성이 매우 높다고 보는 것이 상식이다.

닉슨과 빌, 그리고 힐러리 클린턴은 다른 정치적 성향에도 불구 하고 공통점이 많다. 모두 중하류층 가정에서 태어나 부모 도움 없 이 자기 힘만으로 정상에 오른 입지전적 인물이다. 'Tricky Dick(닉 슨)', 'Slick Willie(빌)'란 별명처럼 모두 권모술수에 능하고 맷집이 좋다.

그리고 무엇보다 권력의지가 강하다. 60년 대선에서 지고 62년 가주 주지사 선거에서 또 지고도 68년 대선에 도전해 끝내 백악관 을 차지한 닉슨이나 숱한 여성 스캔들에 화이트워터에 탄핵까지 이 겨내고 민주당의 원로로 군림하고 있는 빌 클린턴 모두 보통 사람은 아니다.

그의 아내 힐러리가 지난 주말 드디어 대권 도전을 선언했다. 힐 러리는 웰슬리대 졸업식에서 학생으로는 처음 졸업 연설을 했고 재 학 시절 동료 학생들로부터 '여성 대통령이 될 가능성이 가장 높은 학생'으로 뽑혔으며《미 변호사 저널》에 '미국에서 가장 영향력 있 는 변호사 100인'으로 두 번이나 선정된 인물이다.

그럼에도 '공동 대통령'이라 불린 8년간의 영부인 생활에 만족하지 않고 2000년 퍼스트레이디 시절 연방 상원에 도전해 당선됐으며 2008년 다 차려놓은 밥상을 까마득한 후배 오바마에 빼앗기고도 그 밑에서 국무장관을 하며 커리어를 쌓았다. 모두 대권으로 가기 위한 빈틈없는 수순으로 봐 무리가 없다.

만약 힐러리가 2016년 대선에서 승리한다면 민주당은 첫 흑인 대통령에 이어 첫 여성 대통령을 배출하는 위업을 이루게 된다. 그러나 과연 힐러리가 어떤 방책으로 침체에 빠진 경기를 살리고 추락하는 미국의 위상을 높일지 불분명하다. 실망으로 끝나기는 했지만 한때 젊은이들을 열광시켰던 2008년 오바마의 매력은 힐러리에게는 없다. 미국 선거판이 슬슬 달아오르기 시작하고 있다. 2015. 4. 14

멍청한 비인도주의

미국은 불법 체류자가 세운 나라다. 1607년 아메리카 대륙의 첫 식민지인 제임스타운이 생긴 이후 1776년 미국이 건국되기까지 원주민인 인디언의 허가를 받고 신천지에 온 사람은 하나도 없다. 미국이 세워진 후에도 오랫동안 미국 땅을 밟은 사람에게는 자동적으로 합법 체류 자격이 부여됐다. 미국에서 첫 이민법이 제정된 것은 건국 후 100년이 지난 1875년이다.

그러나 캘리포니아 골드러시가 막바지에 접어든 1882년 중국인들이 백인 일자리를 빼앗아간다는 여론이 일면서 '중국인 배척법'이, 1924년에는 유럽 동남부 지역 이민을 제한하는 것을 골자로 하는 이민법이 통과됐다. 1930년대 들어 대공황의 여파로 대량 실업이 발생하면서 이민자 유입은 사실상 제로 수준으로 떨어졌다. 제2차 대전이 끝나고 경기가 회복되면서 늘기 시작한 이민자 물결은

1965년 케네디 이민법이 제정되고 1990년 아버지 부시가 이민법을 개정해 이민자 수를 40퍼센트 늘리면서 본격화됐다.

이민자 증가와 함께 이들이 백인 토착민들의 일자리를 빼앗아간다는 주장도 일고 있지만 이는 근거 없는 것이다. 외국 출신 고학력 하이테크 직종 종사자가 미국 발전에 결정적 역할을 한다는 데는 이론이 없다. 미국 내 공학 박사의 57퍼센트와 컴퓨터 공학 박사의 53퍼센트가 외국 출신이다. 이들 중 상당수는 실리콘 밸리로 유입돼 신기술 개발에 매진하고 있다. 이들 없이는 미국의 하이테크에서의 선도적 위치도 없다.

경제 발전에 기여하는 것은 저학력 단순 노동자도 마찬가지다. 불법 체류자 단속 심화와 멕시코의 경제 발전, 저출산 영향 등으로 현재 미국 내 불법 체류자 순유입은 사실상 제로 상태다. 이로 인해 건설, 청소, 농장 업계는 극심한 인력난에 시달리고 있다. 이런 상태에서 합법 이민자 수를 줄인다는 것은 미국 경제 성장을 저해하는 것은 물론 불법 체류자를 불러들이는 것이나 다름없다.

이런 상황에서 도널드 트럼프는 지난주 합법 이민자 수를 절반으로 줄이는 법안을 지지한다고 밝혔다. 말로는 시민권자의 기혼 자녀와 형제자매 초청을 폐지하고 고학력자와 영어 구사자를 우대한다고 하지만 새 이민법의 골자는 현행 연 100만 명 수준인 합법 이민자 수를 절반으로 줄이겠다는 것이다. 가족 간의 결합을 막고 이민자 수를 감축하는 것은 이민자 수를 줄이지 않겠다던 공약을 뒤집는 것은 물론 미국 경제와 인도주의를 해치는 것이다.

이 법안 제정 이유로 내세운 것이 캐나다와 호주도 그런 방식으로 이민자를 받는다는 것인데 인구 비례로 따져 캐나다는 미국의 2배, 호주는 3배에 달하는 이민자를 받고 있다. 이들을 따라 가려면 미국은 이민자 수를 지금보다 2~3배 늘려야 한다.

지금 미국에 들어오는 합법 이민자는 전체 인구의 0.33퍼센트에 해당한다. 이는 지난 200년 평균인 0.45퍼센트보다 낮은 것이다. 거기다 미국인들의 평균 출산율은 작년 15~44세 여성 1,000명당 62명으로 사상 최저 수준으로 떨어졌다. 이런 때 이민을 줄이겠다는 것은 노인네밖에 없는 인구 절벽으로 저성장의 늪에 빠진 일본의 뒤를 따라가겠다는 것과 다름없다.

다행히 트럼프의 반이민법안 통과 가능성은 희박하다. 연방 상원에서의 공화당 의석이 통과에 필요한 60석에 크게 모자라는 52석에 불과하기 때문이다. 거기다 공화당 일부 의원들도 반대하고 있다. 사우스캐롤라이나 출신으로 작년 대선 후보이기도 했던 공화당의 린지 그레이엄은 이 법안은 "재난이 될 것"이라고 밝혔다.

통과 가능성이 별로 없는데도 트럼프가 반이민 카드를 들고 나온 것은 자신의 충성 표밭인 저소득 저학력 백인 지지율을 결집해 보겠다는 속셈일 것이다. 지지율 35퍼센트에 특검의 대배심 구성과 러시아 내통 관련 증인 소환 등 악재가 겹치고 있는 트럼프로서는 선택의 여지가 별로 없다.

퓨 연구소에 따르면 향후 50년간 미국의 비히스패닉 백인 인구는 전체의 46퍼센트로 떨어지고 미국 내 50개 도시 중 35개 도시에서 마이너리티가 된다. 가주의 경우 이미 이들은 전체 인구의 39퍼센트 수준으로 줄어들었다. 작년 저소득 저학력 백인들이 소수계와 이민자를 비하하는 트럼프에 몰표를 준 것도 자신들이 주인 자리에서 밀려나고 있다는 불안감 때문이었을 것이다. 그렇다 하더라도 국익과 인도주의는 아랑곳없이 자신의 생존을 위해 이들의 편견을 부채질하는 트럼프는 참 나쁜 대통령이다. 2017. 8. 8

의롭지도, 이롭지도 않은 일

미국 백인들이 유색인종에 대한 범죄 가운데 잘 알려지지 않은 것의 하나가 아시안에 대한 착취와 차별이다. 아메리카 대륙의 원주민인 인디언을 학살하고 그 땅을 빼앗은 것이나 아프리카 흑인들을 노예로 데려와 짐승처럼 다룬 일, 멕시코 땅을 쳐들어가 점령하고 멕시코인들을 저임 농장 노동자로 만든 일 등은 어느 정도 알려져 있지만 지난 100여 년간 백인이 아시안을 어떻게 대했는지는 모르는 사람이 많다.

아시아인들이 본격적으로 미국에 오기 시작한 것은 19세기 중반부터다. 이 시기는 두 차례에 걸친 아편 전쟁에다 태평천국의 난까지 겹쳐 중국인들은 할 수만 있다면 외국으로 빠져 나가려 했다. 때마침 서부 개척과 함께 철도와 광산에 값싼 노동력이 필요했던 미국은 중국 노동자를 대거 받아들였다. 거기다 1849년 가주에서 금이 발견되면서 일확천금의 꿈을 안고 전 세계 사람들이 캘리포니아로 몰려들었고 중국인도 예외는 아니었다. 금이 비교적 많이 나오던 1850년대 중국인들을 용인하던 분위기는 금이 귀해지면서 박해 쪽으로 바뀌었다. 중국인들에 대한 폭행과 살해가 비일비재였다.

이런 분위기 속에서 1882년 '중국인 배척법(Chinese Exclusion Act)'이 제정되었다. 중국인의 이민을 전면 금지한 이 법은 제2차 대전이 일어나 중국이 미국의 우방으로 돌아선 1943년에야 폐기됐다. 이 법에 앞서 가주 의회는 1858년 중국인을 비롯한 모든 아시안이 가주에 들어오는 것을 금하는 법을 제정했으나 1862년 위헌 판결을 받았다.

그러자 가주는 아예 헌법을 고쳐 주 정부에 개개인의 가주 유입을 금지할 수 있는 권한을 부여하고 중국인의 기업과 공무원 취업을 금지했다. 1924년에는 모든 아시안의 이민을 금지하는 연방법이 제정됐고 가주에서는 1948년까지 중국인은 백인과 결혼할 수도 없었다. 레이건 대통령은 1988년 2차 대전 때 일본계 미국인을 강제 수용소에 가둔 것을 사과했지만 연방 의회가 중국인들에 대한 차별을 사과한 것은 불과 2년 전인 2012년이다.

이렇게 온갖 차별과 학대를 받아온 중국인들 보고 소수계 우대 조치라는 이름으로 다시 희생을 강요한다면 어떤 반응을 보일까. 올

초 가주 의회에서는 대학 입학 시 인종을 고려하는 것을 금지한 주민 발의안 209를 뒤집으려는 기도가 있었다. 주 의회가 발의안 209를 폐기하는 주 헌법 개정안을 통과시키려 하자 테드 리우, 캐롤 리우, 리랜드 이 등 3명의 중국계 의원들이 반기를 들고 나섰다. 이들은 "이 안에 우려를 표시하는 수천 주민들의 목소리를 들었다"며 "우리는 우리 자식들에게 불이익을 주는 조치를 결코 지지할 수 없다"고 밝혔다. 이들의 반발로 발의안 209 폐기 움직임은 일단 사라졌다.

지금도 아시안들은 대학 입학 시 흑인이나 라티노에 비해 불리한 위치에 있다. 주민 발의안 209 덕에 인종은 고려하지 않지만 사회 경제적 지위 등을 감안해 흑인과 라티노에게 우선권을 주기 때문이다. 거기다 인종까지 고려하게 된다면 아시안들의 대학 입학은 더욱 어려워질 것이다.

과거 백인들의 잘못을 그 자녀의 대학 입학을 불허하는 식으로 보상하겠다는 것도 우스운 발상이지만 오히려 박해를 당한 아시안 자녀마저 희생양으로 삼겠다는 것은 어불성설이다. 여러 조사 결과 특혜를 받고 나쁜 성적으로 우수 대학에 들어간 흑인과 라티노는 졸업도 제대로 하지 못할 뿐 아니라 백인들에게 '특혜 입학생'으로 몰려 왕따를 당한다는 사실이 드러나고 있다. 소수계를 우대한다는 취지로 만들어진 제도가 억지로 들어간 소수계는 고생만 하다 낙오자가 되고 백인들은 백인들대로 분노하게 하는 어처구니없는 결과를 초래하고 있는 것이다.

그럼에도 일부 한인들은 '소수계 우대 조치(affirmative action)'라는 이름만 보고 소수계인 한인은 무조건 이를 지지해야 하는 줄 알고 있다. 한인이나 아시안에게 의롭지도, 이롭지도 않은 어리석은 생각이다. 지난주 연방 대법원은 대학 입학 시 인종 고려를 금지한 미시간주 주민 발의안이 합헌이라고 판결했다. 대입 시 아시안이란 이유로 불이익을 받는 일은 이제 사라져야 한다. 2014. 4. 29

아메리카를 '발견한' 사람

아직도 많은 초·중·고등학교 교과서에는 신대륙을 처음 발견한 사람은 콜럼버스라고 가르치고 있다. 이는 명백히 역사적 사실과 위배된다. 엄밀히 말하면 콜럼버스는 대륙을 발견한 것이 아니고 카리브해의 바하마 등 섬을 발견한 것이다. 거기다 그 섬에는 이미 원주민이 살고 있었다. 정확히 말하면 콜럼버스는 아메리카 대륙 서양 침략의 물꼬를 튼 인물이다.

콜럼버스 이전에 미 대륙에 원주민이 살고 있었다는 데 대해서는 이견이 없지만 이들이 언제 어떻게 이곳으로 건너왔으며 콜럼버스 이전에 얼마나 많은 원주민이 살고 있었느냐를 놓고는 현재 뜨거운 논쟁이 벌어지고 있다.

종전까지는 지금부터 약 1만 3,000년 전 빙하시대에 해수면이 낮아져 지금 베링 해협이 육지가 되자 이를 이용해 시베리아 쪽에서 원주민이 건너왔다는 것이 정설이었다. 연도 수를 1만 3,000으로 잡은 것은 뉴멕시코 클로비스라는 곳에서 발견된 원주민 유물이 탄소 측정 결과 이때 것으로 판명됐기 때문이다. 이곳에서 출토된 화살촉은 특이한 모양으로 미 전역에 걸쳐 나오고 있다.

이런 정설은 70년대 말 칠레 몬테 베르데에서 1만 2,800년 전 것으로 추정되는 유물이 나오면서 흔들리기 시작했다. 베링 해협에서 남미까지 걸어가려면 최소한 수천 년이 걸렸을 것이기 때문에 원주민들의 미 대륙 도착 시기도 더 올려 잡을 수밖에 없었다.

유전 공학이 발달하면서 조기 이주설은 더 힘을 얻고 있다. DNA 분석 결과 아메리카 원주민들의 유전자는 서로 매우 흡사하며 이들 혈액형의 90퍼센트가 O형이다. 외부 집단과는 시베리아 원주민과 가장 가까우며 이들과 분리 시기는 2만 2,000년에서 2만 9,000년 전인 것으로 나타났다. 시베리아 원주민 유전자가 한민족과 비슷한 점을 감안하면 바이칼호 인근에서 살던 그룹 중 남하한 것이 한민족이고 동진한 것이 인디언이라 봐도 큰 무리는 없다.

고고학적 발굴이 계속되면서 더 놀라운 사실들이 속속 밝혀지고 있다. 멕시코 마야 문명의 원조인 올멕족은 기원전 1,800년에 이미 피라미드를 건설하고 인도인보다 먼저 영(0)의 개념을 발견했다. 페루 잉카 문명의 전신인 노르테 치코 일대의 부족들은 기원전 3,500

년 수메르인들보다 먼저 대규모 토목 공사를 일으켜 관개시설을 만들고 농경과 어로에 기반을 둔 국가를 세웠다. 지난 10여 년간 밝혀진 사실은 일반에게 잘 알려져 있지 않을 뿐 세계 문명사를 다시 쓰기에 충분한 것들이다.

학자들이 지난 수백 년간 원주민들의 출생 사망 기록을 뒤져 발표한 자료에 따르면 원주민의 95퍼센트가 유럽인들이 가져온 전염병에 걸려 사망한 것으로 밝혀졌다. 이에 따라 원래 원주민 수도 종전 1,000만에서 5,000만, 5,000만에서 1억으로 크게 상향 조정되고 있다. 아메리카 대륙은 전염병에 취약한 것을 빼고 구대륙에 비해 업적으로나 수적으로 별로 뒤질 것이 없다.

미국은 원주민을 몰아내고 세운 나라며 가주를 비롯한 서부의 광대한 땅은 멕시코와 불법적인 전쟁을 통해 얻은 곳이다. 원주민과 멕시코인 입장에서 보면 이렇게 땅을 잃은 것도 분한데 인디언 보호구역이라는 이름으로 묶어두고 불법 체류자라는 이름으로 내쫓는 것은 억울하기 이를 데 없는 일이다.

오바마 대통령은 최근 미국은 불법 체류자의 노동력을 필요로 한다는 사실을 인정하고 1,100만에 달하는 불법 체류자의 신분 합법화를 포함한 이민 개혁안을 추진하겠다고 밝혔다. 이민 개혁은 오바마 대통령 출마 때부터의 공약이었다. 불법 체류자들은 반드시 필요하지만 아무도 하지 않으려는 일을 하고 있다. 미국 고실업의 책임을 이들에게 돌리며 쫓아내려는 것은 경제적으로 어리석은 일일 뿐 아니라 역사적으로 염치없는 짓이다.

인생에서 죽음과 세금 외에 확실한 것이 있다면 미국 내 라티노 인구는 늘어난다는 사실이다. 이들의 정치적 파워를 무시하는 정당은 미래가 없다. 공화당이 당내 반이민 세력에 끌려다니며 이민 개혁에 딴지를 건다면 오랫동안 소수당으로 남을 것을 각오해야 할 것이다. 반드시 필요한 이민 개혁이 초당적인 협조 아래 이뤄지기를 기대한다. 2010. 7. 6

가장 중요한 임명직

현재 시행되고 있는 연방 헌법은 미국인들이 채택한 첫 번째 헌법이 아니다. 1775년부터 시작된 독립 전쟁이 막바지에 접어들고 있던 1781년 13개 식민지들은 만장일치로 '연합 규약(Articles of Confederation)'을 승인하고 13개 주의 공동이익을 보호할 새로운 정부를 창설했다. 이와 함께 그때까지 독립 전쟁을 지휘하던 '대륙회의'는 '연합회의'로 바뀌었다.

영국 정부의 폭정에 시달려 오던 식민지 지도자들은 강한 중앙정부에 신물이 났다. 그 결과 '연합회의'는 아무런 실권이 없는 종이호랑이가 됐다. 조세권도 징병권도 없이 각 주가 움직이는 대로 따라야 했고 무슨 결정을 하려면 13개 주 3분의 2의 동의가 있어야 했기 때문에 할 수 있는 것이 없었다.

많은 사람들이 이런 무능한 중앙 정부에 실망하고 있는 판에 강력한 정부의 필요성을 절감하게 만든 사건이 일어났다. 1786년 매사추세츠에서 일어난 셰이스 반란 사건이 그것이다. 당시 빚과 세금을 갚지 못하게 된 농민들은 곳곳에서 땅과 집을 차압당하고 있었다. 이때 독립군 장교 출신 대니얼 셰이스가 들고 일어나 4,000명의 반란군을 이끌고 정부를 전복하려 했다.

이 난은 주 정부가 민병대를 조직해 간신히 진압하기는 했으나 약한 정부가 최선이 아니라는 것을 알리는 계기가 됐고 그 결과 1787년 '제헌회의'가 소집돼 지금의 연방헌법이 만들어지게 됐다. 헌법 초안자들은 강한 정부를 만들되 과거 영국처럼 국민들 위에 군림하며 폭정을 일삼는 것을 막는 장치를 고안하는 데 고심했다. 그 장치가 바로 권력의 분립이다. 이들은 정부 권력을 입법, 행정, 사법 부로 나누고 가장 중요한 입법부는 다시 상원과 하원으로 나눴다.

이들은 집권 세력의 폭정만 두려워 한 것이 아니다. 서구 민주주의의 발상지인 아테네가 어떻게 대중 선동가의 전횡으로 망했는지를 알고 있던 이들은 민중이 분위기에 휩쓸려 잘못된 정치 지도자를 뽑는 것을 막는 방안도 연구했다. 그중 하나가 연방 상원을 국민이 아니라 각 주 의회가 뽑도록 한 것이다. 이 방식은 1913년 국민이 상원의원을 직접 선출토록 한 수정헌법 17조가 통과될 때까지 유지됐다.

또 다른 장치는 대통령을 국민이 직접 뽑지 않고 현명한 선거인단을 통해 선출하도록 한 것이다. 연방헌법의 주창자인 알렉산더 해밀턴과 제임스 매디슨은 이렇게 함으로써 위험한 대중 선동가가 권력을 잡는 것을 막을 수 있다고 믿었다. 지금처럼 선거인단이 유권자의 거수기로 전락한 것은 원래 헌법 초안자들의 뜻이 아니었다.

그리고 이들은 국민의 권익을 수호하고 집권자의 자의적인 정치를 막는 마지막 수단을 독립된 사법부에서 찾았다. "연방헌법에 관한 최고의 해설서"로 불리는 『연방주의자 논고(*Federalist Papers*)』에서 해밀턴은 칼을 쥔 행정부와 돈을 쥔 입법부와 달리 아무것도 없는 사법부의 독립을 위해서는 '성실하게 직무를 수행하는 한' 계속 직책을 보장하는 것이 필요하다며 판사의 종신직을 주장했고 법을 해석하는 것은 판사의 고유 권한이기 때문에 어떤 법이 헌법에 위배되는지 여부를 판단하는 것은 사법부의 영역이라고 보았다. 의회가 승인하고 대통령이 서명한 법도 무효화시킬 수 있는 위헌 심사권은 이런 이론적 뒷받침과 관례에 따라 연방 대법원의 고유 권한으로 이제 확고히 자리 잡았다.

앤터닌 스캘리아의 죽음으로 14개월 동안 공석이 됐던 연방 대법관 자리가 10일 드디어 채워졌다. 도널드 트럼프가 지명한 닐 고서치 판사가 민주당의 필리버스터를 깨는 연방 상원 공화당 지도부의

핵 옵션 사용 결과 인준을 받고 취임 선서를 한 후 대법관이 된 것이
다. 이로써 연방 대법원의 5 대 4 보수 우위는 당분간 유지되게 됐다.

　　정치 사회적 이슈의 최종 결정자인 데다 종신직인 연방 대법관은
어떤 성향의 인물을 임명하느냐가 공화 민주 양당 모두에게 초미의
관심사일 수밖에 없다. 이번에 임명된 닐 고서치의 나이가 49세인
점을 감안하면 트럼프가 무덤에 들어가고 한참 후에도 그는 미국의
앞날을 결정할 판결을 내리고 있을 가능성이 높다. 빈 대법관 자리
를 놓고 벌인 양당의 싸움이 그토록 치열했던 이유가 짐작이 간다.
고서치가 지명자의 뜻이 아닌 헌법과 양심에 따른 판결을 내리길 기
대한다. 2017. 4. 11

누구를 위해 총은 울리나

1861년부터 1865년 사이 일어난 남북 전쟁은 미국 역사상 가장 많은 미국인의 목숨을 빼앗은 전쟁이다. 독립전쟁부터 제1차, 2차 대전, 월남전과 한국전, 이라크전에서 숨진 미국인을 다 합친 것보다 많은 60여 만 명의 미국인이 목숨을 잃었다. 당시 미국 인구가 2,300만 정도였으니까 전체 인구의 3퍼센트 가까운 사람이 죽은 셈이다. 지금 미국 인구 비율로 환산하면 1,000만 명에 육박하는 수치다.

당시 미국 대통령이던 링컨은 하나님이 왜 미국인들에게 이런 시련을 주는가를 놓고 고민했다. 그의 결론은 이는 지난 250년간 백인들이 흑인들에 저지른 범죄에 대한 응징이라는 것이었다. 그는 1865년 3월 미 역사상 가장 뛰어난 연설의 하나로 꼽히는 두 번째 취임사에서 노예가 만들어낸 부가 모두 파괴될 때까지 하나님의 징벌은 계속될 것이라며 "채찍으로 흘린 노예의 핏방울 전부가 칼로 흘린 피로 값을 치를 때까지" 벌은 멎지 않을 것으로 내다봤다.

미국은 선진국 중 가장 총이 흔한 나라다. 총이 흔한 만큼 총으로 인한 사망자도 많다. 매년 3만 3,000명이 총으로 목숨을 잃는다. 이 중 3분의 2는 자살자지만 나머지 3분의 1에 달하는 1만 1,000명은 남의 총에 의해 불귀의 객이 되는 것이다. 미국은 어째서 이렇게 총과 총기 사고가 많은 나라가 됐을까.

이는 인디언들이 살고 있던 땅에 들어와 나라를 세운 미국의 역사와 무관하지 않다. 남의 땅에 무단으로 들어와 살다 보니 인디언의 습격에 대비해 총을 지닐 수밖에 없었고 그러다 보니 총기 소유가 헌법적 권리로까지 보호받게 된 것이다.

1607년 제임스타운이 세워진 이래 19세기 말까지 북미주 대륙의 역사는 미국인 입장에서 보면 팽창과 번영의 역사인지 모르지만 인디언 입장에서는 몰락과 인종 청소의 역사였다. 15세기 말 콜럼버스가 신대륙을 발견했을 당시 북미주 일대에 살고 있던 인디언 수는 최소 200만에서 최대 1,800만으로 추산되는데 19세기 말에는 20여만으로 줄어들었다. 물론 사망한 인디언의 90퍼센트 이상은 백인들이 가져온 전염병에 의해 죽은 것으로 분석되지만 그렇다 하더라도 최소 수십만이 백인들의 총기에 희생됐다고 봐야 한다.

거기다 미국은 2003년부터 10년 동안 재난에 가까운 이라크전을 벌였다. 이로 인해 4,500명의 미군이 죽었지만 이는 50만으로 추산되는 이라크인 사망자 수에 비하면 '새 발의 피'다. 아들 부시는 이라크를 엉망으로 만들어 놨고 그 후임자인 오바마는 그 상태에서 발을 뺐다. 이어 시리아 내전이 터졌고 오바마의 수수방관 속에 이라크와 시리아의 광대한 지역이 힘의 진공 상태에 빠졌다. 이 틈을 극단적 회교 이념으로 무장된 테러 집단 IS가 파고들었다. 지금 이들은 영국 크기의 영토를 장악하고 전 세계로 테러 무대를 넓혀 가고 있다.

지난주 샌버나디노에서 발생한 참극은 널리 퍼진 미국의 총기 문화와 인터넷을 통한 IS 선전 선동의 합작물이라 말할 수 있다. 14명의 무고한 생명을 앗아간 회교도 부부는 IS 선전에 세뇌돼 합법적으로 무기를 구매한 후 이런 만행을 저질렀다. 연방 정부가 아무리 공항과 국경 단속을 잘한다 해도 이런 유형의 테러 앞에서는 속수무책이다.

이런 비극의 재발을 막기 위해서는 이라크와 시리아의 IS 본거지를 장악해 이들의 뿌리를 뽑고, 총기 규제를 강화해 정신 병력이나 극단적 성향이 있는 사람의 총기 소유를 막아야 하는데 어느 것 하나 현실성이 희박한 것들이다. 오바마는 이 지역에 지상군을 파견할 생각이 없고, 총기 규제는 전미 라이플 협회(NRA)와 공화당의 반대로, 정신병자와 극단주의자 단속은 민주당과 인권 단체의 반발로 실현 가능성이 거의 없다.

　영국의 시인 존 던은 "누구도 섬이 아니다. …… 어떤 인간의 죽음도 나를 작게 만든다. 나는 인류의 일부이기 때문이다. 그러므로 누구를 위해 종이 울리는지 물어보러 사람을 보내지 말라. 종은 당신을 위해 울린다"고 노래한 바 있다.

　링컨 말대로 무고한 인디언과 이라크인의 피에 대한 대가를 치를 때까지 미국의 총기 비극은 계속될 모양이다. 2015. 12. 8

위험한 직업

미국의 역사는 서부 개척의 역사다. 1607년 대서양 연안에 제임스 타운이 처음 세워진 이래 1959년 하와이가 50번째 주로 편입될 때까지 미국인들은 서쪽으로, 서쪽으로 이동을 계속해왔다. 문제는 대서양에서 태평양에 이르는 광대한 지역이 빈 땅이 아니었다는 점이다. 서부 개척사는 곧 인디언 살육의 역사였고 총은 그 필수불가결한 수단이었다. 연방 헌법이 수정 헌법 2조를 통해 언론의 자유 다음으로 총기 소유권을 보장하고 있는 것은 총이 없이는 생존이 불가능했던 초기 미국의 현실을 말해준다.

미국의 또 하나 특징은 근대 최초의 민주주의 국가라는 점이다. 궁중에서 편안히 숨만 쉬고 있으면 되는 왕과 달리 미국 정치인들은 유권자들 사이를 누비고 다니며 표를 구하고 인기몰이를 하지 않을 수 없다. 그 결과 미국은 대통령이 가장 총에 잘 맞는 나라가 됐다.

넘치는 총 사이를 헤집고 다니지 않으면 안 되는 현실 안에 미국 정치의 비극은 내재돼 있다. 땅을 빼앗기고 구천을 헤매는 인디언 원혼의 복수라고 말할 수밖에 없다.

200년의 미국 역사상 지금 버락 오바마를 포함 44명의 대통령이 있었다. 그중 4명이 총에 맞아 목숨을 잃었고 총에 맞았지만 살아났거나 저격을 당했지만 빗나가 목숨을 건진 대통령이 6명이나 된다. 거의 4명 중 한 명꼴로 총알 세례를 받은 셈이다.

암살당한 대통령 중 가장 유명한 링컨은 취임도 하기 전 목숨을 잃을 뻔했다. 당시 사설탐정으로 이름을 날리던 앨런 핑커튼이 이 음모를 발견해 링컨은 야밤에 몰래 백악관에 들어와야 했다. 암살당하기 한 해 전인 1864년에도 총격을 받았지만 총알이 모자를 뚫고 지나가는 바람에 아슬아슬하게 살아났다.

1963년 암살당한 케네디는 취임도 못해 보고 죽을 뻔했다. 1960년 12월 대통령 당선자 시절 플로리다에서 가족들과 휴가를 즐기고 있는데 정신이 이상한 전직 우체부가 차에 다이너마이트를 싣고 들이받으려 했다. 마지막 순간 가족을 다 죽여야 하는 것이 마음에 걸린 범인이 생각을 고쳐먹어 살아날 수 있었다. 이 범인은 며칠 후 교통 위반에 걸려 마각이 드러났고 6년간 교도소와 정신병원을 왔다 갔다 하다 풀려났다.

제임스 가필드는 1881년 7월 취임한 지 넉 달도 안 돼 암살범 총에 맞은 뒤 이 총알을 빼내려던 수술이 잘못되는 바람에 11주 동안 고생고생하다 결국 사망했다. 윌리엄 맥킨리는 1901년 9월 취임 6개월 만에 무정부주의자 총에 맞아 1주일 후 사망했다. 그 결과 부통령이었던 시오도어 루즈벨트가 최연소 대통령이 될 수 있었다.

공화당 대통령으로 두 번 임기를 마치고 1912년 진보당 후보로 다시 나왔던 시오도어도 총에 맞았다. 그러나 그는 총알이 무려 50페이지나 되는 연설문 원고와 철제 안경 케이스를 관통하는 바람에 목숨을 건졌다. 그는 총알이 몸에 박힌 상태에서 연설을 끝낸 후 "숫사슴(Bull Moose, 진보당의 별칭)은 총알 한 방으로는 죽지 않는다"는 명언을 남겼다. 가필드가 총알을 빼내려다 숨을 거둔 것을 경험한 그는 죽을 때까지 총알을 품고 살았다.

바로 코앞에서 두 번이나 총을 쐈는데 불발로 살아난 운 좋은 대통령도 있다. 전쟁 영웅 앤드루 잭슨이다. 그는 장군 출신답게 자기를 쏜 범인을 지팡이로 때려잡았다. 이 범인은 정신병자 판정을 받아 사형은 면하고 죽을 때까지 정신병원에 수감됐다. 이 밖에도 프랭클린 루즈벨트, 해리 트루먼, 제럴드 포드, 로널드 레이건이 모두 총격을 받았으나 목숨을 건졌다.

지난 주말 애리조나 투손에서 범인이 총격을 가해 6명이 죽고 연방 하원의원 한 명이 중태에 빠진 사건이 벌어졌다. 범인은 과거 대통령 암살범 대부분이 그랬던 것처럼 정신이 약간 이상한 극단주의자인 것으로 보인다. 지금은 미국이 충격에 빠져 총기 규제와 정치인 안전에 관해 이러쿵저러쿵 말들이 많지만 미국이 민주주의를 계속하고 연방 헌법이 총기 소유권을 보장하는 한 달라질 것은 거의 없다. 이 사건도 시간이 지나면 잊힐 것이다. 총기로 인한 비극은 미국이 짊어진 원죄인가 보다. 2011. 1. 11

아담과 이브의 자손들

미토콘드리아는 세포 속에 사는 소기관으로 '발전소'라는 별명을 갖고 있다. 세포가 활동하는 데 필요한 화학 에너지를 공급해주기 때문이다. 이것 없이는 세포의 생존이 불가능하고 따라서 개체도 살아갈 수 없다.

이 소기관은 인체 내 다른 세포와 다른 특징을 하나 갖고 있다. 어머니의 미토콘드리아만 자식에게 유전된다는 점이다. 현재 모든 인류의 미토콘드리아는 그 어머니로부터 물려받은 것이다. 이들 어머니도 그들 어머니로부터 물려받았고 계속 거슬러 올라가다 보면 언젠가는 한 여성으로 귀착될 것이라는 주장이 70년대 이미 제기된 바 있다. '미토콘드리아 이브'라 불리는 이 가설은 지난 40년 동안 유전공학이 발달하면서 가설 단계를 지나 정설로 받아들여지고 있다.

이 이브의 짝으로 'Y 염색체 아담'이라는 것이 있다. 남녀 성별을 결정하는 Y 염색체는 아버지로부터만 유전된다. 이것도 세월을 거슬러 올라가면 어느 시점에서는 현존 인류의 공통 조상인 'Y 염색체 아담'으로 귀결되게 된다. 전문가들은 이들 아담과 이브가 지금으로부터 10~20만 년 전 동아프리카에서 살았던 것으로 추정하고 있다.

이런 복잡한 연구를 제쳐놓더라도 시간을 거슬러 올라가면 인류의 숫자가 줄어든다는 것은 상식이다. 계속 가다 보면 언젠가는 한 명의 남자와 한 명의 여자만 남게 되는 날에 이르게 된다. 지구상에 존재하는 모든 인류는 공통의 조상을 가졌고 다양한 인종과 피부색에도 불구, 유전학적으로 아무런 차이가 없다는 것은 전문가들 사이에는 상식이다.

그러나 불행히도 일반인들 사이에는 이런 사실이 잘 알려져 있지 않다. 아직도 피부색과 인종으로 인간을 나누고 차별하는 일이 자주 벌어지고 있다. 그럼에도 불구하고 지난 200여 년 동안 미국인들은 인간이 차별받지 않는 사회를 만들기 위해 끊임없이 노력해왔다. "모든 인간은 평등하게 창조되었다"는 독립선언서를 쓴 토머스 제퍼슨은 노예를 해방하지 못했지만 "신이 정의롭다는 사실을 생각하면 잠을 이룰 수 없다"고 고백했으며 '미국의 아버지' 조지 워싱턴은 유언으로 자신이 소유하고 있던 노예를 전원 해방시켰다.

미국이 치른 다른 모든 전쟁보다 더 많은 희생자를 낸 남북전쟁을 승리로 이끌고 노예를 해방시킨 에이브러햄 링컨은 미국이 겪고 있는 참화를 흑인 노예들의 피땀으로 일군 부를 모두 쓸어버리려는 신의 뜻으로 해석했다. 연방 헌법을 고쳐 노예제를 폐지하고 이들에게 참정권을 부여한 뒤에도 흑인들에 대한 차별은 계속됐다. 이들이 법적으로 백인과 동등한 권리를 누리며 투표권을 행사할 수 있게 된 것은 1965년 '투표권 법'이 제정되면서부터다.

그리고 이 법 통과에 결정적 계기를 마련해준 것이 1965년 3월 7일 앨라배마주 셀마에서 벌어진 평화 행진이다. 참정권 부여를 요구하며 셀마에서 주도 몽고메리로 가려던 시위대들은 에드먼드 피터스 다리에서 경찰의 무자비한 진압으로 흩어졌으며 시위대 중 한 명이 곤봉에 머리를 맞고 병원으로 옮겨졌으나 숨졌다.

이 사건이 벌어진 뒤 1주일 후 린든 존슨 대통령은 '투표권 법안'을 의회로 보내면서 "이 법이 통과된다 해도 싸움이 끝난 것은 아니다. 셀마에서 일어난 일은 미국 모든 곳에 영향을 미치는 더 큰 운동의 일부이다. 이는 흑인들이 미국인으로서의 모든 축복을 누리려는 노력이며 우리가 해야 할 일이기도 하다. 편견과 불의의 유산을 극복해야 할 사람은 바로 우리이기 때문이다. 우리는 극복할 것이다"라는 연설을 했다. '투표권 법'은 그해 의회를 통과해 8월부터 시행됐다.

지난 주말 셀마에서 열린 '피의 일요일' 50주년을 기념하기 위한 행사에 오바마를 비롯한 수천 명이 참석했다. 진정한 인종 통합을 위해 미국이 가야 할 길은 멀지만 흑인 대통령이 백악관에 앉아 있다는 사실은 얼마나 먼 길을 왔는가도 보여준다. 그런 사회가 좀 더 가까이 오도록 힘쓰는 것은 이곳에 사는 우리 모두의 의무다.

2015. 3. 10

76 체제의 탄생

1776년 여름 필라델피아의 여름은 푹푹 쪘다. 이 무더위 속에 모인 56명의 연방 의회 대의원들은 역사적인 일을 해냈다. 7월 4일 독립 선언서에 서명함으로써 미합중국을 탄생시킨 것이다.

미국의 탄생은 다른 나라의 탄생과는 의미가 좀 다르다. 미국 이전 모든 나라들은 그 탄생 과정이 신화와 전설에 묻혀 있었다. 역사적인 인물들이 나라를 세운다는 목적을 가지고 모여 국가를 창설한 것은 미국이 처음이다.

미국은 또 왜 새로운 나라를 만들게 됐으며 국가의 목적이 무엇인가를 명백히 밝혔다는 점에서 다른 나라와 다르다. 미국 이전까지 거의 대부분의 나라는 왕이 국가의 주인이며 백성은 왕에 충성하기 위해 존재하는 것으로 돼 있었다. 그러나 미국은 독립선언서에서 "모든 인간은 평등하게 창조되었고 창조주로부터 양도할 수 없는 권리를 부여받았으며 이 중에는 생명과 자유, 행복 추구권이 포함돼 있고 이런 권리를 확보하기 위해 정부가 창설되었으며 그 권력의 정당성은 피치자의 동의에서 나온다"는 사실을 명시하고 있다.

국민은 더 이상 국왕에 충성하기 위해 태어난 존재가 아니라 국가가 국민의 기본권을 확보하기 위해 만들어진 수단임을 천명한 것이다. 미국의 독립 전쟁이 단순히 식민지와 본국 간의 분쟁이 아니라 인류 역사에서 진정한 혁명적 사건임은 그 때문이다.

영국이 7년간에 걸친 프랑스와의 전쟁을 통해 발생한 부채를 메우기 위해 13개 식민지에 세금을 부과하기 시작하면서 발생한 분쟁 초기만 해도 대다수 식민지인들은 모국과의 분리 독립을 원하지 않았다. 1775년 4월 19일 렉싱턴과 콩코드에서 식민지 민병대와 영국군과의 충돌이 일어난 뒤에도 1년이 넘게 본국과의 화해를 위한 노력이 계속됐다.

독립선언서가 나온 뒤에도 식민지 주민의 3분의 1은 독립에 반대하고 3분의 1은 중립이었으며 3분의 1만이 이에 찬성했다. 설상가상으로 전쟁 경험이 없는 민병대가 주축이던 독립군은 당시 세계 최강이던 영국군에 연전연패, 독립은 해보지도 못하고 지도자들이 모두 교수형에 처할 위기에 놓인다. 1776년 12월 25일 조지 워싱턴이 얼음으로 덮인 델라웨어 강을 건너 뉴저지 트렌턴과 프린스턴의 영국군과 헤스 용병들을 기습 공격, 승리하지 않았더라면 독립 전쟁은 독립선언서를 발표한 해 끝났을지도 모른다.

그러나 워싱턴과 독립군은 포지 밸리의 궁핍과 추위를 견디고 사라토가와 요크타운에서 대승함으로써 영국군의 항복을 받아내고 독립을 쟁취했다. 독립 전쟁에서의 승리가 없었다면 독립선언서는 휴지가 되고 미국은 사산아가 되었을 것임은 물론이다.

1776년 미국에서 독립선언서가 발표되는 동안 영국에서는 인류 역사에 중대한 영향을 끼친 책 한 권이 출간됐다. 애덤 스미스의 『국부론』이 그것이다. '경제학의 창시자'로 불리는 스미스는 이 책에서 왜 어느 나라는 부유하고 어느 나라는 가난한가를 체계적으로 파헤쳤으며 그 비밀을 분업과 자유 시장 경제에서 찾았다. 한 사람이 혼자 힘으로 핀을 만들려면 하루 10개도 힘들지만 열 사람이 여러 공정으로 나눠 만들면 1인당 수천 개를 만들 수 있다는 그의 주장은 아직까지도 분업의 힘을 명쾌하게 보여준 대표적 사례로 평가된다.

그는 심도 있는 분업이 이뤄지기 위해서는 이렇게 대량생산 된 핀을 팔 수 있는 넓은 시장의 존재를 필수적으로 봤다. 세계화와 부의 창출의 상관관계를 일찍이 내다본 셈이다. 그는 또 정부는 역할을 법질서 확립과 국방, 치안, 도로와 항만 같은 공공재 마련, 교육 등에 국한하고 재화의 창출은 개개인의 노력에 맡겨두는 것이 최선이라

봤다.

　인간은 누구나 잘살려는 욕망이 있기 때문에 이들이 자기 능력을 마음껏 펼 수 있도록 허용하면 국부는 자연히 증가한다는 것이다. "우리가 저녁을 먹을 수 있는 것은 푸줏간 주인과 양조업자, 빵집 주인이 우리를 사랑해서가 아니라 자신의 이익을 추구하기 때문"이라는 국부론의 주장은 아직도 유효하다.

　올해는 독립선언서와 『국부론』이 나온 지 240년이 되는 해다. 우리는 아직 거기 담긴 자유 민주주의와 자유 시장 경제 체제 아래 살고 있다. 이 두 체제가 수많은 도전을 물리치고 지금까지 살아남은 것은 아직 인간이 이보다 나은 주장을 발견하지 못했기 때문이다. 올 한 해만이라도 두 체제 탄생의 의미를 생각해 보자. 2016. 7. 5

역사의 긴 고리

남가주에서 가장 전망 좋은 곳은 어디일까. 아마도 샌디에이고의 카브리요 국립 모뉴먼트가 아닐까. 이곳에 서면 언덕 아래로 샌디에이고만의 전경이 한눈에 들어온다. 특히 해질 무렵 하얀 돛배들이 어미 품에 안기는 오리처럼 항구로 몰려들고 황금빛 고요함이 온 바다와 대지를 덮을 때의 모습은 장관이다.

이곳은 1542년 9월 후안 카브리요가 유럽인으로는 처음 지금 미국 땅인 북미 대륙의 서해안에 첫발을 디딘 곳이다. 이곳 지명도 물론 그의 이름을 딴 것이다. 그는 이어 샌피드로와 샌타바버라, 몬터레이까지 올라가지만 카탈리나섬을 탐험하다 발을 헛디뎌 부상을 입은 후 괴저균에 감염돼 이듬해 1월 43세의 나이로 사망한다.

카브리요가 샌디에이고에 오기 10년 전인 1532년에는 프란시스코 피사로가 불과 160명의 스페인 군대로 카하마르카에서 아타우알파 잉카 황제가 이끄는 8만 명의 잉카군을 격멸하고 황제를 사로잡았다. 황제는 방 하나를 금으로 채워주겠다고 약속하고 목숨을 구걸했지만 피사로는 황금만 챙긴 후 그를 목 졸라 죽인다.

그보다 앞서 1519년에는 에르난 코르테스가 600명의 군대를 이끌고 현재 멕시코의 수도인 테노치티틀란을 공격해 아즈텍 황제 모크테수마를 사로잡고 그를 이용해 금은보화를 챙긴 후 역시 살해한다. 1492년 크리스토퍼 콜럼버스가 아메리카 대륙을 발견한 지 불과 40여 년 만에 아메리카 최대 제국이던 아즈텍과 잉카는 이처럼 허무하게 무너지고 각각 1,000만에서 2,000만으로 추산되는 두 제국 주민의 90퍼센트가 수십 년 사이 사망한다.

스페인 정복자들은 잔인하게 원주민을 살해했지만 사망자의 90퍼센트는 유럽인들이 가져온 전염병으로 죽었다. 아메리카 원주민과 유럽인들이 만나는 순간 이들의 운명은 결정된 것이나 다름없었다. 유럽인들이 아무리 친절하게 대했다한들 결과는 달라지지 않았을 것이다. 당시 원주민이나 유럽인이나 전염병의 창궐에는 속수무책이었기 때문이다.

어째서 원주민들은 유럽인들의 질병에 대한 면역체계가 없었을까. 콜레라, 천연두, 장티푸스, 흑사병 등 인간을 대량으로 살상하는 전염병균들은 원래 가축에서 온 것이다. 유럽인들은 이들 가축과 오랜 시간 접촉하며 면역성을 길러왔다.

그러나 신대륙에는 불행히도 소와 돼지, 말의 조상인 들소와 멧돼지, 야생마가 없었다. 마지막 빙하기이던 1만 2,000여 년 전 아메리카 원주민의 조상들은 얼음으로 덮인 베링 해협을 가죽 옷을 입고 건너올 수 있었지만 가축들은 그럴 수 없었다. 이것이 나중에 아메리카 원주민의 몰락이라는 비극을 불러온 것이다.

1620년 필그림들이 메이플라워호를 타고 플리머스에 도착했을 때 그들은 버려진 원주민 마을을 발견한다. 이곳은 유럽인들이 대구를 잡으러 자주 오던 곳으로 이들 선원과 접촉하면서 마을에 전염병이 돈 것이다. 이들이 기아로 고통 받고 있을 때 영어를 하는 원주민이 홀연 나타난다. 스페인인들에 납치돼 유럽으로 끌려갔다 영국으로 탈출한 후 고향으로 돌아온 스콴토라는 남자였다. 그는 필그림에게 옥수수 농사짓는 법을 가르쳤고 이들은 이듬해 가을 풍성히 열린 옥수수를 따먹으며 감사의 기도를 올렸다. 이것이 추수감사절의 기원이다.

그러나 필그림을 살린 스콴토는 이듬해 열병으로 죽는다. 스콴토 덕분에 매사추세츠에서는 원주민과 유럽인 간에 50년 동안 평화가 유지되지만 유럽인들이 계속 몰려들면서 이 또한 깨지고 원주민들은 대부분 살해되거나 축출되고 만다. 300년간 계속된 백인과 원주민과의 싸움은 1924년 아파치와의 전쟁에서 아파치가 패함으로써 끝나고 북미주는 백인들의 차지가 된다.

이제 추수감사절은 연말 쇼핑 시즌 시작을 알리는 날로 전락하고 말았지만 그 기원을 살펴보면 쇼핑을 하며 마음 편히 칠면조만 먹고 있을 수는 없다. 먼 옛날 가축을 데리고 오지 않은 죄로 몰살당한 인디언들의 명복을 빈다. 2013. 11. 26

7월의 함성

1863년 7월 1일 펜실베이니아의 작은 마을 게티즈버그는 가만히 서 있기도 힘든 무더위가 짓누르고 있었다. 이 마을을 짓누르고 있는 것은 무더위만이 아니었다. 조지 미드가 이끄는 9만 3,900명의 북군과 로버트 리가 이끄는 7만 1,700명의 남군이 이 마을 인근에서 대치하고 있었다.

남군 총사령관 로버트 리는 자타가 공인하는 그 시대 최고의 명장이었다. 이 전투에서 북군의 주력을 섬멸하고 미국 독립의 요람인 필라델피아까지 진격하는 것이 그의 계획이었다. 그의 작전대로만 된다면 남부동맹의 독립은 기정사실이었다. 그와 함께 400만에 달하는 흑인 노예의 해방도 물 건너갈 것이 뻔했다.

링컨은 일찍부터 남부와 타협하라는 평화주의자들의 압력을 받고 있었다. 남부가 떨어져 나가든, 노예제를 유지하든 그건 남부 주들이 알아서 할 일이고 고귀한 젊은이들의 생명을 희생해가면서 막을 일은 아니라고 많은 사람들은 생각했다.

숫자상으로 보면 북군의 승리는 당연했다. 주 숫자로는 23 대 11, 인구로는 2,100만 대 900만, 철강과 철도 등 산업으로 보면 90 대 10이라는 압도적인 우위에 있었다. 그러나 남부도 나름대로 강점이 있었다. 그중 첫째가 무관 존중의 전통이다. 당시 미국에 존재하던 8개 군사학교 중 7개가 남부에 있었다. 그리고 이들은 자신의 삶의 방식을 양키들로부터 지키겠다는 강한 신념이 있었다. 남북전쟁은 물론 미국 역사를 통틀어 가장 위대한 장군의 하나로 꼽히는 로버트 리는 미합중국 군인으로 남아 있으면 보장됐을 출세를 버리고 사직서를 낸 후 남부군에 가담했다.

1861년 4월 남북전쟁이 발발한 후 리는 연전연승을 거듭했으며 그 여세를 몰아 북군의 주력 부대를 격파하기 위해 게티즈버그로 온 것이다. 전투의 첫날인 1일 싸움은 리의 승리로 돌아갔다. 리는 다음 날 여세를 몰아 총공세를 폈으나 북군은 방어선을 지켰다. 마지막 날인 3일 리는 정예 1만 2,500명을 투입, 조지 피켓 장군 지휘로 북군의 정면 돌파를 명령했다.

그러나 북군의 병사들은 방어선을 사수했고 남군은 퇴각할 수밖에 없었다. 이와 함께 남부 독립의 꿈도 사라졌다. 남북전쟁의 최대

격전지인 게티즈버그가 남북전쟁의 터닝 포인트로 불리는 이유이
다. 사흘간의 이 전투로 2만 3,000명의 북군 사상자와 2만 3,000명
의 남군 사상자가 발생했다. 8년간 계속된 미 독립전쟁의 미군 사상
자가 5만 명이었음을 감안하면 이날 전투의 규모를 짐작할 만하다.

게티즈버그는 이날 전투에 못지않게 링컨의 연설로 유명하다. 이
전투가 끝난 후 북군은 희생자들을 서둘러 묻었지만 폭우가 내리는
바람에 시체들이 땅 위로 나와 썩는 냄새가 천지를 진동했다. 이를
그대로 놔둘 수 없다고 판단한 연방 정부가 여기 공동묘지를 만들기
로 결정하고 묘지 개장식을 하면서 링컨 대통령을 불렀다.

이날 행사의 주 연설자는 당대의 웅변가 에드워드 에버렛으로 그
는 2시간이 넘는 연설을 해 청중들로부터 뜨거운 박수를 받았다. 주
최 측은 링컨이 오지도 않을 것으로 예상했으나 그는 왔고 기차 안
에서 작성한 원고로 2분짜리 짧은 연설을 했다. 너무 짧아 청중들은
연설이 끝난 줄도 몰랐으며 반응도 신통치 않았다. 링컨도 자신의
연설이 실패한 것으로 믿고 있었다.

그러나 이 연설의 진가를 알아본 에버렛은 찬사를 아끼지 않았고
다음 날 연설 내용이 신문에 게재되면서 사람들의 반응도 달라졌다.
지금 링컨의 게티즈버그 연설은 미 건국이념을 천명한 독립선언서
에 버금가는 정치문서로 평가 받고 있다.

"87년 전 우리 선조들은 자유 안에서 잉태되고 모든 인간은 평등하게 창조되었다는 명제에 봉헌된 나라를 이 대륙에 탄생시켰다. 우리는 지금 그렇게 탄생된 나라가 오래 지속될 수 있는가를 시험하는 커다란 내전에 휩싸여 있다. …… 세상은 우리가 여기서 하는 말에 주의도 하지 않고 오래 기억도 않겠지만 그들이 여기서 한 일은 잊을 수 없다. …… 우리는 그들의 죽음이 결코 헛되지 않았으며, 신의 가호 아래 이 나라가 자유의 새로운 탄생을 맞을 것이며, 국민의, 국민에 의한, 국민을 위한 정부가 지상에 사라지지 않을 것임을 굳게 결의한다"는 그의 연설은 지금도 사람들의 가슴을 뭉클하게 한다.

게티즈버그 전투 발발 150주년을 맞아 노예 해방을 위해 목숨을 바친 장병들과 그 희생의 역사적 의미를 천명한 링컨의 정신을 되새겨 본다. 2013. 7. 2

권력과 성

20세기를 대표하는 서양 철학자의 하나인 화이트헤드는 "서양 철학은 플라톤에 대한 일련의 주석이다"라는 말을 한 적이 있다. 서양 철학에서 플라톤이 차지하는 비중이 어느 정도인지 보여준다.

플라톤 작품 중 대표작인 『국가론』은 철학의 깊이 있는 문제를 다루면서도 부드러운 대화체로 비유와 전설을 섞어 이야기해 지금까지도 가장 널리 읽히는 철학 서적의 하나다. 이 책에 나오는 전설 중에 '기게스의 반지'라는 것이 있다.

리디아 왕국에서 목동으로 일하던 기게스는 양떼들을 돌보다 산속에서 지진을 당한다. 땅이 갈라지고 굴의 입구가 드러나자 호기심에 동굴 안을 탐험하던 그는 굴 안에서 거인의 시체와 그의 손가락에 있는 황금 반지를 발견한다.

황금 반지를 손가락에 끼자 그는 투명 인간으로 변한다. 투명 인간으로 변한 그가 제일 먼저 한 일은 왕궁으로 가 왕을 죽이고 왕비를 범한 후 스스로 왕이 된 것이다. 이 전설을 들려준 글라우콘은 인간이 도덕적 행동을 하는 것은 주위의 눈이 무서워서이며 꺼릴 것이 없어진 인간의 본성은 추하다는 것을 강조한다.

신비한 힘을 가진 마법의 반지가 인간을 어떻게 타락시키는가는 20세기 판타지 문학의 금자탑 J.R.R. 톨킨 작 「반지의 제왕」을 통해서도 잘 알려져 있다. 그도 그럴 것이 톨킨의 이 작품은 '기게스의 반지'에서 영감을 받아 쓰여졌기 때문이다. 이보다는 좀 떨어지지만 영화 〈투명 인간(Hollow Man)〉에서도 약물 투여로 투명하게 된 천재 과학자가 제일 먼저 하는 일이 이웃집 여성을 강간하고 동료를 살해하는 것이다.

투명하게 된 인간이 산타클로스가 돼 가난한 이웃을 돕는다는 설화나 소설은 존재하지 않는다. 어째서 투명하게 된 인간은 강간과 살인을 일삼는가. 여기에는 인간 뇌의 구조, 그리고 긴 진화의 역사가 얽혀 있다.

자연 상태에서 생명체가 가장 우선적으로 해야 할 일은 스스로 생명을 유지하는 것과 종족을 보전하는 것이다. 그러기 위해서는 가능한 한 많은 경쟁자를 제거해야 하고 먹잇감을 잡아야 한다. 그러고는 최대한 씨를 퍼뜨려야 한다. 인간의 뇌 중 가장 원시적인 부분으로 깊숙한 곳에 자리 잡고 있는 것에 '파충류 콤플렉스(reptilian complex)'라는 것이 있다. 공격 본능과 성적 충동을 관장하는 이 부분은 파충류 이상 뇌를 가진 고등 동물에 공통된다.

공격성이 강한 인간은 성적 충동도 강하다. 옛날부터 동양에는 '영웅호색'이란 말이 있었고 서양 신화에서는 군신 아레스와 사랑의 여신 아프로디테가 애인 사이다. 힘과 섹스가 불가분의 관계임을 말해준다. 왕이나 재벌 가운데 수도승처럼 평생을 독신으로 지낸 사람을 본 적 있는가. 과거에도 없었고 앞으로도 아마 없을 것이다.

현직 IMF 총재이자 차기 프랑스 대통령으로 유력시 되던 도미니크 스트로스칸이 지난 주말 뉴욕에서 호텔 종업원을 성폭행한 혐의로 체포됐다. 이 호텔 종업원은 아프리카 이민자 출신으로 방을 치우러 들어갔다 벌거벗은 칸이 덤벼들어 도주했는데도 그가 강제로 호텔 방으로 끌고 가 성폭행했다고 주장하고 있다.

유무죄 여부는 확정 판결이 나와 봐야 알겠지만 뉴욕 경찰이 웬만한 근거 없이 이런 거물을 비행기에서 끌어내려 수감했을 리 없다. 칸은 몇 년 전에도 여성 부하직원과 관계를 맺어오다 남편이 폭로, 경고를 받은 적이 있고 그 외에도 세 번이나 결혼하는 등 여성 편력이 심했던 사람이다.

여성 문제로 개망신을 당한 권력자들은 클린턴 전 대통령을 비롯,

스피처 전 뉴욕 주지사, 에드워즈 전 부통령 후보 등 수없이 많다. 권력의 정상에서 누릴 것은 다 누린 이들이 어째서 한순간의 실수로 나락에 떨어지는지 잘 이해가 안 가는 듯 하다가다 권력 의지와 성욕의 상관관계를 생각하면 수긍이 가기도 한다. 또 꼭대기에 오래 서면 "감히 나를 누가" 하는 착각도 들 것이다. 인간의 본성과 도덕률에 관해 다시 한번 생각해 본다. 2011. 5. 17

소수 권익과 헌법

미국은 세계에서 처음으로 민주주의에 기초한 헌법을 가진 나라다. 민주주의는 다수결을 기본 원리로 하고 소수는 다수의 결정에 복종해야 한다는 것이 상식이다. 그러나 미국 헌법을 자세히 보면 곳곳에 다수결을 부정하는 부분이 눈에 띈다.

연방 대법관 자리만 해도 그렇다. 국민에 의해 선출되지 않은, 거기다 종신까지 보장된 9명의 판사들이 미국의 일상에 직접적인 영향을 미치는 사항에 관해 최종적인 결정을 내린다. 500명이 넘는 연방 상하원 의원과 대통령이 서명한 법안도 이들이 "위헌" 한마디만 하면 무효가 된다.

어째서 이런 일이 벌어졌을까. 200여 년 전 미국 헌법을 만든 사람들은 그리스와 로마 역사에 정통했다. 이들이 역사에서 배운 귀중한 교훈의 하나는 다수라고 항상 옳지 않으며 '다수의 횡포'를 방치

할 경우 1인 독재보다 더 비극적인 결과가 초래된다는 점이었다.

'소수의 횡포'를 막기 위한 다수결을 원칙으로 하되 소수의 권익도 보장하는 장치가 필요하다는 것이 이들의 생각이었고 이것은 연방 헌법에 반영돼 있다. 연방 헌법이 수차례의 수정을 거쳐 흑인 등 유색 인종과 여성에 대한 차별 금지와 참정권 부여에 이르게 된 것은 이 같은 정신을 이어받은 것이다.

2004년 조지 W. 부시 대통령 재선을 앞두고 공화당은 선거 공약으로 동성애자 결혼 금지를 위한 헌법 개정안을 들고 나온 적이 있다. 이라크전이 죽을 쑤면서 재선 가도에 빨간 불이 켜지자 기독교 우파 표를 결집시키기 위한 작전이었다. 이 작전은 들어맞아 대선을 결정해온 오하이오주에서 기독교 몰표가 나왔고 여기서 이기면서 부시는 재선에 성공했다.

그러나 그 후 4년 동안 공화당은 이 헌법 개정 이야기를 꺼낸 적이 없다. 처음부터 실현 가능성이 없는 일로 선거용 쇼에 불과했기 때문이었다. 지난 60년 동안 헌법을 수없이 통째로 뜯어고친 한국 같은 나라도 있지만 미국 헌법은 가장 고치기 어려운 법의 하나다.

지난 200년간 고작 27개 조항이 추가됐는데 그중 10개는 이미 헌법 제정 때부터 약속된 것이었고 2개는 금주와 그 취소를 선언한 것으로 실질적으로 새로 바뀐 조항은 15개에 불과하다. 이처럼 수정

조항이 적은 것은 헌법을 바꾸려면 연방 상하원 3분의 2와 50개 주 의회 4분의 3의 동의가 필요하기 때문이다.

지난주 연방 지법은 동성애자 결혼을 금지한 가주 주민 발의안 8이 위헌이라고 판결했다. 동성애자에 대한 이런 차별은 수정 헌법 14조가 규정한 '적법 절차'와 '평등 보호' 원칙에 정면으로 위배된다는 것이다. 이 조항은 링컨이 노예 해방을 선언한 후 이들에 대한 불이익을 철폐하기 위해 제정된 것으로 민권 보호에 중추적인 역할을 해왔다. 이 문제에 관한 최종 결정은 연방 대법원까지 가야 하겠지만 많은 전문가들은 지법의 판결을 뒤집기 어려울 것으로 보고 있다.

서양 문명은 유대 기독교와 그리스 로마 문명의 종합이다. 많은 공통점에도 불구, 두 문명은 이질적인 요소를 담고 있는데 그중 대표적인 것이 동성애에 관한 견해다. '소돔' 이래 동성애를 죄악시 해 온 유대 기독교와는 달리 그리스 로마 시대에는 동성애가 보편화됐다.

소크라테스를 위시한 그리스 철학자들이나 알렉산더 대왕 등이 모두 동성애자였으며 시저, 아우구스투스와 로마 황제 대부분이 동성애자였다. 로마에서 동성애가 금지된 것은 기독교 황제 테오도시우스가 즉위하면서부터다. 그 후 중세 1,000년 동안 가혹한 박해를 받던 동성애는 르네상스와 함께 그리스 로마 문명이 재발견되면서 다시 널리 퍼졌다. 레오나르도 다빈치, 미켈란젤로가 모두 동성애자다. 20세기 들어서도 케인스에서 차이코프스키, 오스카 와일드에 이르기까지 동성애 명사들의 이름을 들자면 한이 없다.

동성애 결혼 반대자들은 이를 허용하면 이성 간의 결혼이 파탄날 것처럼 주장하고 있으나 이미 미국 가정의 절반은 이혼으로 깨지고 있다. 이를 동성애자 탓으로 돌리는 것은 잘못이다. 자기와 다르다는 이유로 남을 차별하고 자기 식으로 살기를 강요하는 것이 당장은 옳은 것 같지만 역사적으로 보면 잘못이었다는 것을 민권 운동사는 보여주고 있다. 동성애 결혼 금지를 외치는 사람들은 자신이 혹시 과거 흑인과 여성을 차별해왔던 사람들의 전철을 밟고 있는 것은 아닌지 한번 돌아볼 필요가 있을 것 같다. 2010. 8. 10

미국의 아버지

조지 워싱턴이 처음 전투를 경험한 것은 23살 때다. 1755년 7월 영국의 에드워드 브래독 장군이 이끄는 1,300여 군사의 일원으로 오하이오 일대를 장악하고 있는 프랑스군을 공격하러 갔다 지금의 피츠버그 인근에서 프랑스군과 인디언의 기습을 받아 참패했다.

이 전투에서 브래독 포함 450여 명이 사망하고 420여 명이 부상당했다. 워싱턴은 총알이 빗발치는 와중에도 분전하다 타고 있던 말이 총에 맞아 사망하고 외투에도 구멍이 송송 났으나 기적적으로 부상을 입지 않고 살아 돌아왔다. 총알이 몇 인치만 위로 날았으면 말 대신 워싱턴이 죽었을 것이고 그랬더라면 미국의 역사도 많이 달라졌을 것이다.

워싱턴의 운은 여기서 그치지 않았다. 1776년 8월 워싱턴이 이끄는 독립군과 영국군은 뉴욕 롱아일랜드에서 한판 크게 붙었다. 여기서 참패한 독립군은 글자 그대로 섬의 한 코너에 몰렸고 거기서 밤을 맞았다. 날이 새면 영국군의 전면 공격이 시작될 것이었고 미국 독립 전쟁은 독립선언서가 발표된 지 한 달 만에 끝날 형편이었다.

그러나 그때 기적이 일어났다. 한 치 앞도 분간하기 어려운 안개가 섬을 뒤덮은 것이었다. 워싱턴은 어둠과 안개를 이용해 배를 타고 남은 군대를 무사히 빼돌릴 수 있었고 그해 12월 25일 얼음이 떠다니는 델라웨어 강을 몰래 건너 뉴저지 트렌턴의 영국군을 기습 공격, 승리함으로써 새로운 전기를 마련했다.

미 독립 전쟁을 사실상 마무리지은 1781년 요크타운 전투 때도 운명의 여신은 워싱턴 편을 들어줬다. 5년이 넘게 계속돼 온 미 독립 전쟁 중 그때까지 영국은 한 번도 제해권을 상실해 본 적이 없다. 당시 영국 해군은 세계 최강이었기 때문이다.

그러나 요크타운 전투가 벌어지기 바로 직전 프랑스 해군은 기적적으로 체서피크만에서 영국 해군을 물리치고 잠시 제해권을 장악했다. 바로 이때 워싱턴은 요크타운 반도에 발이 묶인 영국군을 맹공했고 배가 없어 도망갈 길이 막힌 영국군은 워싱턴의 포격에 견디지 못하고 〈뒤집힌 세상(World Upside Down)〉을 연주하며 항복하고 말았다.

나폴레옹은 "나는 유능한 장군보다 운 좋은 장군을 원한다"고 말했다는데 워싱턴이 바로 그가 원했던 장군이었던 셈이다. 훗날 미 건국의 아버지들은 오합지졸이던 식민지 민병대가 당시 세계 최강이던 영국을 이겼다는 사실을 스스로도 믿기 어려워하며 이를 '신의 뜻(Providence)'으로 돌렸다. 미국 지명에 'Providence'가 많이 나오는 것은 그 때문이다.

그러나 물론 워싱턴이 가만히 있었는데 운이 따라준 것은 아니다. 첫 인디언과의 싸움에서 패배한 후 그는 끊임없이 인디언과 영군군의 장단점을 연구했고 롱아일랜드 전투에서 패배한 후에는 정규전은 승산이 없다 판단하고 게릴라전과 기습전으로 작전을 바꿨다. 많은 사가들은 워싱턴이 없었더라면 독립 전쟁의 승리는 불가능했을 것이고 여기서 졌더라면 오늘의 미국도 없었으리라는 데 견해를 같이한다.

워싱턴을 다른 건국의 아버지와 확연히 구분짓는 것은 노예에 관한 그의 태도다. 대농장주였던 그는 많은 흑인 노예를 가지고 있었고 처음에는 다른 농장주들처럼 이들을 가혹하게 대했다. 그러나 독립 전쟁을 치르며 흑인 병사들의 용맹함과 능력을 직접 목격한 그는 점차 생각을 바꾸게 된다.

그는 죽기 직전 유언장을 고쳐 자신이 죽거든 모든 자기 소유 흑인 노예를 해방하고 이들이 자립해 살아갈 수 있도록 기술을 가르치는 데 필요한 돈까지 마련해줄 것을 지시했다. 그러고는 여기에 어떤 예외도 둘 수 없도록 엄명했다.

건국의 아버지 중 흑인 노예를 자발적으로 해방시킨 사람은 그가 유일하다. "자유가 아니면 죽음을 달라"던 패트릭 헨리도, "모든 인간은 평등하게 창조되었다"던 토머스 제퍼슨도 하지 못했다. '미국의 아버지'로 불릴 만하다. 오는 22일은 그가 태어난 지 282주년이 되는 날이다. 그의 삶을 돌아보며 미국 탄생의 의미를 생각해 본다.

2014. 2. 18

이민자의 힘

미국을 세운 '건국의 아버지'들은 대부분 명문가 출신이거나 대지주
였다. 버지니아에서 가장 많은 땅을 갖고 있었다는 조지 워싱턴, 독
립선언서를 쓴 토머스 제퍼슨, 연방 헌법을 기초한 제임스 매디슨이
그런 사람들이다. 2대 대통령을 지낸 존 애덤스는 대지주는 아니었
지만 명문가 출신으로 하버드를 나온 잘 나가는 변호사였다.

그런 면에서 알렉산더 해밀턴은 특이한 존재다. 카리브해의 작은
섬 네비스에서 스코틀랜드 출신 아버지와 프랑스계 어머니 사이의
사생아로 태어난 그는 어렸을 때 아버지가 가족을 버리고 12살 때
어머니마저 열병으로 세상을 떠나면서 사실상 고아로 지냈다. 친척
집 상점에서 점원으로 일하며 겨우 생계를 이어가고 있는 와중에 허
리케인까지 덮쳐 모든 것을 앗아가 버렸다.

꽃이 피기도 전 시들려는 순간 구원은 뜻밖의 곳에서 찾아왔다.

그의 재주를 알아본 이웃 주민이 장학금을 모아 지금 컬럼비아 대학 전신인 뉴욕의 킹스 칼리지로 유학을 보내준 것이다. 1775년 미 독립 전쟁이 발발하자 그는 뉴욕 민병대에 자원하며 결국 워싱턴의 부관이 돼 1781년 독립 전쟁을 승리로 마무리 지은 요크타운 전투를 진두지휘한다.

독립은 얻었지만 주 정부의 연합체인 연합 정부는 아무 힘도 없고 전쟁을 치르는 동안 발행한 정부 채권은 휴지로 전락했으며 대니얼 셰이스가 불만에 찬 농민들을 규합해 반란을 일으키는 등 혼란이 계속됐다.

이를 타개하기 위해 강력한 중앙 정부 수립을 근간으로 하는 연방 헌법이 마련됐으나 이에 반대하는 세력이 강해 13개 주의 비준을 얻을 수 있을지가 불투명한 상태였다. 이때 나온 것이 연방 헌법의 필요성을 역설한 『연방주의 논고』다. '연방 헌법에 대한 가장 뛰어난 해설서'로 불리는 이 글들은 헌법 비준에 열쇠를 쥔 뉴욕 유권자들을 설득하기 위해 신문에 실린 글을 모은 것으로 총 85편인데 이 중 52편이 해밀턴이 쓴 것이다.

워싱턴이 초대 대통령으로 선출되자 그는 해밀턴을 재무장관으로 발탁한다. 해밀턴은 미 중앙 은행을 설립하고 전쟁 중 각 주 정부와 연합 정부가 발행한 채권을 연방 정부가 보증하는 안을 관철시킨다. 이에 반대하던 제퍼슨, 매디슨과 저녁 회동을 통해 이들의 고향인 버지니아 인근에 연방 정부 새 수도를 수립하는 조건으로 채권 보증안 지지를 얻어낸다. 이로써 연방 정부의 재정은 반석 위에 올라선다.

그러나 탄탄대로를 걷던 그에게 꽃뱀 스캔들이 터진다. 남편에게 학대 받던 마리아 레이놀즈라는 여성이 그에게 도움을 요청하는 과정에서 그의 구좌에서 돈이 빠져 나간 사실을 알아낸 정적들이 이를 추궁하자 해밀턴은 불륜 사실을 시인하며 스스로 사건의 전모를 밝힌 『레이놀즈 팸플릿』을 발간한다. 이와 함께 그의 정치적 생명도 끝난다.

불행은 여기서 끝이 아니었다. 큰 아들 필립이 아버지의 명예를 모욕한 인물과 결투를 벌이다 사망하고 그 2년 뒤인 1804년에는 자신을 모욕했다며 결투를 신청한 애런 버 부통령의 총에 맞아 해밀턴이 49세를 일기로 사망한다. 그의 아내 일라이자는 그 후 50년을 더 살며 뉴욕 최초의 고아원을 세우고 남편의 업적을 기리는 활동을 하다 97세에 세상을 뜬다.

이처럼 극적인 그의 인생을 그린 뮤지컬 〈해밀턴〉이 미국 전역에서 선풍적 인기를 끌고 있다. 푸에르토리코 출신 이민자를 부모로 뉴욕에서 태어난 린 마누엘 미란다가 만든 이 작품은 '건국의 아버

지' 역에 흑인 배우를 내보내고 강한 리듬의 랩과 힙합으로 미국 역
사를 조명해 충격적이고 신선하다는 평을 받고 있으며 2016년 뮤지
컬 부문 퓰리처와 그래미, 그리고 11개 부문 토니 상을 받았다. 지난
8월부터 LA 팬테이지스 극장에서 공연되고 있는데 티켓 최고가가
2,000달러가 넘는데도 불티나게 팔리고 있다.

그러나 음악 형식이 한인들에게 익숙하지 않은 데다 영어 대사를
알아듣기 힘들어 미국 역사와 가사에 대한 상당한 공부가 없이는 이
해하기 어렵다. 이 때문에 극장에서 한인들의 모습은 거의 찾아볼
수 없다.

그럼에도 불구하고 이민자 출신 '건국의 아버지' 이야기를 이민자
출신 가정의 음악가가 현대적으로 재해석한 작품에 흑백 모두가 열
광한다는 사실은 트럼프로 상징되는 낡은 미국의 마지막 비명에도
불구하고 미국은 이민자의 나라임을 재확인시켜준다. 2017. 11. 7

4부 • 세계의 풍경

몬트리올의 희망

20세기 이전까지 음식을 오래 두고 먹는 거의 유일한 방법은 소금에 절이는 것이었다. 모든 음식은 시간이 지나면 상하지만 소금은 부패를 막아주는 효과가 있다. 한국인들이 즐겨 먹는 젓갈류와 김치 등은 이 원리를 활용한 것이다. 얼음을 이용해 냉동 보관하는 방법도 있지만 최근까지 얼음을 만드는 것은 쉬운 일이 아니었고 또 수시로 갈아줘야 하는 불편이 있었다.

보통 사람들의 음식 문화에 혁명을 가져온 것은 프레온 가스(CFC)를 이용한 냉장고의 등장이다. 제2차 대전 때 소방용으로 사용되던 CFC를 이용한 냉장고의 등장은 서민들도 고기와 야채를 오래 두고 먹을 수 있는 길을 열어줬다. CFC는 냉장고뿐만 아니라 헤어스프레이 등 분무기 원료로 사용되면서 일상의 필수품으로 자리 잡는 듯했다.

　그러나 70년대 들어 CFC의 부작용에 관한 각종 연구가 나오기 시작했다. 그중 대표적인 것이 UC 어바인의 프랭크 롤런드와 마리오 몰리나 보고서다. 이들은 대기에 뿌려진 CFC가 성층권에 진입할 경우 염소를 배출하며 이것이 지구를 감싸고 있는 오존층을 파괴한다는 사실을 밝혀냈다.

　오존층은 지구에 살고 있는 모든 생명체를 자외선으로부터 지켜주는 역할을 한다. 이것이 사라질 경우 모든 인간은 조금만 햇볕에 노출되더라도 화상에 가까운 피해를 입을 수 있고 피부암 발생률도 급속히 증가하게 된다. 다른 동식물도 정도의 차이가 있을 뿐 타격을 입는 것은 마찬가지다.

　이들 보고서가 나오자 대부분 업계와 학계는 냉담한 반응을 보였다. CFC로 돈을 버는 비즈니스의 규모가 어마어마한 데다 이들이 후원하는 학술 단체와 회의도 많았기 때문이다. 대부분의 학계와 업계는 이들의 주장을 근거 없는 소설로 일축했고 이들은 어디서도 환영받지 못하는 소위 왕따 신세가 됐다. 심지어 일부에서는 이들이 미국 경제를 파괴하기 위해 소련의 KGB가 심어놓은 간첩이라는 말까지 나왔다.

　그러나 남극의 오존층이 급속히 줄어들고 있다는 사실이 여러 관측을 통해 확인되고 CFC가 오존을 파괴한다는 인과 관계가 입증되면서 사람들의 생각도 바뀌기 시작했다. CFC 퇴출에 앞장선 정치인은 뜻밖에 미국과 유럽에서 자유 시장 경제와 정부의 시장 불간섭을 신봉한 레이건 대통령과 영국의 대처 총리였다.

두 사람 다 처음에는 정부의 기업 규제를 탐탁하게 생각하지 않았지만 점점 더 쌓여가는 증거에 눈감을 수 없었다. 이들이 생각을 바꾼 것은 두 사람의 취향과 성장 배경이 중요한 역할을 했다. 농장 일과 승마 등 야외 활동을 좋아했던 레이건은 자외선의 위험을 피부로 느낄 수 있었다. 또 옥스퍼드 대학에서 화학을 전공한 대처는 CFC가 오존을 해친다는 화학자들의 주장을 누구보다 잘 이해하는 정치인이었다.

1985년 CFC 주요 생산 20개국은 오스트리아 빈에서 그 규제에 관한 원칙을 정한 '빈 협약'에 서명했고 이것이 바탕이 돼 1987년에는 캐나다 몬트리올에서 CFC 퇴출에 관한 '몬트리올 협약(Montreal Protocol)'이 체결됐다. 이 협약 덕분에 CFC 배출이 사라지면서 오존층은 정상으로 돌아오고 있다. 전문가들은 2060년께면 지구의 오존층은 1980년대 이전 수준을 회복할 수 있을 것으로 보고 있다. 이 문제를 처음 제기한 롤런드와 몰리나 등은 1995년 노벨 화학상을 받았다.

이 협정이 실효를 거둘 수 있었던 것은 미국과 유럽 지도자들의 적극적인 노력과 개발 도상국들의 CFC 교체 비용을 선진국이 부담하기로 한 현명한 결정 덕이다. 특히 대처는 유엔 연설을 통해 오존층 파괴가 지구인 모두의 문제임을 역설하며 부유한 미국과 유럽이 그 비용을 대부분 떠안아야 한다고 주장해 큰 호응을 얻었다.

몬트리올 협약에는 지금 197개의 국가와 국가 연합이 가입돼 있으며 인류 역사상 가장 성공적인 기후 협약이란 평을 듣고 있다. 올해는 이 협약이 발효한 지 30년이 되는 해다. 몬트리올 협약은 어려워 보이는 문제도 인간이 만든 문제는 인간이 힘을 합치면 해결할 수 있음을 보여준다. 지금은 해결 가능성이 희박해 보이는 지구 온난화도 의지만 있다면 풀지 못할 리 없다.

온갖 테러와 환경 파괴 등 나쁜 뉴스가 쏟아지는 요즘이지만 그럼에도 인간에게 희망이 완전히 사라진 것은 아니라는 사실을 몬트리올 협약은 일깨워준다. 2019. 4. 30

가고시마 이야기

가고시마는 일본 4대 섬 중 남서쪽에 있는 규슈 가장 남단의 소도시다. 규모는 작지만 그 역사적 의미는 작지 않다. 근대 일본 역사가 시작된 곳이기 때문이다. 가고시마 공항에 내리면 "일본 근대화의 새벽은 이곳에서 시작됐다"고 적힌 포스터가 자랑스럽게 걸려 있다.

1600년 세키가하라 전투에서 도요토미 파와 싸워 이긴 후 250년 간 일본을 지배해온 도쿠가와 막부는 1854년 미국 페리 제독의 압력에 굴복해 문호를 개방했다.

이 사건은 막부의 무능함에 대한 분노와 함께 서양 문물을 받아들여 힘을 기르지 않으면 일본은 식민지로 전락할 것이란 우려를 불러일으켰다. 일본의 근대화와 생존을 위해서는 기존 막부 체제로는 안되고 천황을 중심으로 한 강력한 중앙 집권 국가 수립이 필요하다는데 많은 사람들이 생각을 같이했다.

그 결과 일어난 것이 소위 1868년 메이지 유신이다. 그리고 그 중심이 현 가고시마의 옛 이름인 사쓰마와 현 야마구치의 옛 이름인 조슈였다. 사건의 발단은 조슈가 지금의 도쿄인 에도의 막부에 반기를 들면서부터다. 도쿠가와 막부는 1차 진압에 성공한 후 2차로 아예 조슈 집권 세력의 뿌리를 뽑으려 했다. 이에 조슈는 메이지 천황 친정을 명분으로 사쓰마와 동맹을 맺고 막부에 저항했으며 막부군은 홋카이도 하코다테에서 장렬한 최후를 맞고 만다.

권력을 잡은 메이지 세력은 전통적인 사무라이 제도를 국민 개병제로 전환하고 의무 교육제를 도입하는 등 근대 국가 건설의 토대를 마련한다. 일본이 아시아 국가로는 유일하게 19세기에 근대화에 성공해 서구 열강에 맞먹는 힘을 가지고 독립을 지킬 수 있었던 것은 메이지 유신 덕이다.

일본에서는 변방 중의 변방인 가고시마가 어떻게 이런 대업의 중심적 역할을 하게 됐을까. 변두리였던 점이 오히려 서양 문물을 앞장서 받아들일 수 있는 환경을 만들어줬다. 가고시마 남쪽의 작은 섬 다네가시마는 1543년 조난당한 포르투갈인이 처음 상륙한 곳이다. 이곳에서 서양 화승총의 위력을 목격한 일본인들은 기술을 전수받아 10년 동안 30만 자루의 총포를 만들어냈다. 전국 시대 오다 노부나가가 경쟁자들을 물리치고 첫 번째 패자가 될 수 있었던 것도 그 힘을 이용할 줄 알았기 때문이다.

막부 집권 후 일본은 쇄국 정책을 폈지만 그러면서도 나가사키에 인공 섬 데지마를 만들어 네덜란드인과의 접촉을 허용하며 서양의 문물과 동향을 파악하고 있었다. 나가사키는 가고시마에서 멀지 않다.

격동의 시대를 산 사쓰마의 번주 시마즈 나리아키라는 자신의 별장인 선암원 옆에 공방을 짓고 서양식 기계 제조를 연구했으며 일본에서 처음 서양식 조선소를 건설했다. 이런 그의 서양 문물에 대한 관심은 할아버지 시게히데를 본받은 것으로 시게히데는 일본 번주 중 처음 알파벳으로 일기를 쓴 인물이다.

메이지 유신과 가고시마를 이야기하면서 빼놓을 수 없는 인물로 사이고 다카모리가 있다. 하급 무사의 아들로 태어난 그는 조슈와의 동맹을 성사시키고 막부 토벌에 성공한 후 낙향해 야인의 삶을 산다.

그러나 신정부의 사무라이 폐지 정책이 본격화되자 이에 불만을 품은 세력이 그를 앞세워 반란을 일으키며 그는 어쩔 수 없이 반란군의 리더가 된다. 1877년 일어난 소위 서남 전쟁이 그것이다. 그러나 이들은 신식 무기를 갖춘 정규군의 상대가 되지 못했고 사이고는 자살로 생을 마감한다. 지금도 가고시마 뒷산에는 그가 최후를 보냈다는 작은 동굴이 유적지로 남아 있다. 한때 반란의 수괴였지만 천황제를 옹립하고 일본 전통을 지키려다 죽은 사이고는 일본인들의 영웅이다. 2003년 나온 톰 크루즈 주연의 〈마지막 사무라이〉는 그의 일생을 소재로 한 것이다.

페리가 준 치욕을 메이지 유신을 통해 근대 국가 수립으로 되갚은 일본은 아시아 여러 나라 중 유일하게 독립을 지켰고 병인양요와 신미양요의 승리에 취해 문을 굳게 닫은 조선은 일본의 식민지로 추락했다. 일본에 조선을 병합할 힘을 준 메이지 유신은 한국인들에게는 기분 나쁜 사건이지만 기분 나쁜 것과 역사적 중요성은 구별돼야 한다.

올해는 메이지 유신이 일어난 지 150주년이 되는 해다. 개혁과 개방을 거부하는 사회는 역사의 흐름에 뒤처지고 결국 몰락한다는 사실을 동아시아의 근대사는 확인시켜 주고 있다. 2018. 7. 17

가장 위대한 일본인

1616년은 서양 문학사에서 기념비적인 해다. 셰익스피어와 세르반 테스가 같은 해 세상을 떴기 때문이다.

그러나 그해 동양에서도 역사적인 사건이 벌어졌다. 여진족의 족 장인 누르하치가 만주를 통일하고 후금의 칸 자리에 올랐다. 그의 자식인 홍타이지는 훗날 나라 이름을 청으로 고치고 이 해를 건국년 으로 삼았다.

이웃 일본에게도 1616년은 뜻깊은 해다. 100년간의 내란을 종식 하고 1868년 메이지 유신 때까지 260년의 평화를 가져다준 도쿠가 와 이에야스가 이 해 사망했다. 어려서 부모 품을 떠나 이곳저곳에 서 인질로 어린 시절을 보내 '미가와의 고아'라는 별명을 갖고 있던 그가 쟁쟁한 영웅호걸 틈 속에서 온갖 역경을 이겨내고 일본을 통일 하는 과정은 야마오카 쇼하치의 대하소설 『도쿠가와 이에야스』를 통해 잘 알려졌듯 장엄한 한 편의 드라마다.

　1543년 일본 중부 미가와의 오카자키 성에서 힘없는 성주 마쓰다이라 히로타다와 정략 결혼한 오다이 사이의 유일한 자식으로 태어난 그는 두 살 때 어머니가 정략 이혼 당하고 다섯 살 때 이마가와 가문에 인질로 끌려가는 도중 오다 가문에 납치된다. 설상가상으로 아버지마저 그가 6살 때 부하에게 암살되며 이번에는 이마가와 가문으로 넘겨져 인질로 살게 된다.

　1560년 오다 가문의 리더가 된 오다 노부나가가 오다 영토를 침략한 이마가와 대군을 기습공격으로 무너뜨리면서 오다와 도쿠가와의 동맹은 시작된다. 이에야스는 노부나가로부터 전략과 전술 등 많은 것을 배우지만 그중에서도 특히 포르투갈인들로부터 받은 총포의 중요성을 알게 된다. 전국 시대의 강자이자 도쿠가와 가문에 치명적인 패배를 안겨준 다케다 신겐이 죽고 그의 뒤를 이어받은 자식 가쓰요리와 오다-도쿠가와 연합군이 맞붙은 나가시노 전투는 총포의 위력이 유감없이 발휘된 기념비적인 사건으로 역사에 기록돼 있다. 이 전투에서의 패배로 다케다 가문은 몰락의 길로 접어든다.

　1582년 노부나가가 부하에게 암살되자 일본 천하는 노부나가의 부관이었던 도요토미 히데요시와 이에야스로 양분된다. 이에야스의 세력을 경계한 히데요시는 도쿠가와 가문을 본거지인 미가와에서 몰아내고 지금은 일본의 수도지만 당시로서는 변방의 오지였던 에도로 보내는데 이것이 나중에 전화위복의 계기가 된다.

지금 일본 천황이 살고 있는 황거는 원래 도쿠가와의 성채였다. 그러던 것이 메이지 유신으로 도쿠가와 가문이 몰락하면서 황실 차지가 된 것이다. 이 궁궐터의 넓이는 자금성의 다섯 배에 달하며 80년대 말 부동산 버블이 극심했을 때 궁궐 부동산 가치가 가주 전체와 맞먹기도 했다.

일본 통일을 거의 완수한 히데요시가 그 여세를 몰아 조선을 침공할 때 이에야스는 멀리 떨어져 있던 덕분에 병력 차출을 모면하고 세력을 기를 수 있었다. 1598년 히데요시가 죽고 일본군이 조선에서 철수했을 때 히데요시 세력은 약했고 이에야스는 강했다. 이 양대 세력의 균형은 1600년 세키가하라 벌판에서 벌어진 전투에서 이에야스 군이 압승하면서 깨지고 이때부터 이에야스는 사실상 일본의 지배자가 된다.

그의 사후 260년 동안 일본에 평화가 계속된 것은 영주들의 가족을 에도에 머물게 하고 영주들도 일정 기간 거주케 하는 제도적 장치도 중요한 역할을 했지만 이에야스 자신의 몸가짐과 자손들에 대한 엄격한 가르침도 이와 무관하지 않다.

이에야스는 우선 타고난 검소함으로 모범을 보였다. 일본을 통일하기 전에는 밥상에 반찬을 다섯 개 이상 올리지 못하게 했는데 통일 후에는 가짓수를 셋으로 줄였다고 한다.

그러나 이보다 더 이에야스의 특징을 잘 보여주는 것은 "새장의 새를 울게 하기 위해 오다는 협박을 하고 도요토미는 달래지만 도쿠가와는 기다린다"는 속담이다.

"참을 줄 아는 자가 강한 자"라는 말을 남긴 이에야스는 참을 줄 아는 것이야말로 자신의 가장 큰 장점이자 성공의 비결로 여기고 자식들에게도 이를 강조했다. 그는 또 죽기 전 "인생은 무거운 짐을 지고 먼 길을 가는 것과 같다. 불완전과 불편함은 모든 인간의 운명이다"라는 말을 통해 참을성의 중요성을 다시 한번 강조했다.

지난달은 도쿠가와 이에야스가 죽은 지 400년이 되는 달이다. 조선의 적이었지만 일본이 낳은 가장 위대했던 인물의 명복을 빈다.

2016. 7. 19

오키나와의 어린이들

오기미는 오키나와 북서쪽에 있는 작은 마을이다. 이 마을 입구에는 "70이면 어린아이고 80이면 청년이며 90에 조상들이 하늘나라로 오라고 하면 100세가 될 때까지 기다려 달라고 말하라"라고 쓰여진 돌판이 놓여 있다. 그럴 만도 한 것이 3,000여 명의 주민이 사는 이 마을에 100세 이상 노인이 10명이 넘는다. 인구 비율로 따지면 이보다 100세 노인이 많은 곳은 지구상에 없다.

장수국으로 이름 난 일본에서도 오키나와는 주민들이 오래 사는 곳으로 유명하다. 일본에서 100세가 넘는 사람들은 6만 명으로 인구 비율로 따져 미국보다 2배가 많지만 오키나와에 사는 100세 이상 노인은 800명으로 인구 비율로 일본 전체보다 30퍼센트가 많다.

중앙아시아 코카서스 지역이나 남미 안데스 일대에 장수 마을이 있다는 소문은 있지만 그건 소문일 뿐이다. 오키나와 주민들의 나이는 생년월일이 적힌 호적으로 확인할 수 있다. 오키나와야말로 검증된 장수 지역인 셈이다.

오키나와는 겉으로 보면 인간이 장수하기에 좋은 조건을 갖춘 곳은 아니다. 여름이면 다른 곳에서 온 사람은 견딜 수 없을 정도로 푹푹 찌고 태풍이 주기적으로 찾아온다. 토양도 척박해 물자가 풍부한 것도 아니다. 오키나와 주민들의 평균 소득은 일본에서 최하위 수준이다. 그런데도 이곳 사람들이 이렇게 오래 사는 이유는 무엇일까.

전문가들은 그 원인을 무엇보다 음식에서 찾는다. 미역, 다시마 같은 해조류와 두부는 일본 사람들이 잘 먹는 음식이지만 오키나와 사람들은 이것들을 일본에서 가장 많이 먹는다. 모두 심장 질환과 당뇨 등 성인병을 예방하는 성분이 풍부한 음식이다. 콜레스테롤과 혈압을 낮추는 타우린이 많이 함유된 오징어와 낙지도 이들의 주식이다.

혈당을 낮추고 동맥 경화를 예방하는 성분이 있는 쓴 오이 여주 튀김과 항암 효과가 있는 강황도 오키나와 주민들이 즐겨 찾는 음식이다. 그리고 무엇보다 오키나와 특산품인 진한 자줏빛 나는 고구마를 빼놓을 수 없다. '베니 이모'로 불리는 이 고구마에는 플라보노이드라 불리는 항산화제가 풍부한데 오키나와인들은 이 고구마에서 하루 섭취 열량의 대부분을 얻는다. 한 조사 보고서에 따르면 오키나와인들의 플라보노이드 섭취량은 서양인들보다 50배가 많은 것으로 나타났다.

이런 식단 덕에 오키나와 주민들의 심장병 발병률은 미국인의 8분의 1, 전립선암과 유방암 발병률은 7분의 1에 불과하다. 대부분의 성인이 심장병과 암으로 죽는다는 사실을 감안하면 오키나와 사람들이 오래 사는 것은 너무나 당연하다.

오키나와 주민들의 또 하나 장수 비결은 적게 먹는 것이다. '배는 80퍼센트만 채워라(하치부 하라)'는 원칙이 생활신조로 굳어져 있다. 먹을 것이 부족했던 시절 아껴 먹는 전통이 이어져온 것으로 보이지만 적게 먹어야 오래 산다는 것은 여러 동물 실험 결과 입증된 사실이다.

이 밖에 다른 원인을 찾는다면 지금 오키나와에 살고 있는 장수 노인들은 모두 강한 유전자의 소유자들이라는 점이다. 1945년 태평양 전쟁 말기 미군이 오키나와를 침공했을 때 폭격과 기아, 집단 자살 등으로 오키나와 주민 3분의 1이 사망했다. 이런 극한 상황에서 살아남은 사람들은 보통 사람보다 원래 체력이 좋았을 것으로 추정할 수 있다.

오키나와 장수 노인들의 특징은 100세가 넘도록 일을 하는 사람이 많다는 것이다. 대부분 집 근처 텃밭을 가꾸며 재배한 농작물을 직접 따 먹는다. 이 또한 건강 증진에 도움이 되는 것은 말할 것도 없다.

그러나 불행히도 대표적 장수 지역이라는 오키나와의 명성은 오래 가지 않을 것으로 보인다. 제2차 대전 종전 후 미군이 주둔하면서 서양 음식들이 퍼지기 시작했고 오키나와 전통 식단은 점차 사라지고 있다. 햄버거와 콜라를 주로 먹는 오키나와 젊은 세대의 비만도와 성인병 발병률은 이미 일본 본토를 넘어섰으며 미국 수준에 육박하고 있다. 이들이 자신들의 부모나 조부모 세대만큼 건강하게 오래 살기는 힘들 것 같다.

대부분 사람들은 많은 돈을 벌며 무병장수하기를 소망한다. 돈 버는 일은 마음대로 안 되지만 건강하게 오래 사는 것은 식생활을 바꿈으로써 가능하다는 것을 오키나와 사례는 보여준다. 새해에는 오키나와를 염두에 두고 식단을 짜는 것도 좋을 것 같다. 2017. 12. 26

포도밭의 멧돼지

비텐베르크는 독일의 수도 베를린에서 남쪽으로 울창한 숲과 밭 사이를 한 시간 반 정도 달리면 도착한다. 하얀 모래 언덕 위에 세워져 '흰 산'이라는 뜻의 비텐베르크(Wittenberg)란 이름이 붙었다.

중부 유럽의 작은 마을의 하나로 남아 있을 뻔한 이곳에 16세기 초 작은 사건이 일어난다. 프리드리히 대공이 여기다 대학을 짓기로 한 것이다. 이 대학은 역사에 이름을 남긴 두 명의 인물을 배출했다. 하나는 셰익스피어 비극의 주인공 햄릿이고 또 하나는 1,000년 동안 유럽인의 정신세계를 지배한 기독교를 두 조각낸 마르틴 루터다.

마르틴 루터는 원래 법학도였다. 광산업을 하던 아버지가 루터를 변호사로 만들기 위해 에르푸르트 대학에 보냈지만 그는 1505년 어느 날 들판에서 폭풍을 맞는다. 바로 옆에 있는 나무가 벼락을 맞아 박살나는 것을 본 그는 겁에 질려 살려만 주면 평생 하나님을 섬

280

기는 수도사가 될 것을 맹세한다. 무사히 살아난 그는 맹세한 대로 아버지의 반대를 무릅쓰고 수도원에 들어가며 비텐베르크로 옮겨 1512년 신학 박사 학위를 받고 교수가 된다.

작은 시골 마을 교수로 일생을 마칠 것으로 보였던 루터의 삶과 유럽 역사를 뿌리부터 뒤흔든 사건이 1517년 발생한다. 성 베드로 성당 증축을 위해 막대한 자금이 필요했던 로마 교황청은 면죄부를 팔아 이를 마련키로 하고 요한 테첼을 독일로 파견한다. 테첼은 "돈통에 금화가 딸랑 떨어지면 구원받은 영혼은 천당으로 팔짝 뛰어오른다"는 구호로 면죄부 판매에 탁월한 수완을 발휘한다.

그러나 루터는 죄를 사하는 것은 하나님의 고유 권한이며 면죄부가 죄를 사하고 인간을 구원할 수 있다는 주장은 허위라는 내용 등을 95개 항목에 걸쳐 조목조목 지적한 후 이를 성채 교회 문에 붙인다.

이 글은 교회 권력에 맞서 힘을 키우고 있던 세속 영주와 면죄부 판매라는 이름으로 독일 돈을 로마로 보내는 데 대한 독일 국민들의 반감 등이 겹쳐지면서 폭발적인 반응을 불러일으킨다.

처음 시골 대학 교수의 헛소리 정도로 이를 무시했던 교황청은 1520년 루터가 구원은 믿음으로만 가능하며, 모든 기독교인은 사제고, 진리는 성경 속에만 있다면서 교황과 사제의 권위를 무시하자

"멧돼지가 포도밭을 침공하고 있다"며 회개하지 않을 경우 파문할 것을 경고하는 교황령을 내리고 비텐베르크 지역 지배자인 프리드리히에게 그를 더 이상 보호하지 말 것을 촉구한다.

1521년 보름스 회의에 소집된 루터는 회개하지 않으면 이단으로 처형될 것이란 협박에도 불구하고 "나는 어떤 주장도 철회할 수 없고 철회하지 않을 것"이라며 "나는 여기 서 있다. 그 외에 어떤 일도 할 수 없다(Hier stehe ich. Ich kann nicht anders)"는 말을 남겼다 한다.

루터의 고집에 분노한 교황청은 그를 죽이려 했지만 실패한다. 프리드리히 대공이 그를 납치하는 방식으로 잡아 바르트부르크 성에 가둬두고 보호했기 때문이다. 루터는 여기 있는 동안 신약을 원 그리스 말에서 독일말로 번역하는데 이 번역물은 근대 독일어 탄생에 막대한 영향을 미친 것으로 평가받고 있다.

가톨릭교회의 부패와 모순을 지적한 것은 루터가 처음이 아니다. 그보다 100년 전 체코의 얀 후스가 대동소이한 주장을 펼쳤으나 그는 종교 재판에 회부돼 화형당하고 말았다. 전문가들은 후스는 실패하고 루터가 성공한 주원인의 하나로 1450년 탄생한 구텐베르크의 인쇄술을 들고 있다. 이로 인해 값싸고 빠르게 사상을 전파할 수 있는 수단이 마련됐고 이 때문에 교황청은 루터 주장 전파를 막는 데 실패했다는 것이다.

루터는 농민 탄압에 앞장서고 유대인과 여성을 비하했다는 비판을 받고 있지만 교회 개혁에 그만큼 큰 공을 세운 인물도 드물다. 가톨릭교회는 사실상 그의 개혁 주장을 거의 수용했다. 그가 없었더라면 청교도들이 종교의 자유를 찾아 미국에 올 일도, 오늘의 미국도 없었을 것이고 미국 원자탄으로 일본이 망하고 대한민국이 탄생하는 일도 없었을 것이다.

31일은 루터가 95개 조를 교회 문에 못 박은 지 500년이 되는 날이다. 비텐베르크 시는 교회 벽에 동판으로 95개조를 새겨 그를 기리고 있다. 긴 세월이 지났지만 그의 메시지는 아직도 많은 사람들의 마음을 울린다. 오늘날 교회는 그의 가르침에 얼마나 충실하고 있는지 돌아볼 일이다. 2017. 10. 31

실패한 천국

1917년 4월 16일 러시아 상트페테르부르크 핀란드역에 17년간의 긴 망명 생활을 청산한 한 중년 정치인이 도착한다(러시아는 지금도 열차 도착지가 아니라 출발지 이름을 따 역명을 정한다). 블라디미르 레닌이 그 사람이다. 이것이 그 후 100년 가까이 전 세계를 흔든 공산주의 혁명의 시작이다.

당시 러시아는 2월 혁명으로 300년간 나라를 지배하던 로마노프가의 마지막 황제 니콜라이 2세가 퇴위하고 케렌스키가 이끄는 과도 정부가 집권하고 있었으나 니콜라이 퇴위의 직접적 원인이 된 제1차 대전 참전을 고집하며 연전연패해 인기는 바닥으로 떨어지고 있는 중이었다.

이런 상황에서 레닌은 도착하자마자 「4월 테제」를 발표해 과도 정부에 대한 지지 철회와 군대와 경찰의 폐지, 금융 산업의 국유화를 주장한다. 그는 7월 봉기를 시도하지만 정부군에 의해 진압되고 체포령을 피해 핀란드와 국경 지대의 시골 마을로 가까스로 도주한다. 지금 이곳에는 그가 이때 살았던 초가집이 '레닌의 오두막'이란 이름으로 재현돼 있다.

모든 인간이 평등한 대접을 받으며 살 수 있는 사회를 만들겠다는 레닌의 꿈이 물거품으로 끝날 것처럼 보였다. 이때 러시아의 장군 코르닐로프가 군사 쿠데타를 일으킨다. 다급해진 케렌스키는 레닌이 이끄는 볼셰비키의 지휘를 받는 소비에트 병사들의 힘을 빌려 이를 진압한다. 그로부터 러시아의 실권은 볼셰비키 쪽으로 급속히 기울기 시작한다.

그해 10월 상트페테르부르크로 돌아온 레닌은 24일 임시 정부 전복을 지시하며 26일 정부 각료들이 모여 있던 러시아 황제의 '겨울 궁전'이 볼셰비키 손에 떨어지면서 10월 혁명은 거의 손에 피를 묻히지 않고 성공한다.

권력을 얻는 과정은 간단했지만 지키는 것은 쉽지 않았다. 러시아 지배 영토를 독일에 대폭 내주는 굴욕적인 브레스트리토프스크 조약으로 제1차 대전을 마무리 지은 레닌은 비밀경찰인 체카를 만들어 반정부 인사에 대해서는 재판 없이 체포와 처형, 재산 몰수를 할 수 있다는 포고령을 내린다.

이 과정에서 수만 명이 사망한 것으로 추정되는데 훗날 스탈린이
나 히틀러가 저지른 악행에 비하면 별것 아니지만 당시로서는 최악
의 정치 학살극이었다. 그러고도 그 후 3년간 구 왕조를 지지하는 백
군과 볼셰비키를 지지하는 적군 사이에 내전이 벌어져 백군 150만,
적군 150만 등 300만 명이 넘는 사상자가 발생했다.

이 와중에 쫓겨난 후 예카테린부르크의 한 저택에 연금돼 있던 니
콜라이 2세와 그 아내, 1남 4녀 등 일가족 전원이 레닌의 지령으로
사살되고 불태워져 암매장됐다. 이들의 시신은 1992년 소련 붕괴
후 발굴돼 지금은 상트페테르부르크의 한 성당에 안장돼 있다.

1924년 레닌이 53세에 뇌졸중으로 사망하자 그 뒤를 이은 스탈린
은 대대적인 정적 숙청과 함께 5개년 개발 계획으로 경제를 발전시
키고 제2차 대전에서 승리함으로써 동유럽까지 세력을 늘리는 것은
물론 아시아와 아프리카의 많은 나라들이 사회주의로 기우는 데 결
정적 기여를 한다. 지금 3대째 공산 왕조를 이어가고 있는 북한도 소
련 군홧발에 김일성이 묻어왔기에 생겨난 것이다.

그러나 한때 미국에 "너희를 매장시키겠다"고 큰소리쳤던 소련은
이제 존재하지 않는다. '모든 인간을 평등하게 잘살게 해주겠다'던
공산주의 구호는 '빈곤의 평등'만이 가능하다는 것을 입증한 채 버
림받았기 때문이다. '능력에 따라 일하고 필요에 따라 분배받는 사

회'는 이상적이지만 현실적으로 불가능하다. 능력과 노력에 관계없이 결과가 같다면 누구도 능력과 노력을 발휘하지 않는다.

26일은 볼셰비키 혁명 100주년이 되는 날이다. 10월 혁명은 마르크스에게 공산주의를 전도한 모세스 헤스의 말대로 "지상에 천국을 건설하려는" 실험이었다. 그러나 이 실험은 실패로 끝나고 공산 혁명의 진앙인 러시아에서조차 요즘은 세간의 관심 밖으로 밀려나고 있다. 젊은 레닌이 혁명을 모의했던 상트의 혁명 유적지는 이제 기념패 하나 없는 평범한 사무실로 변했고 모스크바 '붉은 광장'에 가야 겨우 박제된 채 누워 있는 레닌의 모습을 볼 수 있다.

레닌은 자신의 명령으로 수많은 사람들이 처형당하는 데 대한 비판이 일자 "달걀을 깨지 않고는 오믈렛을 만들 수 없다"고 말했다 한다. 이 말을 듣고 누군가 "오믈렛은 어디 있는가"라고 물었다는 얘기가 전해진다. 10월 혁명 100주년을 맞아 오믈렛의 행방을 생각해 본다. 2017. 10. 24

실패한 선지자

프랑수아 노엘 바뵈프는 널리 알려진 이름은 아니지만 현대사를 이해하는 데 중요한 인물이다. 프랑스 대혁명 당시 혁명가의 한 사람이었던 그는 역사의 대세가 평등임을 이해하고 그런 사회를 만들기 위해 목숨을 던진 사람이다.

프랑스 혁명 지도자들은 대부분 부르주아 출신으로 인민의 정치적 자유를 확보하는 데 주력했으며 개인의 재산권을 '신성한 권리'로 규정해 오히려 빈부의 차이를 법적으로 보장하는 쪽으로 나갔다.

그런 상황에서 바뵈프는 사유 재산권을 폐지하고 국민 모두가 똑같이 재산을 나눠 가질 것을 주창한다. 혁명 정부의 탄압이 심해지자 그는 '평등한 자의 음모'라는 단체를 만들어 정부 전복을 꾀하다 발각돼 사형 판결을 받고 형장의 이슬로 사라진다.

그는 죽기 전에 "한 인간이 다른 인간보다 더 부유하거나 현명하거나 강해지려는 욕망을 처음부터 뿌리 뽑을 수 있도록 사회를 재편해야 한다"며 "프랑스 혁명은 다가올 더 크고 장엄하며 마지막 혁명의 전주곡에 불과하다"는 말을 남겼다. 그의 추종자들을 영국에서는 '공산주의자'라고 불렀는데 그것이 공산주의자라는 단어의 어원이다. 바뵈프는 '최초의 공산 혁명가'로 불린다.

그의 추종자 중 대표적인 인물이 카를 마르크스다. 철학과 역사에 관심이 많았지만 아버지의 뜻에 따라 베를린 대학에서 법학을 전공한 그는 졸업 후 쾰른의 한 신문사에 취직해 편집국장직을 맡지만 탄압을 받아 신문이 폐간되며 이때부터 본격적인 혁명가의 길을 걷기 시작한다. 경찰의 수사망을 피해 프랑스와 벨기에, 영국을 떠돌던 그의 이름을 세상에 알린 것은 그가 서른 살 때 프리드리히 엥겔스와 쓴 「공산당 선언」이다. 인류 역사의 발전 단계와 공산 사회 탄생의 필연성을 주장한 이 작품은 국제 공산주의 운동의 이론적 토대를 마련했다.

공산주의 창시자라는 명성에도 불구, 그의 가정사는 비극의 연속이었다. 아내 예니와의 사이에 낳은 일곱 자녀 중 4명이 병과 영양실조로 어려서 죽었고 남은 세 딸 중 첫째는 마르크스보다 두 달 먼저 암으로 사망했다. 둘째 딸은 사회주의자와 결혼했다 동반 자살로, 셋째 딸은 동거남이 몰래 딴 여자와 결혼한 사실을 알고는 음독자살로 생을 마감한다.

마르크스의 자식 중 유일하게 정상적인 삶을 산 사람은 그가 가정부 사이에서 낳은 아들 프레더릭 데무트다. 엥겔스는 그가 자기 자식이라며 마르크스를 보호해오다 죽기 직전 마르크스의 사생아임을 고백했다. 데무트는 평범한 노동자로 일하다 78세에 사망했다.

그러나 이보다 더 큰 마르크스의 비극은 수많은 사람들이 그의 현란한 이론에 현혹돼 그가 꿈꿨던 이상 사회 건설에 목숨을 바쳤고 그들 희생 위에 세워진 공산 국가가 수많은 무고한 국민들을 살해했다는 사실이다. 그의 사상을 국가의 지도 이념으로 한 소련과 중국에서만 2,000만과 6,500만 명이 혁명전쟁과 숙청, 기근으로 숨졌다. 공산주의 이름하에 희생된 사람은 전 세계에 최소 1억 명이 넘을 것으로 추산된다.

마르크스 옹호자들은 스탈린과 모택동 같은 독재자들이 저지른 죄를 그에게 묻는 것은 부당하다고 주장하지만 소련과 중국, 북한과 쿠바 등 그의 이름이 내걸린 나라치고 대량 학살과 기아, 독재와 빈곤이 없는 곳이 없다면 그도 책임을 면하기 어려울 것이다.

'자본주의'라는 말을 만들어낸 마르크스만큼 자본주의의 본질을 잘 이해한 인물도 드물다. 그가 지적한 빈부 격차 심화와 주기적인 불황에 대한 비판은 아직도 유효하다. 그러나 그가 해결책으로 내놓은 개인 재산 폐지와 '프롤레타리아 독재'는 잘못된 처방이었다는 것을 지난 100년간의 역사는 분명히 보여주고 있다.

재산권이 보장되지 않은 상태에서 똑같이 일하고 똑같이 나눠가 지라면 인간은 열심히 일하지 않는다. 그런 사회에서는 오로지 '빈 곤의 평등'만이 가능하다. 그리고 '프롤레타리아 독재'는 필연적으 로 공산당 일당 독재와 1인 독재로 전락한다. 그런 사회에서 사는 사람은 정치적 자유와 경제적 부를 박탈당한 채 노예로 살 수밖에 없다.

지난 5일은 지난 200년간 누구보다 세계사에 큰 영향을 미친 마 르크스가 태어난 지 200년이 되는 날이었다. 이날을 기념해 그의 고 향 트리어에는 중국 정부가 기증한 그의 동상이 세워졌다. 마르크 스 같이 뛰어난 사상가가 잘못된 처방을 내놓는 바람에 인류는 지난 100년간 미증유의 고통을 겪었다. 이제는 그의 공과 과를 냉정히 바 라봐야 할 때라 본다. 2018. 5. 8

가장 행복한 나라

2012년부터 UN은 '세계 행복 지수'라는 것을 발표하고 있다. 1인당 국민소득, 사회적 지원도, 건강 평균 수명, 삶의 방식을 선택할 자유, 기부도, 부패 등의 요소를 고려해 그 나라의 행복도를 정한다.

2017년 보고서에 따르면 지구에서 가장 행복한 나라는 노르웨이 였다. 그다음은 덴마크, 아이슬란드, 스위스, 핀란드, 네덜란드, 캐나다, 뉴질랜드, 호주, 스웨덴 순이다. 모두 국민 소득이 높고 사회 복지 제도가 잘 돼 있는 나라들이다.

노르웨이는 행복 지수만 1위가 아니다. 인력 개발 지수도 1위, 국가 청렴도도 1위, 민주화 지수도 1위, OECD의 '보다 나은 삶' 지수도 1위다. 한마디로 좋은 것은 다 1위다.

공식적인 집계는 아니지만 이 나라가 1위인 것은 이 밖에도 많아 보인다. 우선 나라 전체가 몹시 깨끗하다. 도심 거리나 시골 어디를 가도 쓰레기를 찾아보기 힘들다. 공기는 맑고 물은 풍부해 어디를 봐도 푸르디푸르다. 이런 것들이 모여 이뤄내는 자연 경관의 모습은 세계 어디에 내놓아도 손색이 없다.

수도 오슬로에서 도시 전체가 '유네스코 문화유산'으로 지정된 베르겐까지 가는 길 한가운데 있는 뮈르달을 플롬까지 연결하는 '플롬 철도'는 '세계에서 가장 아름다운 철도'의 하나로 불린다. 해발 2,800피트 높이에 있는 이곳부터 바닷가에 자리 잡고 있는 플롬까지 1시간 정도 내려가는데 워낙 험한 산을 뚫고 만들어 절반 정도가 터널이지만 터널 사이사이에 보이는 경치는 이 철도의 명성이 헛된 것이 아님을 보여준다. 이 기차에서 보이는 폭포 중 대표 격인 키오스 폭포 앞에서는 잠시 정차해 사진을 찍을 수 있게 해준다.

『반지의 제왕』에 나오는 엘프들이 살고 있는 아룬델의 모습이 아마도 이곳을 본 딴 것이 아닌가 싶다. 판타지 문학의 최고봉으로 꼽히는 이 작품을 쓴 J.R.R. 톨킨은 북유럽 신화의 영향을 많이 받았다는데 트롤의 본고장 노르웨이를 가보면 그 말이 사실임이 느껴진다.

플롬에서 배를 타고 구드방엔까지 2시간 정도 가는 동안 노르웨이 최장 피오르인 송네 피오르의 일부이며 가장 폭이 좁은 내로이 피오르의 장관을 구경할 수 있다. 폭은 좁지만 수심은 1,000미터까지 내려가 대양 선박까지 들어올 수 있는 이 협곡 양쪽에는 1,000미터가 넘는 절벽이 들어서 있으며 그 꼭대기에서 빙하가 녹은 물이 수십 개의 폭포가 돼 바다로 떨어진다. 어째서 이것이 노르웨이는 대표하는 피오르며 유네스코 세계 유산으로 지정됐는지 알 것 같다.

'피오르'는 '좁은 해협 또는 하구'를 뜻하는 노르웨이 말로 빙하가 깎아낸 계곡 사이로 바닷물이 들어온 곳을 말한다. 1,200개에 달하는 피오르를 갖고 있는 노르웨이는 이 때문에 면적은 남한의 3배 정도지만 해안선 길이는 2만 5,000킬로미터가 넘는다. 서울-부산을 60번 왔다 갔다 할 수 있는 거리다.

노르웨이는 자연적으로뿐만 아니라 문화적으로도 뛰어난 업적을 남겼다. 셰익스피어 이래 가장 위대한 극작가로 꼽히는 헨리크 입센과 현대 미술사의 아이콘의 하나인 〈비명〉의 작가 에드바르 뭉크, 〈솔베지의 노래〉로 유명한 에드바르 그리그가 모두 노르웨이 사람이다. 많은 한국인들이 사랑하는 〈10월의 어느 멋진 날〉도 원곡은 노르웨이 것이라 한다.

그래서 그런지 노르웨이 어디서나 요새는 한국인 관광객을 볼 수 있다. 세계에서 가장 빠르다는 공항 철도에도 한국말로 관광객을 환영한다는 문구가 적혀 있고 피오르 크루즈 안내 방송도 한국말로 나온다. 오슬로의 뭉크 미술관이나 베르겐의 그리그 기념관 연주회장에도 한국인들의 모습은 빠지지 않는다.

　북해 유전의 수익금을 착실히 쌓아 마련한 8,000억 달러의 국부 펀드를 토대로 전 국민 의료 보험과 실업 수당, 연금, 대학 무료 등록금 등 사회 보장 제도를 완비해 놓고 아름다운 자연 환경과 높은 문화 수준을 자랑하는 나라, 이런 나라에서 살면서 행복하지 않다면 않은 것이 오히려 이상하다. 노르웨이는 비싼 물가로 유명하지만 다행히 크로네화가 최근 30퍼센트 폭락하고 작년 말부터 LA 직항 노선이 생겨 항공료도 싸졌다. 지상 낙원이 어떤 곳인지 궁금하다면 죽기 전 노르웨이를 한번 다녀올 것을 권하고 싶다. 2017. 6. 27

바이킹들의 놀이

9세기는 바이킹들의 전성기였다. 그들 말로 '원정 가다'라는 뜻답게 바이킹족은 서유럽뿐만 아니라 시실리와 콘스탄티노플, 러시아에 이르기까지 유럽 전역에 걸쳐 그야말로 멀리 다니며 살인과 약탈, 방화를 일삼았다.

당시 서유럽의 변방이던 영국도 예외가 아니어서 9세기 말에는 웨섹스 왕국을 제외한 섬 전체가 덴마크 출신 바이킹 손에 떨어졌다. 훗날 세계를 제패하게 될 앵글로·색슨족의 운명도 여기서 끝나나보다 싶던 그때 웨섹스의 왕 알프레드는 불같이 일어나 878년 에단둔(현 에딩턴) 전투에서 덴마크 출신 바이킹들을 물리치고 영국을 구한다. 그가 지금까지 영국 왕 중 유일하게 '대왕(Alfred the Great)' 칭호를 갖고 있는 것은 괜한 일이 아니다. 만약 그가 졌더라면 지금 세계 공용어는 영어가 아니라 덴마크어가 됐을 것이며 한국에서는 영어 대신 덴마크어 교습 학원이 문전성시를 이루고 있을 것이다.

 그러나 그렇다고 바이킹들이 모두 사라진 것은 아니다. 10세기 말 카누트 왕 같은 이는 영국 북부와 덴마크, 스웨덴, 노르웨이 등 4개 국 왕을 겸하는 해상 왕국을 건설했다. 이들은 그 후에도 영국에 오 래 머물며 언어와 문화에 큰 영향을 끼쳤는데 그 흔적의 하나로 남 아 있는 것이 '스키'와 '스케이트'다('하늘'을 뜻하는 'sky'를 포함 'sk'로 시 작되는 모든 단어는 덴마크가 어원이다).

 전문가들은 스키와 스케이트 모두 북유럽 스칸디나비아 반도가 발상지로 보고 있다. 스키의 경우는 기원전 5,000년 막대기 하나를 가지고 스키를 타는 모습을 그린 조각이 노르웨이에서 발견됐고 역 시 기원전 2,500년에서 4,500년 사이 것으로 보이는 스키가 스웨덴 늪지대에서 출토됐다. 최초의 스케이트는 4,000년 전 지금의 핀란 드 남부에서 타기 시작한 것으로 분석되고 있다.

 기원 1,200년경에는 노르웨이 부족 간에 전쟁이 벌어져 어린 후 계자를 보호하기 위해 아기를 싼 포대를 끌고 34마일의 눈길을 스키 로 달린 기록이 있다. 1932년부터 노르웨이에서는 이를 기념해 매 년 34마일 구간의 스키 크로스컨트리 대회를 벌인다.

 스웨덴에서는 1922년부터 1520년 독립 전쟁의 영웅 구스타브 바 사가 덴마크의 압제에 저항하기 위해 56마일의 눈길을 스키를 타고

도주했다 군대를 일으켜 승리한 것을 기념하기 위한 스키 대회가 열린다. 이것이 전 세계에서 가장 긴 스키 마라톤이다.

이런 오랜 전통 덕에 동계 스포츠는 북유럽, 그중에서도 노르웨이가 주도권을 장악해왔다. 지금까지 역대 동계 올림픽 통산 전적을 놓고 볼 때 단연 1위는 노르웨이다. 이번 밴쿠버 대회에서 인구 470만의 노르웨이는 금메달 100개, 금은동 합계 300개 기록을 돌파했다. 노르웨이 인구의 60배가 넘는 미국은 저만치 떨어진 2등이다.

같은 스칸디나비아 가운데서도 이처럼 노르웨이가 두각을 나타내는 것은 국민 대부분이 도시에 사는 스웨덴이나 덴마크와는 달리 노르웨이인들은 시골에 많이 살아 집만 나가면 바로 스케이트를 탈 수 있는 호수와 스키를 탈 수 있는 산이 널려 있기 때문이다. 거기다 국가에서는 어려서부터 유망주에 집중적인 투자를 한다. 워낙 메달을 많이 따기 때문에 노르웨이 국민들은 동계 올림픽에는 나가기만 하면 메달은 당연히 따오는 것으로 생각한다고 한다.

이번 밴쿠버 대회에서 한국은 과거 어느 때보다 훌륭한 기록을 세웠다. 그러나 북구의 작은 나라 노르웨이와 비교하면 아직 갈 길이 멀다. 스포츠 강국으로 자부심을 갖는 것도 좋지만 약간의 균형 감각도 필요할 것 같다. 2010. 3. 2.

라틴 좌파의 몰락

2013년 58세를 일기로 암으로 사망한 베네수엘라의 우고 차베스는 남미는 물론 전 세계 좌파의 우상이었다.

80년대 군부 내 비밀 조직 '혁명 볼리바 운동 200'의 지도자였던 그는 1992년 군사 쿠데타로 집권하려다 실패하고 감옥에 가지만 1998년 선거에서 승리, 베네수엘라의 대통령이 된다.

그는 집권 후 '혁명적 사회주의자'를 자처하며 무상 의료, 무상 교육, 무상에 가까운 가스, 주택 및 식비 보조 등 저소득층을 돕기 위한 정책을 폈다. 그가 죽자 세계 좌파 정치인과 할리우드 연예인들은 줄지어 애도의 뜻을 표했다.

당시 "가난한 사람들은 중요하며 부는 공유할 수 있다는 것을 보여준 우고 차베스에게 감사를 표시한다"고 했던 영국 하원의원 제레미 코빈은 지금 영국 노동당 당수가 돼 있다. 지미 카터는 우고가

"라틴 아메리카의 독립을 과감히 선언하고 세계에 희망을 줬다"고 그를 애도했으며 마이클 무어와 숀 펜과 같은 할리우드 인사들도 조의를 표했다. 한국에서도 노무현 시절 KBS에서 우고의 업적을 찬양하는 특집을 내보낸 적이 있다.

지금 그가 죽은 베네수엘라는 파탄 난 남미 경제의 표본과 같은 곳이다. 지난 1년간 베네수엘라의 인플레는 180퍼센트로 남미 최고고 그나마 먹을 것을 구할 것이 없어 배를 굶는 국민이 속출하고 있다. 길거리는 조직 폭력배가 날뛰고 부패 정치 스캔들은 연일 터지고 야당과 민주 인사에 대한 탄압은 가속화되고 있다. 차베스의 후계자인 니콜라스 마두로의 인기는 바닥 중의 바닥이다.

이렇게 된 가장 큰 이유는 석유 값의 폭락이다. 불과 수년 전 배럴당 150달러까지 하던 국제 유가는 이제 40달러 선을 맴돌고 있다. 국가 수입의 대부분을 석유 수출에 의존하고 있던 베네수엘라로서는 국민에게 보조금으로 줄 돈이 바닥난 것이다. 거기다 중과세에 각종 규제로 경제 활동은 마비되고 부유층으로부터 몰수한 비옥한 농지는 방치된 채 황무지로 변해 가고 있다.

에바 페론으로 대표되는 남미 좌파의 본산 아르헨티나도 이보다는 낫지만 비슷한 상황이 벌어졌다. 좌파 성향의 크리스티나 키르히너 집권 8년 동안 국가 경제는 거덜났다. 2001년 국가부도 사태로 발생한 미상환 채무를 조정해 간신히 갚아가던 아르헨티나는 2014년 2차 부도를 냈다. 국가 신용도는 바닥으로 떨어지고 인플레는 베네수엘라를 제외하고는 남미 최고 수준이며 투자자금은 서둘러 해외로 빠져나가고 있다. 사회주의 정책의 실상을 맛본 아르헨티나 국민들은 작년 시장 친화적인 마우리시오 마크리를 새 대통령으로 뽑았고 그가 세계 채권단과 채무 조정에 성공한 후 경제는 조금씩 활력을 되찾고 있다.

학창 시절 사회주의에 빠져 게릴라 활동까지 하다 대통령이 된 브라질의 지우마 호세프는 지금 탄핵 심판을 받느라 직무가 정지된 상태다. 올여름 올림픽을 앞두고 있는 브라질의 상황은 올림픽을 취소하라는 이야기가 나올 정도로 최악이다. 경제는 연일 추락하는데 주요 정치인들은 너나 할 것 없이 부패 스캔들에 연루돼 있고 주지사 딸까지 최근 집 앞에서 강도한테 공격당할 정도로 치안은 엉망이다.

역시 사회주의 정치인이자 남미 사상 처음으로 원주민 대통령이 돼 칭송받던 볼리비아의 에보 모랄레스는 최근 집권을 4선까지 허용하는 주민 발의안을 상정했다 부결되는 바람에 인기가 급속히 하락하고 있다.

남미 사회주의 정치인과 경제의 몰락은 원인이 제각각이지만 한 가지 공통점을 갖고 있다. 이들은 부를 나누는 데는 소질이 있지만 창출하는 데는 재주가 빵점이라는 점이다. 누가 뭘 생산하든 똑같이 나눠 갖는 사회는 공평해 보이지만 결국은 아무것도 나눌 것이 없어진다. 열심히 일하든 안 하든, 재주가 있든 없든, 결과가 똑같다면 열심히 재주를 넘을 곰은 없기 때문이다. 버니 샌더스에 열광하는, 사회주의를 경험해 보지 못한, 미국의 젊은이들은 남미에서 벌어지고 있는 사태를 타산지석으로 삼기 바란다. 2016. 5. 24

쿠바로 가는 길

나는 팜트리가 자라는 곳에서 온 정직한 남자./ 죽기 전에 내 영혼의 시를 함께 나누고 싶다./ 내 시는 부드러운 초록빛,/ 그리고 불타는 빨강,/ 내 시는 산 속에서 피난처를 찾는 상처 입은 사슴./ 대지의 가난한 자들과 내 운명을 같이하고 싶다./ 바다보다 산속의 시냇물이 나를 기쁘게 한다.

한국인에게도 친숙한 노래 〈관타나메라〉의 가사 전문이다. 이 노래는 유신의 서슬이 퍼렇던 시절에도 금지된 적이 없는데 노래의 유래를 알고 보면 이는 좀 이상한 일이다. 이 노래 가사는 쿠바의 혁명가이자 독립운동가인 호세 마르티의 시를 토대로 하고 있기 때문이다.

'쿠바 건국의 아버지'로 불리는 호세 마르티는 쿠바 국민의 영웅으로 추앙받는 인물로 50년이 넘게 장기 집권하고 있는 피델 카스트로도 그 추종자의 하나고 수도 아바나 인근 공항 이름도 '호세 마르티 공항'이다. '관타나모의 아가씨'라는 뜻의 이 노래는 쿠바의 국민가요나 다름없는데 바로 그 관타나모에 쿠바의 주적 미군 기지가 있다는 것도 역설이다.

플로리다에서 불과 90마일 떨어져있는 쿠바는 50년대 말까지 미국 부자들의 놀이터나 다름없었다. 미국 자본가들은 대규모 사탕수수 농장을 경영하며 떼돈을 벌어들였지만 쿠바의 노동자와 농민들은 저임금에 시달리며 인간 이하의 생활을 하고 있었다.

피델 카스트로를 비롯한 몇몇 운동가들이 자국민보다 미국의 이익을 대변하는 바티스타 정권에 항의하며 들고 일어났을 때 처음에 코웃음 치던 미국 자본가들은 이들이 산속에서 게릴라 활동을 하다 1959년 바티스타를 몰아내고 정권을 장악하자 경악을 금치 못했다. 반면 카스트로와 함께 게릴라 활동을 한 아르헨티나 의사 출신 체 게바라는 전 세계 젊은이들의 우상으로 떠올랐다.

쿠바가 소련과 손을 잡으면서 자기 뒷마당을 공산주의자들에게 넘겨준 미국의 분노는 참지 못할 수준까지 치솟았고 이는 1961년 '돼지만(Bay of Pigs)' 침공 사건으로 이어진다. 취임한 지 얼마 안 된 케네디 행정부는 쿠바 반정부 인사 몇 명의 말만 듣고 이를 승인했다 '돼지만'에 반군이 상륙하자마자 초토화되는 바람에 망신만 당했다.

그 이듬해 소련이 쿠바에 핵미사일을 배치하려면서 벌어진 '쿠바 미사일 위기'까지 겹치면서 쿠바는 미국 '눈 안의 가시' 같은 존재로 남아 왔다. 70년대 연방 의회 조사 보고서에 따르면 CIA는 그가 좋아하는 시가에 독을 묻히는 방법 등으로 최소 8차례 카스트로를 암살하려 했던 것으로 밝혀졌다. 쿠바 측은 CIA가 638번에 걸쳐 카스트로를 죽이려 했다고 주장하고 있다.

한때 독재와 맞서 민중의 자유를 쟁취하고 모든 사람이 평등하게 대접받는 사회를 만들려던 시도로 전 세계 '진보' 진영의 기대를 한몸에 받았던 쿠바는 실패한 사회주의 경제와 장기 독재의 표본으로 전락했다. 수도 아바나는 고물 차와 고물 빌딩으로 가득 차 있고 간호원, 교사, 가정주부까지 야간 업소에서 일하며 캐나다와 유럽 관광객을 접대하느라 바쁘다.

그 쿠바가 5년간 억류해온 미국인을 풀어주는 대신 미국에서 스파이 혐의로 체포돼 유죄 판결을 받고 복역 중인 스파이들을 돌려받고 50여 년 만에 미국과의 국교 재개 협상에 들어갔다. 오바마의 이번 결정에 대해서는 찬반양론이 엇갈린다. 찬성 쪽은 50년 동안 쿠바를 고립시켜온 미국 정책이 아무런 성과를 거두지 못했다며 새로운 시도를 해볼 때가 됐다고 주장한다. 반면 반대쪽은 쿠바가 아무런 정책 변화 조짐을 보이지 않고 있는데 미국인들의 투자와 관광을 허용한다면 이는 카스트로 정권의 독재 체제만 강화시켜줄 것으로 보고 있다.

이번 오바마의 결정은 전통적으로 국교 재개를 반대해온 마이애미 쿠바 커뮤니티의 변화도 영향을 미쳤을 것이다. 카스트로에게 모든 것을 빼앗기고 미국으로 탈출한 1세들과 달리 2세, 3세들은 쿠바에 대한 적개심이 별로 없다. 쿠바에 대한 경제 제재를 풀 수 있는 것은 의회뿐이지만 대사관 설치와 여행 허용은 대통령의 고유 권한이다. 미국인들이 아바나에서 마가리타를 마시며 헤밍웨이 별장 구경을 할 수 있는 날이 머지않은 것 같다. 2014. 12. 23

칠레의 선물

칠레는 여러모로 특이한 나라다. 우선 남미의 최남단에서 적도 근처까지 이어지는 길고 긴 나라 모양이 그렇다. 남북 길이는 장장 2,700마일에 달하지만 동서 폭은 평균 100마일에 불과하다. 이런 이상한 형태에도 불구하고 칠레는 현재 남미 최고의 선진국이다. 1인당 국민소득도 그렇고 인간 개발 지수도 1위다. 정부 청렴도도 1위, 언론 자유, 경제적 자유, 민주주의 성숙도 모두 최고다.

이 나라는 또 남미에서 유일하게 2명이나 노벨 문학상 수상자를 배출한 나라다. 1945년 시인 가브리엘라 미스트랄이 남미에서 처음으로 노벨 문학상을 탄 데 이어 1971년에는 시인 파블로 네루다가 또 노벨상을 받았다. '시인의 나라'라는 별명이 괜히 붙은 게 아니다.

남미 유일의 OECD 가입국인 이 나라가 언제나 이렇게 잘살던 것은 아니다. 1970년 이 나라는 인류 사상 처음 자유선거를 통해 공산주의자를 대통령으로 선출했다. 살바도르 아옌데가 그 사람이다. 그는 당선되자마자 광산과 금융 기관을 몰수하고 실업자 구제를 위해 광범위한 국가사업을 벌였다. 일시적으로는 효과를 거두는 듯싶던 이 정책은 곧 엄청난 재정 적자를 불러왔다. 아옌데 정부는 돈을 찍어 이 문제를 해결하려 했으나 살인적인 인플레만 초래했다. 돈 있는 사람은 해외로 빼돌리기에, 기업들은 문 닫기에 바빴다. 고실업에 하이퍼 인플레가 겹치면서 경제는 파업으로 마비됐고 사회는 극심한 혼란에 빠졌다.

1973년 이런 상황에서 쿠데타가 터졌다. 아옌데는 대통령 관저에 있다 칠레 공군기의 폭격을 받고 자살했다. 이렇게 집권한 아우구스토 피노체트 장군은 무자비한 탄압 정치를 펼쳐 3,000명이 넘는 시민이 살해되거나 실종되고 수많은 사람이 체포, 구금, 고문당했다. 그럼에도 그는 파탄 난 칠레 경제를 살렸다. 그는 시장주의자 밀턴 프리드먼의 가르침을 신봉하는 시카고 대학 출신 소위 '시카고 보이스'를 기용, 시장 친화적인 정책을 폈다. 긴축 정책의 결과 인플레는 잡혔고 투자 이익을 보장하면서 빠져나갔던 돈이 돌아왔다. 이를 기반으로 칠레 산업은 부흥하기 시작했다.

그가 이룩한 주요 업적의 하나는 연금 개혁이다. 1980년 이전까지 칠레의 연금제도는 지금 미국과 같이 근로자가 낸 세금으로 은퇴자를 먹여 살리는 '그날 벌어 그날 먹는(pay as you go)' 제도였다. 그러던 것을 봉급의 일정액을 떼어내 국가가 감독하지만 개개인이 선택하는 연금 관리 기금에 넣도록 했다. 이 기금은 우량주나 채권에 투자해 수익을 올리고 20년이 지나면 매달 일정액을 연금으로 준다.

이 돈은 국가 돈이 아니라 개인 것이기 때문에 본인이 원한다면 자선 단체에 기부할 수도 있고 자식에게 물려 줄 수도 있다. 이렇게 마련된 연기금은 기업들이 자금을 조달하는 것을 쉽게 해 투자와 고용을 늘린다. 전 세계 대부분의 선진국이 연기금이 바닥날 것을 걱정하지만 칠레 국민들은 오히려 이를 경제 발전의 원동력으로 활용하고 있다. 칠레에서도 미국식 연금제를 택할 수 있지만 국민들의 90퍼센트는 세 제도를 선택한다.

릭 페리 주지사의 "소셜 시큐리티(국민 연금)는 '폰지 사기극'" 발언 이후 이를 어떻게 개혁할 것인지를 놓고 여러 방안이 나오고 있다. 그 최선의 방책은 극빈자를 제외한 대다수 국민의 경우 자기 노후는 일찍부터 자기가 책임지는 쪽으로 바꾸는 것이다. 모든 국민에게 이를 강요할 필요도 없다. 칠레 식으로 이쪽이냐 저쪽이냐 선택권만 주면 된다. 시간이 지나면 어느 쪽이 유리한가는 분명해질 것이기 때문이다.

현행 미 소셜 시큐리티 제도는 65세까지 실컷 돈을 붓다가 받기 시작한 다음 날 본인이 죽으면 그걸로 끝이다. 원래 자기 돈이 아니기 때문에 정부가 규칙을 바꾸면 70세부터 받을 수도, 예정된 액수의 절반밖에 못 받을 수도 있다. 모처럼 찾아온 기회를 전처럼 수혜 연령을 조금 높이고 연 증가분을 좀 줄이고 하는 땜빵식 처방으로 날리지 말고 연기금을 미국의 장래를 위협하는 걸림돌이 아니라 경제 발전의 원동력으로 삼는 발상의 전환이 필요한 때다. 2011. 9. 20

염소와 인간, 그리고 비극

이발사를 가장 인간답게 대접하는 나라는 어디일까. 아마 그리스일 것이다. 이 나라는 온갖 화학물질을 다루며 살아야 한다는 이유로 이발사를 위험 직종 종사자로 분류, 남자는 55, 여자는 50세면 풀 베네핏을 받으며 은퇴할 수 있도록 했다. 이 나이에 은퇴할 수 있는 직장인은 미용사뿐만이 아니다. 하루 종일 마이크를 사용해야 하는 방송인, 피리 부는 악사 모두 위험 직종 종사자다. 마이크와 피리로부터 세균에 감염될 수 있기 때문이다.

이런 직종 종사자가 아니더라도 공무원은 58세면 연금을 받으며 안락한 노후를 즐길 수 있고 일반 국민도 61세가 되면 마지막 연봉의 80퍼센트를 연금으로 받는다. 지난 번 그리스 정부가 재정난을 이유로 은퇴 연령을 63세로 올리자고 했다 아테네 시내가 화염병과 최루탄으로 마비됐다.

지금 세계는 그리스 발 연쇄 부도 공포에 떨고 있다. 지난 총선에서 제2당이 된 급진 좌파 연합이 '긴축을 강요할 경우 채무를 갚지 않겠다'며 '내 배를 째라'고 나왔기 때문이다. 그리스가 부도날 경우 그리스 국채를 잔뜩 갖고 있는 포르투갈 은행이 무너질 것이고 그리스와 포르투갈이 가면 청년 실업 50퍼센트를 자랑하는 인근 스페인이 쓰러진다. 스페인이 가면 이들과 대동소이한 이탈리아와 스페인 국채를 싸 짊어진 프랑스가 위험하다.

이런 와중에도 유럽에서 유일하게 경제가 건실한 독일은 재정 삭감 없이 추가 재정 지원은 불가하다는 입장이다. 그도 그럴 것이 그리스보다 훨씬 선진국인 독일의 은퇴 연령은 67세며 연금액도 마지막 봉급의 70퍼센트에 불과하다. 왜 우리가 뼈 빠지게 일해 그리스 은퇴자들을 먹여 살려야 하는지 독일 국민들은 이해하지 못하고 있다.

그리스는 내세울 만한 제조업은 전무한 나라다. 유일한 외화 벌이 수입원은 위대한 조상들이 만들어놓은 유적을 밑천으로 한 관광 산업 하나뿐이다. 그럼에도 강한 노조와 이들의 표를 얻어야 집권할 수 있는 정치인들 간의 짝짜꿍 덕에 은퇴 연령은 낮아지고 혜택은 늘어왔다. 나중에 재정 적자 폭이 유럽 연합 허용치를 크게 넘어서자 서류 조작도 서슴지 않았다.

　그러다 보니 연금 채무 부담액이 유럽 최고인 GDP의 800퍼센트를 넘어서는 지경에 이르렀다. 이대로 나가다가는 그리스 혼자만이 아니라 유로 존 재정이 파탄날 것이 분명해지자 유럽연합은 과감한 재정 삭감을 요구했다.

　그리스 정부는 마지못해 이를 받아들였지만 국민들은 '내 밥통은 내가 지킨다'며 결사항전에 들어갔고 지난 총선 결과 다수 연립 정부 구성에 실패, 또다시 곧 선거를 치러야 할 형편이다. '없는 집에 제사만 자꾸 돌아온다'는 말 대신 '없는 나라 선거만 자꾸 한다'는 말이 나오게 생겼다.

　연금 등 과다한 복지비용으로 재정 파탄 위기를 맞고 있는 곳은 그리스만이 아니다. 남부 유럽 전체가 다 그렇고 우리가 살고 있는 가주가 그렇다. 미국 자체도 지금 이를 잡지 못하면 그리스 사태가 터지는 것은 시간문제다.

　그럼에도 많은 인간들은 표와 복지와 재정 파탄과의 연결고리를 깨닫지 못하고 있다. 지난 번 4·11 총선에서 안철수는 '투표가 밥이다'라는 구호를 들고 나왔다. 투표가 밥이면 투표함은 밥통이겠지만 이는 사실과 다르다. 인간은 염소가 아니기 때문이다. 염소는 종이가 있으면 먹고 없으며 말지만 인간은 없는 밥을 빚이라는 형태로 만들어내 먹고 난 후 배 째라고 드러눕는 재주를 가졌다.

비극(tragedy)은 원래 '숫염소의 노래'라는 뜻이다. 염소의 목을 따 제물로 바친 후 연극을 시작한 데서 왔다고 한다. 민주주의와 비극은 고대 그리스인들이 남긴 위대한 유산이다. 그 민주주의가 그리스를 비극의 무대로 만들고 있다. 투표가 밥이라고 믿은 유권자와 이를 선동한 정치인들이 바로 그리스 위기의 주범이며 본질이다. 참으로 염소만도 못한 존재다. 죄 없는 염소를 볼 낯이 없다. 2012. 5. 22

워털루의 추억

워털루는 벨기에의 수도 브뤼셀에서 남쪽으로 10마일 정도 떨어진 작은 마을이다. 원래 습지였던 곳을 개간해 농지로 만든 곳이어서 '물에 젖은 들판'이란 뜻의 '워털루'란 이름이 붙었다.

1214년 영국의 존 왕과 연합해 프랑스의 필립 왕을 공격하다 대패한 독일의 오토 황제가 싸웠던 부빈이 불과 한 시간 반 거리에 있다. 존 왕은 연합군이 이 싸움에서 지는 바람에 영국으로 건너가 다음 해 6월 15일 역시 '물에 젖은 들판'이란 뜻의 러니미드에서 역사적인 마그나 카르타에 도장을 찍을 수밖에 없었다.

그 후 600년이 지난 1815년 6월 18일 워털루에서 러니미드에 못지않은 역사적 사건이 일어났다. 나폴레옹이 이끄는 프랑스군이 다시 영국과 독일의 연합군과 맞붙었다 대패한 것이다.

일요일인 18일 하루 종일 계속된 전투에서 나폴레옹은 승리를 눈

앞에 두고 있었다. 이미 이틀 전 리니 전투에서 게프하르트 폰 블뤼허가 이끄는 프러시아군을 물리친 프랑스군은 웰링턴이 이끄는 영국군을 연타, 영국 진영은 궤멸 일보직전에 이르렀다. 해질 무렵 승리를 확신한 나폴레옹은 자신이 가장 아끼고 한 번도 전투에서 져본적이 없는 친위대를 마지막으로 투입했다.

그 순간 저편에서 진격해 오는 군대의 모습이 보였다. 나폴레옹은 자신이 요청한 원군으로 믿어 의심치 않고 회심의 미소를 지었다. 그러나 오판이었다. 자신이 격퇴했다고 생각했던 프러시아 군대가 전열을 재정비해 반격해 온 것이다.

다 이겼다고 자만에 차 있었던 프랑스군 진영은 극도의 혼란에 빠졌고 자중지란 속에 무기를 버리고 도망가기에 바빴다. 웰링턴은 훗날 "일생에서 승부가 가장 아슬아슬했던 전투였다"고 적었다. 그와 함께 러시아에 쳐들어갔다 동장군에 참패한 후 엘바섬으로 귀양 갔다 극적으로 탈출해 '프랑스의 영광'을 재현하려던 나폴레옹의 계획도 '한 여름밤의 꿈'으로 끝났다.

아슬아슬하게 갈리긴 했지만 승패가 가져온 여파는 컸다. 이로써 나폴레옹 등장 후 유럽 대륙을 지배했던 프랑스의 전성시대는 끝나고 영국이 새 강자로 떠오르게 된다. 영국이 이 전투에서 이긴 1815년부터 제1차 대전이 발발한 1914년까지를 '영국의 평화(Pax

Britannica)'라 부르는 것은 괜한 일이 아니다.

이 기간 동안 영국은 세계 최강의 해군력을 바탕으로 온 세계를 누비며 세계의 경찰 역할을 해왔다. 100년 가까운 긴 세월 동안 국가 간의 큰 전쟁이 없었던 것은 많은 나라들이 영국의 군사력을 두려워했기 때문이다. 남아공에서 홍콩에 이르기까지 광대한 지역에 영국의 문물과 제도가 뿌리를 내릴 수 있었던 것도 워털루에서의 승리가 없었더라면 불가능했을 것이다.

독일과의 연합군이 부빈 전투에서 프랑스에 진 영국의 존 왕은 러니미드에서 마그나 카르타에 날인함으로써 영국 민주주의의 씨앗을 심었고 그 후 600년 뒤 영국과 독일의 연합군은 부빈 인근 워털루에서 프랑스를 이김으로써 '영국의 평화'의 발판을 만들었다. "역사는 되풀이된다. 한 번은 비극으로 다른 한 번은 희극으로"라는 말이 이 경우에도 맞는지는 모르겠지만 영국과 독일과 프랑스의 묘한 인연이 느껴진다.

지난 18일은 워털루 전투가 벌어진지 꼭 200년이 되는 날이었다. 역사의 현장에서는 당시 군복을 입은 프랑스인들이 전투 장면을 재현하는 퍼포먼스가 있었지만 정작 프랑스에서는 별 기념행사 없이 지나갔다. 아무리 역사적인 사건이지만 진 일을 떠올리기는 싫었나 보다.

반면 영국 최고 공연장으로 꼽히는 런던의 로열 앨버트 홀에서는 2주 전 워털루 승전을 축하하는 기념 공연이 열렸다. 베토벤의 '운명' 교향곡으로 시작된 이날 행사는 역시 베토벤의 9번 교향곡의 '기쁨' 합창으로 끝났다. 200년 전 일이지만 아직도 기쁘긴 기쁜 모양이다. 역사는 결국 승자가 만들고 승자가 쓰는 것인가. 2015. 6. 23

스코틀랜드의 선물

한때 영국 전체를 지배하다 앵글로·색슨족에 밀려 춥고 척박한 북쪽으로 쫓겨난 스코틀랜드인들은 자존심과 독립심이 강한 사람들이다. 오랜 세월 영국의 통치에 신음하지만 1314년 로버트 브루스가 이끄는 군대가 배녹번에서 2배가 넘는 영국군을 물리치면서 독립을 획득한다.

그 후 300여 년 동안 영국의 '작은 아우'로 뒷전에 밀려 있던 스코틀랜드는 아메리카 대륙 발견과 함께 몰아닥친 신천지 개척 열풍에 휩싸여 이에 나라의 명운을 걸기로 하고 1690년대 파나마 다리엔에 국부의 거의 전부를 쏟아 붓는다.

그러나 황무지에서 나오는 것은 없고 여기 정착한 사람들은 질병과 기근으로 거의 전멸하며 설상가상으로 1700년 스페인 군대가 침공하면서 스코틀랜드의 신대륙 개척은 참담한 실패로 끝나고 만다.

1707년 스코틀랜드가 자존심을 버리고 영국과의 통합을 수용한 것은 독자적으로는 생존이 불가능하다는 공감대가 널리 퍼졌기 때문이다.

1700년대 초 스코틀랜드는 유럽에서 가장 가난한 나라의 하나였지만 문맹률은 가장 낮았다. 스코틀랜드 개신교 지도자인 존 녹스가 하나님의 뜻을 바로 알기 위해서는 누구나 성경을 읽을 줄 알아야 한다며 어려서부터 모든 주민들에게 영어 교육을 시켰기 때문이다.

영국과의 통합 후 스코틀랜드인들은 영국의 선진화된 문물과 풍부한 물자를 스펀지처럼 빨아들였고 그 결과 불과 50년 뒤 유럽에서 가장 학문과 기술이 발달한 곳으로 탈바꿈했다. 프랑스 계몽철학과 쌍벽을 이루는 스코틀랜드 계몽철학이 탄생한 것은 이런 배경에서다.

미국의 사가 아서 허만은 『어떻게 스코틀랜드인은 현대를 발명했는가(How the Scots Invented the Modern World)』라는 책에서 현대 사회가 스코틀랜드인에게 어떤 빚을 지고 있는가를 자세히 설명하는데 다소 과장이 있다는 비판도 있지만 크게 보면 과히 틀린 말은 아니다.

우선 산업혁명의 원동력이 된 증기기관을 발명한 제임스 와트가 스코틀랜드인이다. 기차로 대표되는 운송 혁명과 함께 현대를 특징 짓는 통신 혁명의 시작인 전화를 발명한 알렉산더 벨도 스코틀랜드인이고 기차와 철로, 선박, 항공기의 필수 요소인 강철을 만든 앤드루 카네기도 스코틀랜드 출신이다. 경제학의 비조이자 시장 경제의 이론적 토대를 놓은 애덤 스미스 또한 물론 스코틀랜드인이다.

세계 여러 나라 중 스코틀랜드에 가장 큰 빚을 진 곳은 어딜까. 바로 미국이다. 미국의 정치 체제에는 스코틀랜드 계몽철학의 정신이 고스란히 담겨 있기 때문이다. 미 건국의 양대 기둥인 '독립선언서'를 쓴 토머스 제퍼슨과 연방 헌법을 기초한 제임스 매디슨의 선생이 모두 스코틀랜드인이다.

'독립선언서'에 나오는 "우리는 다음과 같은 진리가 자명하다고 믿는다"라는 구절은 '진리는 상식적'이라는 스코틀랜드 상식학파의 주장을 그대로 본따고 있다. 국민의 정치적 자유와 압제에 대한 저항권을 주장한 사람은 스코틀랜드 계몽철학의 창시자이자 애덤 스미스의 스승인 프랜시스 허치슨이다.

매디슨의 스승이자 프린스턴의 전신인 뉴저지대 학장인 존 위더스푼은 스코틀랜드 철학을 미 지도층에 널리 퍼뜨렸을 뿐 아니라 미국의 교육 제도와 교육 내용을 스코틀랜드 영향 아래 두는 데 큰 역할을 했다.

배녹번 승전 700주년을 맞아 영국으로부터 다시 독립하려던 스코틀랜드의 기도가 지난주 수포로 돌아갔다. 많은 스코틀랜드인이 독립한 나라에 대한 열망을 아직도 품고 있지만 막상 떨어져 나갔을 때 과연 독자적 생존이 가능할까에 대한 우려를 떨쳐 버리지 못한 것 같다.

1700년대 초 인구 100만 남짓에 불과한 스코틀랜드가 세계사에 미친 영향은 광범위하며 깊다. 기원전 5세기 아테네 황금기 인구도 고작 수십만이었다. 큰일을 하기 위해 꼭 인구가 많을 필요는 없다는 생각이 든다. 2014. 9. 23

운명의 주인, 영혼의 지휘관

세상을 산다는 것은 쉬운 일이 아니다. 자기 혼자만 잘살려 해도 공부를 잘해야 하고, 좋은 직장에 취직해야 하고, 취직해서는 남보다 잘해야 한다. 그 와중에 결혼도 하고 자식도 낳아 먹여 살리며 교육까지 시켜야 한다. 그러다 보면 어느덧 은퇴할 때가 다가온다. 이런 관문을 모두 통과하고 성공적인 삶을 살기도 어려운 일이지만 그렇게 했더라도 사회적으로는 별 의미가 없다. 나 하나 잘살다 갔다는 것이 전부다.

나 혼자 잘살기도 어려운 세상에서 모든 사람이 잘사는 사회를 만들어 보겠다고 하는 사람들이 있다. 사회 운동가, 혁명가들이 그들이다. 이런 사람들은 불행한 삶을 살다 실패로 생을 마감하는 경우가 대부분이다. 사회란 만만한 곳이 아니기 때문이다. 사회적 냉대와 무관심, 박해 속에 좌절하고 가정을 돌볼 여유가 없어 가족들과도 멀어지게 된다.

극히 예외적으로 권력을 잡는 데 성공한다고 해도 해피 엔딩으로 끝나긴 어렵다. 자기를 박해한 세력에 대한 복수, 장기 집권의 유혹 등 수많은 함정이 처음에 품었던 이상 사회 실현을 방해하기 때문이다. 1917년 볼셰비키 혁명이 성공한 후 이상 사회를 꿈꿨던 공산주의 지도자들은 동지까지 박해하는 괴물로 변했다. 제2차 대전 후 수많은 아시아와 아프리카의 독립 운동 지도자들도 그렇다.

이런 숱한 장애와 함정과 유혹을 물리치고 위대한 인간의 삶은 어떤 것인지를 보여준 극히 예외적인 인물이 있다. 지난 주 95세를 일기로 세상을 뜬 넬슨 만델라다. 1918년 남아프리카공화국 트란스케이의 음베조 마을에서 호사 부족 왕족의 아들로 태어난 그는 요하네스버그에서 첫 흑인 변호사가 된다.

변호사의 편한 길을 버리고 모든 사람이 피부색에 관계없이 평등하게 대접받는 사회를 꿈꾸며 사회 개혁 운동에 뛰어든 그는 처음 간디의 영향을 받아 비폭력 무저항을 주장하다 남아공 정부의 무자비한 탄압을 경험한 후에는 무장 투쟁으로 선회한다.

그 결과 장장 27년을 감옥에서 보내게 된 그는 보통 사람 같으면 일찌감치 자포자기했을 이 세월을 자기 단련과 교육의 기회로 삼는다. 끊임없이 계속되는 내부의 인종 차별 철폐 운동과 국제 사회의 압력에 굴복한 남아공 정부는 1990년 결국 그를 석방하고 그는 1994년 열린 흑백 자유선거에서 남아공 최초의 흑인 대통령에 선출된다.

여기까지 만도 놀랄 일인데 그는 '진실화해 위원회'를 만들어 과거 죄를 고백하기만 하면 자신을 포함, 흑인을 박해한 백인들을 모두 용서했다. 나중에는 고백하지 않은 백인까지도 처벌하지 않았다. 그러고는 종신 대통령의 길이 열려 있는데도 1999년 "남아공은 나보다 젊은 지도자를 필요로 한다"며 단임으로 물러났다.

27년의 감옥 생활에도 꺾이지 않은 의지, 원수를 용서하고 품을 줄 아는 아량, 스스로 권력을 헌신짝 버리듯 한 무욕에 놀란 사람들이 그를 "성인"으로 부르자 그는 "성인이란 노력하는 죄인"이라며 받아넘겼다.

그는 로벤 감옥에서의 어두운 시절을 윌리엄 헨리의 대표작 「인빅투스」를 읊조리며 견뎠다고 말한 적이 있다. '정복되지 않는 자'라는 뜻의 「인빅투스」 시 전문은 다음과 같다.

칠흑 같은 어두움으로 나를 덮고 있는 밤 한가운데서
나는 정복되지 않는 영혼을 준 신에게 감사한다.
역경의 한가운데서도 나는 인상 쓰거나 크게 울지 않았다.

운명의 매질 속에서 내 머리는 피투성이가 됐지만 굽히지 않았다.

분노와 눈물의 이곳 저편에 그림자의 공포가 다가온다,

그러나 위협의 세월도 나를 두렵게 하지는 못한다.

문이 아무리 좁아도,

형벌이 아무리 길어도,

나는 내 운명의 주인이고,

내 영혼의 지휘관이다.

대부분의 사람들은 만델라가 겪은 어려움의 반의 반도 맛보지 못한다. 삶이 어두움으로만 가득 차 있다고 느껴질 때 만델라와 「인빅투스」를 생각하자. 그의 명복을 빈다. 2013. 12. 10

사자의 도시

전 세계에서 인구 비율당 백만장자가 가장 많은 나라는 어디일까. 스위스? 사우디아라비아? 미국? 모두 아니고 정답은 싱가포르다.

면적 700평방킬로미터로 서울의 600평방킬로미터보다 조금 넓고 인구 500만으로 서울의 절반인 싱가포르는 국민 6명 중 한 명이 백만장자다. 여기서 말하는 백만장자 재산에는 자기 집과 사업체는 빼고 당장 쓸 수 있는 가처분 재산만 포함되니까 실제 부자 수는 통계보다 훨씬 많다.

싱가포르의 IMF 산정 구매력 기준 1인당 GDP는 6만 달러로 카타르와 룩셈부르크 다음으로 3위다. 한때 같은 나라였고 다리 하나면 건너면 나오는 말레이시아의 1만 2,000달러와는 너무 차이가 난다.

싱가포르가 언제나 이렇게 잘살았던 것은 아니다. 1819년 토머스

래플스가 당시 이 섬을 지배하고 있던 술탄과 이곳을 영국 동인도 회사 무역항으로 개발하겠다는 조약을 맺기 전까지는 황무지나 다름없었다.

극동과 유럽을 잇는 싱가포르 해협을 옆에 낀 덕에 그 후 꾸준한 성장을 해온 싱가포르가 오늘처럼 부강한 나라로 발전한 것은 거의 전적으로 리콴유의 덕이다. 1963년 싱가포르가 영국으로부터 독립하면서 30여 년간 총리로 집권한 그는 마약 딜러들과 공산 게릴라가 판치던 이곳을 가장 안전하고 깨끗하며 활기 넘치는 무역과 금융 중심지로 바꿔 놓았다.

그의 집권 철학은 엄격한 법 집행을 통한 질서 확립과 비즈니스 친화적인 환경 조성으로 요약된다. 싱가포르는 입국 때 작성하는 세관 신고서가 없다. 소지가 금지된 물건은 아예 가져오지 말고 가져왔으면 알아서 신고하라는 것이다.

만약 금지된 물건을 몰래 가져오다 걸리면 처벌은 어마어마하게 무겁다. 헤로인의 경우 15그램, 코카인의 경우 30그램이 넘으면 무조건 사형이다. 그 이하인 경우 마약 딜러가 아니라 개인 소비용임을 증명하면 사형은 면해주지만 감옥 생활을 오래해야 한다.

껌은 가지고 들어올 수 없으며 이를 씹다 뱉어 공공미관을 해치면 태형에 처해진다. 20년 전 미국인 마이클 페이가 깨끗한 벽에 멋도 모르고 낙서를 했다 태형에 처해져 화제가 됐던 적이 있다. 공직자의 부패도 엄격히 처벌되지만 공무원의 보수는 세계 어느 나라와 비교해도 높다. 이곳이 공직자 부패 지수가 세계 최저인 이유다. 싱가포르의 살인 사건 발생률은 10만 명당 0.4명으로 미국의 10분의 1이다.

이 같은 엄격한 법 집행과 함께 개인과 기업에 대한 세금은 낮추고 규제는 최소한으로 줄였다. 해외 소득에 대한 과세도, 자본 소득에 대한 과세도 없고 송금도 자유다. 페이스북 공동창업자 에두아르도 사베린 등 억만장자들이 돈을 싸들고 이곳으로 몰리는 이유다. 싱가포르의 친 비즈니스 지수와 경제 자유 지수는 늘 홍콩과 함께 1위가 아니면 2위다. 오차드 가의 고급 쇼핑몰과 세계 최대의 리조트 호텔인 마리나 베이 샌즈, 싱가포르 강변의 화려한 식당가들은 모두 나날이 번창하는 싱가포르의 상징이다.

이처럼 좋은 투자 환경 덕에 7,000개가 넘는 미국과 일본, 일본 대기업과 1,500개의 중국 기업, 1,500개의 인도 기업이 이곳에서 영업을 하고 있다. 2009년에는 금융 위기 때문에 GDP가 0.8퍼센트 감소했지만 2010년에는 14퍼센트라는 놀라운 성장을 이뤘다. 미국이 1~2퍼센트대의 미미한 성장에 허덕이는 것과 대조적이다.

전설적인 투자가 짐 로저스는 "빚은 서양에 있고 돈은 아시아에 있다"는 말과 함께 아예 싱가포르로 이사 갔다. 높은 세금과 까다로운 규제로 부자와 기업가를 쫓는 나라와 이를 반갑게 맞는 나라 둘 중 어디가 더 잘살지는 물어보나 마나다.

싱가포르는 말레이 말로 '사자의 도시'라는 뜻이다. 떠오르는 21세기 아시아의 상징인 이 도시는 번영의 비결이 무엇인지를 사자 같은 포효로 만방에 알리고 있다. 그 길을 가느냐 마느냐는 각 나라 국민이 알아서 할 일이다. 2013. 7. 30

체첸을 사랑한 소설가

"산에 사는 사람들은 모두 하지 무라트를 알고 있다. 그리고 그가 어떻게 러시아 돼지들을 죽였는가를." 체첸 반군 지도자를 소재로 한 러시아의 문호 톨스토이의 마지막 작품 「하지 무라트」의 한 구절이다. 또 이런 구절도 있다. "그것은 증오가 아니었다. 그들은 러시아 개들을 인간으로 보지 않았기 때문이다." 여기서 말하는 돼지와 개는 물론 인간이다. 체첸인들이 러시아인들을 어떻게 보고 있는가를 단적으로 보여준다.

그가 70대에 시작해 죽기 얼마 전 완성한 「하지 무라트」는 일반인들에게는 생소하지만 비평가들 사이에는 높은 평가를 받고 있는 작품이다. '읽을 만한 책은 모두 읽었다'는 말을 듣고 있는 비평가 해럴드 블룸은 『서구의 성전』이란 책에서 "「하지 무라트」야말로 내가 읽은 최고의 작품"이라고 밝힌 바 있다.

러시아뿐만 아니라 세계 문학의 최고봉으로 꼽히고 있는 톨스토이 문학은 체첸에서 시작돼 체첸으로 끝난다 해도 과언이 아니다. 그가 체첸에 대해 처음 알게 된 것은 20대 초 러시아 장교로 이곳에 파견되면서부터다. 대학 시절 하라는 공부는 안 하고 도박에 빠져 가산을 탕진하고 교수들로부터 "배울 의사도 능력도 없는 학생"이란 평을 들은 그는 전쟁을 통해 인간과 사회에 대해 제대로 배우게 된다. 이때 자신의 생에 대한 성찰을 바탕으로 쓴 「유년 시대」는 그의 이름을 러시아 문단에 알린 첫 작품이다. 그의 마지막 작품이 된 하지 무라트 이야기도 이때 들었다.

그는 러시아 군인이었지만 시종일관 러시아에 의해 부당하게 침략당하고 고통받는 체첸 편을 들었다. 그 결과 그는 체첸인들이 가장 사랑하는 러시아 작가가 됐다. 90년대 소련이 망하고 체첸이 독립을 선포한 후 이를 장악하려는 러시아와의 전쟁으로 체첸 전체가 초토화됐지만 체첸에 있는 톨스토이 기념관은 한 번도 문을 닫은 적이 없다. 2009년에는 카디로프 체첸 대통령과 톨스토이의 고손인 블라디미르 톨스토이의 도움으로 새 기념관이 문을 열기도 했다.

톨스토이를 매료시킨 체첸인들은 누구인가. 유럽과 아시아가 만나는 코카서스 산악 지대에 살고 있는 소수 민족인 이들은 100만이란 적은 인구에도 불구하고 자신의 전통과 문화에 엄청난 자부심을 갖고 있고 독립을 목숨보다 소중하게 생각하는 이들이다. 13세기 몽골이 러시아 일대를 모두 정복했을 때도 체첸만은 독립을 지켜냈다. 90년대 초 소련이 무너지면서 독립을 되찾았으며 94년 러시아가 이를 다시 차지하려고 전쟁을 벌이다 1만 명의 사상자가 발생하자 당시 대통령이던 옐친은 독립을 인정한다. 그러나 푸틴이 집권하면서 이들의 결사항전에도 불구, 다시 러시아에 복속되고 만다.

그 후 이들은 극장 테러, 지하철 테러, 자살 폭탄으로 러시아인들을 공격하지만 독립을 쟁취하는 데 실패하며 이와 함께 회교 극단주의 세력이 득세하게 된다. 자신들의 독립을 짓밟은 러시아는 물론이고 이에 무심한 서방 기독교권 전체를 적으로 돌리게 된 것이다.

지난주 보스턴 마라톤 테러라는 만행을 저지른 범인은 체첸계 형제들로 밝혀졌다. 자세한 것은 더 조사를 해봐야 되겠지만 지금까지 나온 것을 보면 미국 생활에 적응하지 못한 범인이 회교 극단주의에 빠져 서방에 불만을 품고 범행을 저지른 것으로 보인다.

주변 강대국에 이리 차이고 저리 차이다 오래 식민지 노릇까지 한 한국인들은 체첸 민족의 딱한 사정을 이해할 수 있지만 그렇다고 그 화풀이를 애꿎은 미국인에게 한 것은 번지수를 매우 잘못 찾은 것이다.

체첸 반군 지도자였던 하지 무라트는 회교 극렬주의자인 체첸의 이맘 샤밀에게 등을 돌렸다 어느 쪽에서도 환영받지 못하는 존재가 돼 비참한 최후를 맞는다. 지구상에는 체첸처럼 억울한 일을 당한 민족은 수없이 많고 이들을 만족시킬 방법은 찾기 쉽지 않아 보인다. 톨스토이가 만년에 그의 이야기를 다시 끄집어낸 것은 인간 사회가 안고 있는 문제 해결의 지난함에 대한 성찰의 결과가 아니었을까. 2013. 4. 23

잊혀진 전쟁

30만 미군이 참전해 3만 6,000명이 사망하고 9만 2,000명이 부상당한 한국전은 오랫동안 '잊혀진 전쟁'으로 남아 있었다. 수많은 인명을 희생했음에도 38선이 휴전선으로 바뀌었을 뿐 상황이 달라진 것은 별로 없고 한국전 피해 복구를 돕느라 예산만 더 들어갔다. 미국인들이 그다지 기억하고 싶어 하지 않는 것도 이해가 간다.

한국전이 끝난 지 60년이 된 지금 미국인들은 또 하나의 '잊혀진 전쟁'을 갖게 됐다. 바로 지난 20일로 발발 10주년을 맞은 이라크 전쟁이다. 10년 전 그날 바그다드 상공은 미군의 맹폭으로 화염에 휩싸였다. 미국은 이라크인들을 '충격과 공포(shock and awe)'에 빠뜨려 속전속결로 끝내려는 듯 최신 무기를 마구 퍼부었다. 그리고 한 달여 만에 당시 대통령이던 조지 W. 부시는 스스로 비행기를 몰고 '임무 완수(Mission Accomplished)'라는 플래카드가 걸린 항공모함에 착

류했다. 모든 것은 순조롭게 끝난 듯 보였다.

　그러나 그것은 악몽의 시작이었다. 이라크 침공의 명분으로 내걸었던 대량살상 무기는 결국 나오지 않았다. 거기다 회교권을 쳐들어온 미국을 골탕 먹이기 위해 알 카에다와 이란의 지원을 받는 시아파 게릴라가 준동하기 시작했고 해묵은 수니파와 시아파 간의 종교 분쟁까지 겹쳐 이라크는 내란의 소용돌이에 빠져들었다. 미군은 2011년 말 완전 철수했지만 아직도 이라크는 정정 불안이 계속되고 있다.

　8년간의 전쟁으로 4,500명의 미군이 목숨을 잃고 3만 명이 부상당했다. 지금까지 들어간 전비만 2조 달러다. 이런 엄청난 희생을 치르고 무엇을 얻었는지는 불분명하다. 독재자 사담 후세인을 무너뜨린 것은 잘된 일이지만 민주주의가 찾아온 것도, 친미 정권이 들어선 것도 아니고 이라크 석유로 미국이 돈을 번 것도 아니다. 케리 국무장관이 이라크에 가 이란의 시리아 지원을 막아달라고 사정했지만 마이동풍이다. 이라크로서는 단 한 명의 병력도 이라크에 없는 미국보다는 이웃 이란과 그의 사주를 받는 시아파의 준동이 더 두려운 것이다.

　이라크 전쟁이 실패라는 것은 발발 10주년이 됐는데 아무 기념식도 없고 이 전쟁을 주도했던 부시 전 대통령, 체니 전 부통령, 럼스펠

드 전 국방장관 등 전쟁 주역들의 모습도 볼 수 없다는 사실이 분명히 말해준다. 어째서 이런 사태가 발생했을까. 첫째는 정보력의 부재다. 엄청난 액수의 돈을 가져다 쓰는 미 정보당국은 이라크에 대량살상무기가 있는지 파악하는 데 완전히 실패했다. 이 때문에 고귀한 미국인 젊은이들의 생명이 불필요하게 희생됐다.

둘째는 부시의 판단 착오다. 사담만 무너지면 이라크는 쉽게 평정될 것으로 오판했다. 당시 육군참모 총장이던 에릭 신세키는 성공적인 이라크 주둔을 위해서는 수십만의 미군 병력이 필요할 것으로 공개 발언했다 찬밥 신세가 된 후 은퇴했다. 이라크 주둔 미군은 가장 많을 때도 16만을 넘지 않았는데 이는 인구 1,800만 이라크의 질서를 유지하는 데 턱없이 부족한 숫자라는 것이 곧 판명됐다.

이라크 침공 직후 장장 22년이란 오랜 세월 주미 사우디 대사를 한 반다르 왕자는 사담 지도부만 치고 나머지는 그대로 쓰라는 조언을 했지만 이 또한 받아들여지지 않았다. 이라크군 해산으로 졸지에 실업자가 된 수니파 회교도들은 도시 게릴라로 변해 미군을 괴롭혔다. 치안 상태가 엉망인 바람에 전후 복구 사업은 제대로 진행되지 않고 주둔군 지도부의 무능과 부패까지 겹치면서 이라크인들의 미국에 대한 반감은 날로 커졌다.

이라크에서의 재난은 레이건 이후 20여 년간 상승세를 타던 공화당을 추락시켰다. 2006년 선거에서는 의회 다수당 자리를 내주고 2008년 선거에서는 백악관마저 빼앗겼다. 불과 수년 전까지 공화당의 리더이자 대통령이던 아들 부시는 요즘 완전 찬밥이다.

공화당의 기본 이념은 보수고 보수 철학의 바닥에는 '세상은 쉽게 바뀌지 않는다'는 인식이 깔려 있다. 이라크전을 주도한 네오콘들은 무력을 사용해 자신의 이념을 실현하려 했으나 결국 실패로 끝났다. 이라크전은 공화당과 보수파들에 두고두고 아픈 상처로 남을 것이다. 2013. 3. 26

자유 무역 논쟁의 종결자

덴마크는 면적 4만 3,000평방킬로미터로 남한의 절반, 인구 550만으로 10분의 1에 불과한 소국이다. 그럼에도 이 나라의 1인당 국민소득은 연 6만 달러로 세계 5위다. 청정에너지 보급률 세계 1위, 빈부 격차 지수 세계 최저, 삶의 질을 재는 인적 개발 지수 세계 7위, 어느 모로 보나 선진국이다.

덴마크는 금속 기계 분야에서 독보적인 경쟁력을 갖고 있다. 청정에너지도 그렇고 낙농업도 마찬가지다. 최근 덴마크의 MD와 스웨덴의 알라가 합쳐 만든 알라 식품은 유럽 최대의 식품 회사다. 덴마크의 금융 시장은 유럽에서 가장 자유롭다. 실업률은 4.1퍼센트로 유럽 최저 수준이다.

어떻게 이런 일이 가능한 것일까. 많은 사람들이 북유럽 복지국가 하면 높은 세금과 후한 복지 혜택을 떠올리지만 그것이 전부는 아니다. 아무리 복지 혜택을 주고 싶어도 세금이 걷혀야 가능하고 세금을 걷고 싶어도 돈을 버는 기업이 있어야 할 수 있다. 경쟁력 있는 산업 없이 복지라는 이름으로 돈을 퍼주면 어떤 사태가 벌어진다는 것을 그리스는 분명히 보여주고 있다.

한국처럼 천연 자원이라고는 없는 덴마크의 번영은 전적으로 인력 자원에 의존하고 있다. 인력 개발을 위해서 덴마크는 돈을 아끼지 않는다. 덴마크의 거의 모든 교육은 무료다. 무료 정도가 아니라 학생이 있는 학부모에게 월 수백 달러의 지원금까지 준다.

이곳 학생들은 일류대에 가기 위해 유치원 시절부터 머리 싸매고 공부하지 않으며 자기가 원하는 직업학교에 가 필요한 기술을 익힌 후 거의 대부분 취직한다. 어차피 소수밖에는 갈 수 없는 몇 개의 명문대를 가기 위해 온 국민이 무리한 과투자를 하다 대학을 졸업한 후 그에 상응하는 일자리가 없으면 취직을 아예 포기하고 불평분자로 남는 동양의 어느 나라와는 다르다.

유럽의 대표 복지 국가라는 선입관과는 달리 노동 유연성이 큰 것도 이 나라 실업률을 낮추는 요인이다. 얼마나 쉽게 직원을 채용하고 쉽게 내보낼 수 있나를 재는 이 지수가 크면 클수록 기업들은 직원 수를 늘리는 것을 주저하지 않는다. 만약에 회사 사정이 나빠지면 언제든지 줄일 수 있기 때문이다. 직원 하나를 내보내려면 온 노조가 시위를 하고 분신자살까지 서슴지 않는 나라의 고용주들은 직원 채용을 꺼리고 하더라도 쉽게 해고할 수 있는 비정규직을 선호하기 마련이다.

덴마크인들은 또 강력한 자유무역주의자들이다. 국민의 78퍼센트가 세계화는 좋은 것이며 무역은 덴마크를 부강하게 한다고 믿고 있다. 이 또한 무역 덕에 세계 최빈국에서 10대 경제 강국으로 떴음에도 자유 무역을 깔보기 좋아하는 사람들이 많은 한국과는 다르다.

'시행되면 농민들이 알거지가 돼 유랑 걸식한다', '을사늑약을 뺨치는 망국적 매국'이라고 비난받던 한미 자유무역협정(FTA)이 시행된 지 두 달이 지났다. 이 기간 대미 수출은 전년에 비해 27퍼센트가 증가하고 미국산 수입품의 도소매 가격 인하 효과는 각 7퍼센트와 6.3퍼센트를 기록한 것으로 집계됐다. 관세가 사라지면 수출은 늘고 수입가가 내려가는 것은 너무나 당연한 일이다.

자유 무역 반대자들은 농업 부문 타격을 이유로 내걸지만 농업 분야도 얼마든지 경쟁력 있는 업종으로 탈바꿈시킬 수 있다. 조선, 철강, 자동차, 전자 모든 분야에서 이미 우리보다 훨씬 앞서 있던 일본을 제친 한국이다. 덴마크를 보라. 무엇이 두려운가. 작년 한미 FTA 비준을 앞두고 야당은 비준 문제는 4·11 총선이 끝난 후 새 국회에서 논의하자고 했다.

국민들은 이번 총선에서 새누리당의 손을 들어줌으로써 이 논쟁에 종지부를 찍었다. 더 이상 이 문제로 왈가왈부 하지 말자. 낙후된 산업에 경쟁력을 불어넣고 새 시장을 개척하기만도 한시가 아쉽다.

2012. 4. 24

임진왜란에 대한 단상

한국에서 가장 아름다운 정원이 있는 곳은 어디일까. 아마 충남 아산에 있는 현충사가 아닐까. 충무공 이순신 장군을 기리기 위해 지은 이곳은 기념관과 사당도 잘돼 있지만 정원이 그야말로 명품이다. 온갖 정원수가 제각각 자리를 잡고 있고 관리가 잘돼 시원하면서도 아기자기하고 단아하면서 운치와 기품이 있다.

교육관에 들어가면 각종 유품 전시와 함께 이순신 장군이 참가한 전투 장면을 4D로 보여주는 소극장도 있다. 4D란 3D로 영화를 보면서 배에 탄 것처럼 좌석이 움직이고 가끔 물안개도 뿜어져 나오는 것으로 진짜 전쟁터 한가운데 서 있는 듯한 느낌을 준다.

고조선 때부터 지금까지 한반도에서 태어난 가장 위대한 인물을 꼽으라면 많은 사람들이 세종대왕과 충무공을 들 것이다. 정치, 경제, 사회, 문화, 국방 등 모든 분야에서 혁혁한 업적을 세워 조선의 기틀을 다진 세종대왕이 조지 워싱턴을 닮았다면 조선을 일본 침략에서 구하느라 생명까지 바친 이순신은 링컨과 흡사하다.

다시 이 둘 중에서 하나를 고르라면 충무공을 택해야 할 것이다. 세종대왕이 없더라도 조선은 있었겠지만 이순신이 없었더라면 조선도 한민족도 존립하지 못했을 가능성이 크기 때문이다. 조선 수군의 연전연승이 없었더라면 명은 아마도 원군을 파견하지 않았을 것이고 그렇게 됐더라면 한반도는 400년 전 일본의 영토로 편입돼 한민족도 일본 민족이 돼버렸을지 모른다. 일제 35년 동안만으로도 한민족 문화가 말살될 뻔했는데 그 기간이 400년이었더라면 어땠을지 생각만 해도 끔찍하다.

한국인들이 이순신을 우러르는 것은 그가 조국을 살리기 위해 목숨까지 내놓았기 때문이기도 하지만 세계 전사상 유례없는 연전연승의 기록 때문이기도 하다. 특히 원균이 칠천량 전투에서 참패해 조선 해군이 궤멸되고 감옥에 있던 이순신이 부랴부랴 복직된 후 그가 조정에 올린 장계에서 "아직 열두 척의 배가 남아 있고 신은 죽지 않았습니다. …… 신이 살아 있는 사실을 아는 한 왜적이 감히 우리를 업수이 여기지 못할 것입니다"라고 쓴 대목은 수백 년의 세월을 넘어 아직도 가슴을 뭉클하게 한다.

이순신은 과연 그 후 명량대첩에서 13척의 배로 333척의 일본 대함대를 격파하는 기적을 일궈낸다. 그날은 아마 조선 수군사상 가장 통쾌한 날이었을 것이다. 어떻게 이런 일이 가능했던 것일까.

조선 수군의 연전연승은 이순신의 뛰어난 지도력에 힘입은 바 크지만 그보다 훨씬 덜 알려진 고려 말 한 화약 연구가의 공도 그에 못지않다. 고려 말부터 조선 초까지 한민족을 괴롭힌 왜구를 퇴치하는 데는 대포 개발이 무엇보다 시급하다고 판단한 최무선은 벼슬도 팽개치고 화약 연구에 몰두하면서 조정에 간언해 화약 무기 제조창인 화통도감을 설치토록 한다.

그는 대포 제조에 만족하지 않고 이를 배에 설치하는 기술 개발에 성공, 자신이 만든 함포 장착 함대를 이끌고 왜구 토벌에 나서 혁혁한 전과도 세운다. 그의 기술은 아들과 손자를 통해 조선 초까지 이어져 내려오며 강력한 조선 수군의 기초가 된다.

임진왜란 초 왜군은 조총으로 무장된 강한 육군을 가지고 있었지만 수군은 형편없이 약했다. 일본 배는 크기도 작고 밑바닥이 뾰족해 충격에 약하고 대포 장착이 거의 불가능했다. 반면 조선 수군의 주력선인 판옥선은 덩치가 크고 밑바닥이 평평해 대포를 쏴도 무리가 없었다. 대포가 없는 일본 배는 조선 함대와 마주치면 떠다니는 관이나 다름없었다. 멀리서 날아오는 포탄을 두들겨 맞는 수밖에는 없었기 때문이다. 역설적이지만 왜구의 잦은 침략이 조선 화기의 발달을 도왔고 이것이 임진년 왜군 침략을 저지하는 결정적 역할을 한 것이다.

올해는 임진왜란이 발발한 지 420년 만에 다시 맞는 임진년이고 오는 16일은 충무공이 노량해전에서 숨을 거둔 지 414주기가 되는 날이다. 칼바람 부는 겨울 바다에서 나라와 민족을 구하기 위해 모든 것을 바친 성웅의 삶을 다시 한번 생각해 본다. 2012. 12. 11

두 나라 이야기

아시아에 비슷한 시기에 신생국으로 출발한 두 나라가 있다. 하나는 식민지에서 벗어나자마자 나라가 두 동강이 나 공업은 없고 농업만 있는 기형적인 구조로 시작한 데다 그나마 몇 년 뒤 동족상잔의 전쟁이 터지는 바람에 전국이 초토화됐다. 변변한 천원자원이라고는 없는 이 나라는 전쟁 후 수년 동안 오로지 미군의 구호물자로 살아 남았다.

반면 다른 나라는 한때 세계 최대 쌀 수출국일 정도로 먹을 것이 풍부했다. 고급 목재인 티크의 75퍼센트가 이 나라에서 나왔고 천연가스를 비롯한 지하자원이 무궁무진한 이 나라는 같은 민족끼리 서로 죽이는 비극도 겪지 않았다. 이렇게 서로 극과 극인 조건에서 출발한 두 나라의 현재 운명은 어떻게 됐을까.

한 나라는 최근 세계에서 9번째로 무역액 1조 달러를 돌파하는 위

業을 이뤘다. 1인당 국민소득은 2만 달러가 넘어서고 반도체, 스마트 폰 같은 첨단 산업과 자동차, 철강 같은 중공업 분야에서 모두 선두를 달리고 있다. 세계가 알아주는 IT 강국이고 민주화에 성공했으며 요즘은 문화, 음식, 연예 등 소프트웨어에서도 폭넓은 인기를 얻고 있다.

반면 다른 나라는 1인당 국민소득 1,400달러로 아시아 최빈국 중 하나다. 유엔보건기구 조사에 따르면 국민들 건강 지수는 세계 190개국 가운데 190위고 부정부패가 만연해 외국인이고 내국인이고 비즈니스를 제대로 할 수가 없다. 인신매매에 아동 강제 노동, 고문과 인권 유린이 나날이 자행되고 국민들은 독재와 빈곤에 신음하고 있다.

더 길게 말할 것도 없다. 한국과 버마 이야기다(군부는 나라 이름을 '버마'에서 '미얀마'로 바꿨지만 민주 인사들과 미국 등 여러 나라는 아직도 버마를 그대로 쓰고 있다). 한국은 절대적으로 불리한 여건에서 불사조처럼 일어섰는데 버마는 온갖 유리한 조건을 가지고도 어째서 이 지경이 되었을까.

두 나라는 1961년과 1962년 역시 비슷한 시기에 군부 쿠데타를 경험했다. 같은 방식으로 집권했지만 그 후 두 지도자는 전혀 다른 길을 걸었다. 박정희는 수출에 목숨을 걸고 지원을 아끼지 않았다.

외국 자본을 끌어들여 공장을 짓고 일자리를 만들었으며 수출을 잘하는 기업에게는 저리 융자로 투자를 쉽게 늘려갈 수 있도록 했다.

그러나 미얀마의 네윈은 '버마식 사회주의'를 내걸고 북한의 주체사상 못지않은 고립과 자력갱생의 길을 택했다. 사회주의 일당독재로 정치적 자유는 사라지고 시장 경제도 무너졌다. 모든 사회주의 체제가 그렇듯 이윤 동기가 사라지고 일하나 안 하나 똑같이 나눠 먹기식 생활 방식이 몸에 배면서 산업은 침체의 길을 걷기 시작했다.

투자는 없고 일은 안 하고 모든 것을 정부 관리 눈치나 보고 뇌물을 줘야 해결되는 사회는 몰락의 길을 갈 수밖에 없다. 현 버마 철도의 대부분은 19세기 영국 식민지 때 건설된 것이다.

네윈은 갔지만 그 후계자인 군부는 그 정책을 그대로 이어갔다. 80년대 말 민주화 운동이 일고 야당이 선거에서 이기자 이를 무효화 하고 미얀마의 국부의 딸로 인권 운동 지도자인 아웅산 수치 여사를 연금해 버렸다. 수치는 노벨 평화상을 받기는 했지만 최근까지 20년 동안 가택 연금 생활을 했다.

그 버마를 지난주 힐러리 클린턴 국무장관이 방문, 수치 여사와 만났다. 버마는 유일하게 중국과만 교류해왔는데 갈수록 중국의 횡포가 심해지자 이대로 가다가는 나라를 모두 중국에 넘겨주게 생겼다는 우려에 못 이긴 군부가 민주 인사 탄압을 완화하고 미국과의 관계 개선을 통해 돌파구를 찾고자 한 것으로 분석되고 있다.

쇄국과 사회주의를 50년 한 나라와 개방과 시장 경제를 50년 한 나라가 어떻게 달라지는가를 한국과 버마처럼 극명하게 보여주는 예도 없다. 그럼에도 한국의 몇몇 눈 뜬 장님들은 버마의 길을 가고 싶어 하니 알 수 없는 일이다. 힐러리의 방문을 계기로 버마도 하루 속히 개혁 개방의 길로 나오기를 기대한다. 2011. 12. 6

빛과 휴머니즘

단군은 모든 한민족의 조상으로 여겨지는 인물이다. 잘 알려진 내용이지만『삼국유사』「기이편」에 실린 내용을 요약하면 다음과 같다.

옛날 옛적에 천제 환인의 서자 환웅이 인간 세상에 마음을 두어 땅에 내려가 살기를 원하니 아버지가 삼위태백을 둘러보고 널리 인간을 이롭게(홍익인간) 할 만한지라 천부인 3개를 주어 가서 다스리게 하였다.

이에 환웅이 무리 3천을 이끌고 태백산 꼭대기 신단수 밑에 내려와 신시를 세우고 환웅 천왕이란 이름으로 풍백, 우사, 운사를 거느리고 곡식과 생명, 병과 형벌 등 인간의 360가지 일을 주관하며 사람들을 교화하였다.

그때 곰과 호랑이가 나타나 환웅에게 빌기를 "사람이 되기를 원합니다"라고 하니 환웅이 쑥 한 타래와 마늘 20개를 주면서 이르기를 "너희들이 이것을 먹고 백일 동안 햇빛을 보지 아니하면 사람이 될 것이다"라고 말했다.

곰과 호랑이가 동굴에서 이를 먹으며 버텼는데 호랑이는 결국 참지 못해 굴에서 뛰쳐나왔고 곰은 삼칠일(21일) 만에 웅녀란 여인으로 변신했다. 웅녀는 그와 혼인할 사람이 없었으므로 늘 신단수 아래서 아이 가지기를 빌자 환웅이 아내로 맞아 아들을 낳고 그 이름을 단군왕검이라 하였다.

단군은 요 임금이 즉위한 지 50년에 평양에 도읍하고 국호를 조선이라 하였으며 나중에 도읍을 백악산 아사달로 옮겼다. 여기서 1,500년을 다스리다 숨어들어 산신이 되었다는 게 단군 신화의 줄거리다.

이 신화를 보면서 우선 느껴지는 것은 단군 신화를 만든 사람은 셋이라는 숫자를 좋아한다는 점이다. '삼위태백'부터 '천부인 세 개', '무리 3천' 그리고 3이 일곱 번 되풀이되는 '삼칠일'까지 3이라는 숫자가 거듭 나오는 것은 우연이 아닐 것이다. 근본적으로 세상은 하늘과 땅, 그리고 인간의 세 가지 요소로 이뤄져 있다는 동양적 세계관을 엿볼 수 있다.

하긴 셋이라는 숫자를 좋아하는 것은 단군 신화만은 아니다. 기독교에는 '삼위일체'가 있고 불교에는 '불법승'을 '삼보'라 부른다. 여

간해서 쓰러지지 않는 솥발처럼 셋이라는 숫자는 인간에게 깊은 안정감을 주는가 보다.

이 신화의 또 하나 특징은 빛에 대한 동경이다. 천제 환인과 그 아들 환웅의 '환'은 우리말 '환하다'와 연관이 있는 것으로 학자들은 보고 있다. 단군이 세운 나라의 이름이 '아름다운 아침'이라는 뜻의 '조선'이고 도읍의 이름이 '아침의 땅'이라는 뜻의 '아사달'이라는 사실은 한민족이 아침과 빛을 유난히 좋아하는 민족임을 말해준다. 해 뜨는 곳을 찾아 동쪽으로 동쪽으로 이동해 동아시아 대륙에서 가장 먼저 해가 뜨는 한반도에 자리 잡은 것도 그 때문이 아닐까.

그리고 무엇보다 이 신화를 돋보이게 하는 것은 깊은 휴머니즘이다. 신인 천제의 아들도 인간 세상에서 살고 싶어 하늘에서 내려왔고 동물인 곰과 호랑이도 인간이 되고 싶어 한다. 환웅이 지상에 온 목적 자체가 '널리 인간을 이롭게 하기 위한' 것이었다.

곰이 어둠 속에서 삼칠일 동안 쑥과 마늘을 씹다 인간이 돼 밝은 빛 속으로 나온다는 것은 인간은 근본적으로 동물이며 고통을 견디며 동물적인 충동을 통제하지 못하면 인간이 될 수 없다는 통찰이 담겨 있다. 곰이었던 웅녀와 천신 환웅이 결합해 인간 단군을 낳았다는 것은 인간은 하늘과 땅, 신과 동물, 존재와 당위 사이에 놓인 중간자라는 인식을 토대로 하고 있으며 인간은 결국 하나님의 입김이 불어넣어진 흙이라는 기독교적 인간관과 다르지 않다.

환웅이 내려왔다는 신단수는 신화학적으로 '세계의 축(axis mundi)'이라 불리는 상징물로 세계 각국 수많은 신화에 등장한다. 땅에 뿌리를 박고 하늘을 향해 자라는 나무는 지상과 천상을 연결하는 고리의 상징이며 땅에 발을 디디고 있지만 하늘을 바라보며 사는 인간의 모습과 닮아 있다.

천제의 아들 환웅은 고통 없이 영원히 사는 하늘을 버리고 도대체 왜 백 하고도 여덟 가지 번뇌 속에 생로병사의 비극을 피할 수 없는 인간 세상에 내려온 것일까. 영원한 평화보다 태어나 죽을 때까지 지지고 볶아야 하는 인간의 삶이 더 값있다 본 것일까. 하긴 기독교의 하나님도 예수의 몸으로 인간 세상에 내려왔고 불교에서도 해탈을 할 수 있는 것은 동물도 신도 아닌 인간뿐이라 본다. 4,350번째 개천절을 맞아 단군 신화의 의미를 되새겨 본다. 2017. 10. 3

와트, 에디슨, 잡스

수증기를 이용해 물건을 움직일 수 있다는 것을 처음 안 사람은 그리스인들이다. 그들은 물을 끓일 때 나오는 증기의 힘으로 움직이는 차의 모델을 이미 2,000년 전에 만들어냈다.

그러나 이 모델은 장난감 수준을 넘지 못했다. 이를 경제적으로 실용화하는 데는 넘어야 할 기술적 장애가 산적해 있는 데다 현실보다는 추상적 이론에 더 관심이 많았던 그리스인들이 문제 해결에 적극적이지 않았기 때문이다.

온갖 난제를 극복하고 제대로 된 증기기관을 만드는 데 성공한 사람은 스코틀랜드 사람 제임스 와트다. 인류 역사상 처음으로 인간이나 동물의 근육이나 바람, 물이 아닌 화석 연료를 이용한 동력을 활용하는 데 성공한 것이다.

처음 탄광의 물을 퍼내는 데 사용되기 시작한 증기기관은 대규모

공장의 기계를 돌리는 것과 함께 이렇게 생산된 물건을 값싸게 어디 든지 수송할 수 있는 증기 기관차와 기선의 발명을 가능케 했고 결 국 이 같은 연쇄적 기술 혁신은 산업혁명으로 이어졌다.

18세기 산업혁명은 1만 년 전 농업혁명 이후 가장 크게 세상을 바 꾼 사건이다. 숱한 부작용에도 불구, 산업혁명은 인간의 삶을 과거 와는 비교할 수 없게 발전시켰다. 인간의 평균 수명이 비약적으로 늘어나고 인구수도 급증했다. 인간이 갑자기 아이를 많이 낳기 시작 한 것이 아니라 과거 먹을 것이 없고 병에 걸려도 쓸 약이 없어 죽어 가던 인간들이 값싼 물품의 대량생산으로 생명을 건질 수 있게 된 것이다.

이런 산업혁명이 왜 하필 자그마한 서구 변방의 섬나라 영국에서 일어났을까. 그 직접적인 원인은 1624년 제정된 '특허법'에서 찾아 야 한다.

영국은 인류 역사상 처음 지적 재산권을 보호하는 법을 제정한 나 라다. 쓸모 있는 새 발명을 한 사람에게 그 과실이 돌아가도록 보장 한 것이다. 그 결과 특허와 새 발명품이 쏟아져 나오기 시작했고 그 결실이 산업혁명인 것이다. 지금까지 가장 많은 특허권을 갖고 있는 40대 역대 발명가 중 75퍼센트가 영국과 그 영향권 아래 놓여 있던 영미권 출신 사람들이다. 이들 발명가 중 우리에게 제일 잘 알려진 사람은 토머스 에디슨이다.

올해로 사망 80주년을 맞는 그는 살아생전 1,093건의 특허를 취득, 아직까지 미국인으로서는 1위를 기록하고 있다. 가난한 가정의 일곱째이자 막내로 태어나 불과 3개월 학교를 다닌 것이 전부인 그는 독학으로 당시 첨단 과학을 섭렵하고 캔디와 신문을 팔며 14개 회사를 설립했다.

그중 하나가 지난 100여 년간 다우존스 산업지수 30개 기업 가운데 유일하게 바뀌지 않고 남아 있는 GE다. '21세기의 에디슨'으로 불리는 애플의 스티브 잡스가 7일 오랜 췌장암과의 투병 끝에 사망했다. 아이팟과 아이폰, 아이패드를 연달아 내놓으며 애플을 세계에서 가장 가치 있는 기업으로 만들고 세상을 바꾼 그의 죽음을 사람들은 애도하고 있다. 미혼모의 아들로 버려져 한때 콜라 깡통을 주워 팔며 생계를 유지했고 학력이라고는 대학 6개월 중퇴가 고작인 그의 삶은 에디슨과 많이 닮아 있다.

와트와 에디슨, 잡스 모두 천재임에는 틀림없으나 이들이 모두 영미권 출신임에 주목할 필요가 있다. 식민지 시절 영국에서 '특허법'이 제정된 지 불과 17년 뒤인 1641년 매사추세츠는 첫 특허를 인정했다. 미합중국이 세워진 후 연방 의회가 가장 먼저 한 일 중 하나가 특허법을 제정한 것이다. 경제와 사회의 발전은 근본적으로 기술혁

신에 바탕을 두고 있다.

보다 적은 비용으로 사고 질 높은 제품을 생산하는 것이 경제 발전의 근간이기 때문이다. 중국은 종이와 나침반, 화약과 인쇄술 등 소위 4대 발명품을 만든 나라다. 그러나 누가 이를 발명했는지 종이를 빼고는 대체로 모른다.

반면 증기기관과 전구, 아이팟 발명자가 누군지는 안다. 그것이 중국은 근대화에 실패하고 영미는 한때 세계를 제패했거나 하고 있는 이유다.

잡스가 중국에서 태어났더라면 아직까지 넝마주이를 하고 있었을지 모른다. 그에게 꿈을 펼칠 수 있는 자리를 만들어준 미국은 아직 희망이 있는 나라라는 생각이 든다. 2011. 10. 11

스페인, 네덜란드, 남아공

네덜란드 축구팀의 별명은 '오렌지 군단'이다. 그 이유는 네덜란드 왕실의 색이 오렌지이기 때문이다. 네덜란드 왕실의 색은 왜 오렌지일까. 그 까닭은 왕실을 창립한 사람 이름이 윌리엄 오렌지 공이기 때문이다.

윌리엄은 스페인의 강압적인 통치에 염증을 품은 네덜란드인을 이끌고 반란을 일으켰다.

1581년 7월 작성된 '네덜란드 독립선언'은 어째서 스페인의 펠리페 2세가 더 이상 왕으로 인정받을 수 없는가를 시작으로 네덜란드 독립의 당위성을 설명하고 스페인 왕의 잘못을 조목조목 따지고 있는데 그 형식이나 내용이 200년 후 작성된 미 독립선언서와 놀랄 만큼 닮아 있다. 그도 그럴 것이 미 독립선언서를 쓴 토머스 제퍼슨은 절대왕권에 대한 영국인들의 저항뿐만 아니라 네덜란드의 저항에 대해서도 소상히 알고 있었다.

네덜란드는 윌리엄이 암살되는 수난에도 불구하고 장장 80년에 걸친 독립전쟁을 벌여 1648년 스페인으로부터 독립을 공식적으로 인정받기에 이른다. 그러고는 세 차례에 걸쳐 영국과 전쟁을 벌여 오히려 영국을 혼내 준다. 영국이 열세를 만회한 것은 1688년 명예혁명 때 또 다른 윌리엄 오렌지 공이 네덜란드에서 영국으로 건너가 영국 왕이 되면서부터다. 명예혁명의 이론적 기초를 놓고 실제로 이에 가담한 존 로크가 피난해 있던 곳도 네덜란드였다.

영국이 네덜란드에 진 빚은 이뿐만이 아니다. 영국은 산업혁명을 일으켜 자본주의를 발전시킨 대표적인 나라로 알려져 있지만 역사상 첫 자본주의 국가를 하나 꼽는다면 그것은 네덜란드라 해야 마땅하다. 증권시장이 처음 생긴 곳도 여기고 보험과 연금, '튤립 마니아'로 불리는 첫 자산 버블이 부풀었다 터진 곳도 여기다.

영국은 또 광대한 식민지 덕에 '해가 지지 않는 나라'로 불렸지만 사실은 네덜란드가 먼저 해가 지지 않는 나라였다. 지금 뉴욕의 맨해튼섬을 인디언들로부터 사들인 것도, 아시아로 진출하는 데 필수적인 병참기지인 지금의 남아프리카 공화국에 식민지를 건설한 것도 네덜란드였다. 그 덕에 네덜란드는 인도네시아에서 일본에 이르는 광대한 지역 무역기지를 건설할 수 있었다.

　도쿠가와 이에야스 이후 서양과의 접촉을 엄격히 금지한 일본도 네덜란드와의 교역만은 허용했다. 1868년 메이지 유신 전까지 일본에서 서양 학문은 '네덜란드 학문'이었고 네덜란드 여러 주 중 대표적인 홀란드의 이름을 따 '난학'이라고 불렀다.

　나중에 영국과의 경쟁에서 지고 제2차 대전 후 탈식민주의 바람과 함께 식민지 대부분을 잃어버렸지만 최근까지 네덜란드 후예가 주인 노릇을 해온 나라가 있다. 남아공이다. 다른 곳과는 달리 남아공에 이주해 온 네덜란드인들은 직접 농사를 지었다. 소위 보어족(네덜란드 말로 농사꾼이라는 뜻)으로 불리는 이들의 후손들은 1994년 만델라가 대통령이 될 때까지 정치, 군사, 경제 분야를 모두 독점하고 남아공을 통치해 왔다.

　서양 국가 중 제일 먼저 자유를 부르짖으며 독립을 쟁취한 네덜란드의 후예가 제일 마지막까지 야만적인 인종차별주의를 강행했다는 사실은 역설적이다. 물론 네덜란드의 인권단체들은 남아공의 아파르트헤이트를 철폐하기 위해 열심히 노력했다.

　스페인 축구팀의 별명은 '무적함대'다. 무적함대는 1588년 영국을 침공하려다 궤멸됐지만 스페인이 영국을 공격한 것은 영국이 네덜란드의 독립을 부채질하며 스페인의 신경을 건드렸기 때문이다. 결국 스페인은 네덜란드 때문에 망하고 영국은 그 덕에 세계의 강자로 떠오른 것이다. 그 후 오랜 세월 침체일로를 걷던 스페인은 80년대 들어 민주주의와 자유시장 경제를 도입하면서 재기의 발판을 마련했다.

이런 인연을 가진 스페인과 네덜란드가 네덜란드 후예가 세운 남아공 월드컵 결승에서 만나 혈전 끝에 아슬아슬하게 스페인이 승리했다. 축구에서는 스페인이 이겼지만 지금 세계는 400여 년 전 북유럽의 작은 도시에서 울려 퍼진 정치적 자유와 경제적 자유의 함성이 주도적 이념이 되었다. 월드컵 결승을 지켜보며 역사의 묘한 연결고리를 생각한다. 2010. 7. 13

아이티의 비극

1756년부터 1763년까지 계속된 '7년 전쟁'은 최초의 세계 대전이라고 불린다. 유럽과 아메리카, 인도 등 세계 곳곳에서 영국과 프랑스 사이에서 벌어진 이 전쟁은 영국의 승리로 돌아갔고 그 결과 캐나다를 비롯한 북미주와 인도 등 광대한 땅이 영국령이 됨과 동시에 세계의 주도권도 영국에 넘어갔다.

캐나다를 먼저 개척했던 프랑스는 이 넓은 땅을 넘겨주고 대신 마르티니크, 과들루프, 세인트루시아 등 카리브해의 작은 섬나라를 얻었다. 그렇지만 당시에는 이는 손해 보는 장사로 여겨지지 않았다. 쓸모없는 '눈 덮인 불모지' 대신 값진 사탕수수 농장을 얻었다고 생각했기 때문이다.

넓디넓은 바다에 티끌처럼 뿌려진 이들 섬들은 크기와는 비할 수 없는 부의 보고였다. 작은 섬 하나에서 나오는 설탕 판매 수익이 캐나다 전체에서 얻는 돈보다 많았다. 17세기 네덜란드인들도 자신들이 개척한 뉴 암스테르담(현 뉴욕)을 영국에 넘겨주고 대신 설탕 생산지인 남미의 수리남을 택했다. 서유럽인 가운데 가장 먼저 대양 항해에 나섰던 포르투갈인들이 역시 제일 먼저 노예무역에 손을 댄 것도 대서양 여러 섬 사탕수수 밭에서 일할 노동력이 필요했기 때문이다.

카리브해의 여러 섬 중 설탕 생산의 중심지는 히스파니올라섬이었다. 신대륙을 발견한 크리스토퍼 콜럼버스가 두 번째 항해 때 발을 디딘 이 섬의 서쪽은 사탕수수 재배에 필요한 조건을 골고루 갖춘 천혜의 요지로 대규모 플랜테이션이 곳곳에 세워졌다. 이곳이 바로 지금 금세기 최악의 지진으로 신음하고 있는 아이티다.

원주민인 타이노족('아이티'는 원주민 말로 '높은 땅'이라는 뜻이다)이 유럽인들의 전염병으로 거의 전멸하자 주민들은 아프리카에서 끌려온 흑인 노예로 채워졌고 그 결과 지금 아이티 주민 대부분은 흑인이다. 한때는 카리브해 최대의 부를 창출하던 이 나라가 이제는 중남미 최빈국이 된 것은 역사의 아이러니다.

지금은 별 볼 일 없는 곳이 됐지만 이곳은 역사적으로 중요한 지역이다. 18세기 말 이곳 흑인들은 반란을 일으켜 백인들을 내몰고 독립 국가를 건설했다. 흑인 반란으로 노예가 스스로를 해방시키고

독립국을 세운 것은 이것이 처음이고 그 후에도 예를 찾아보기 힘
들다.

이 반란에 결정적인 역할을 한 투생 루베르튀르는 노예 출신이지
만 프랑스 계몽 사상가들의 책을 읽고 자유, 평등, 박애가 실천에 옮
겨지는 나라를 만들기 위해 무기를 들었다. 게릴라 지도자로 천부적
인 자질을 가졌던 그는 400만 흑인들을 조직화해 강한 군대를 만들
며 이 땅을 영구 식민지화 하려던 영국과 스페인, 프랑스 군대를 차
례로 무찌른다. 나중에 그는 프랑스 군대에 잡혀 프랑스 본국으로
끌려가 그곳 감옥에서 숨을 거두지만 아이티의 독립은 그 후계자에
의해 유지된다.

그러나 이처럼 뛰어난 선구자를 배출한 나라임에도 19세기 이후
지금까지 아이티는 30번이 넘는 쿠데타 등 정정 불안이 계속되며 혼
란에 혼란을 거듭해왔다. 20세기 들어서는 20년간 사실상 미국 지
배하에 있었고 그다음에는 부두교를 장기 독재에 악용한 뒤발리에
부자 왕조에 시달렸으며 1990년대 들어서는 민주적인 절차에 의해
아리스티드 정부가 들어섰으나 두 차례나 쿠데타로 권좌를 내주고
망명길에 오르는 등 수난이 계속되고 있다. 아리스티드는 현재도 망
명 중이다.

올 1인당 연평균 국민소득 800달러의 아이티는 중남미 최빈국에

다 세계에서 가장 부패한 나라라는 오명을 뒤집어쓰고 있다. 국민 80퍼센트가 빈곤층이고 실업률이 60퍼센트에 이르는 나라. 좀처럼 구제 가능성이 보이지 않는다. 아무리 첫 출발이 좋아도 후손들이 정치를 그르치면 나라가 어떻게 되는지 분명히 보여준다.

그러지 않아도 어려운 판에 수도 포르토프랭스 대부분이 파괴되고 수백만 사상자가 발생한 대지진까지 겹쳤다. 어렵게 흑인이 첫 독립 국가를 세운 이 나라의 운명이 앞으로 어떻게 될 것인지, 신만이 알 일이다. 2010. 1. 19

노벨 평화상의 허상

'대기만성'이란 말이 있다. '큰 그릇은 늦게 된다'라는 뜻으로 정말 크게 될 사람은 남보다 늦게 빛을 본다는 이야기다. 여기에 해당되는 사람으로 우리나라에서는 이순신 장군을 꼽을 수 있다. 32살에 과거에 급제해 변방을 돌다 44살에 겨우 정읍 현감 자리를 얻었다. 그러던 것이 1592년 임진왜란 직전 전라좌도 수군절도사로 임명됐다 혁혁한 공을 세우면서 '가장 위대한 한국인'의 반열에 오르게 된 것이다.

한국에 이순신이 있다면 서양에는 시저가 있다. 시저가 이순신이 급제한 나이 때 스페인을 방문했다 알렉산더 대왕의 동상을 보고 "알렉산더는 내 나이에 전 세계를 정복했는데 나는 지금 무엇을 하고 있나" 한탄을 하며 눈물을 흘렸다는 일화가 있다. 그러나 그는 40대부터 두각을 나타내 지금의 프랑스인 골 지방과 영국을 정복하고 정적들을 물리친 후 사실상 로마의 절대 권력자가 됐다. 독일 황제를 일컫는 카이저나 러시아 황제의 호칭인 차르 모두 시저의 이름에서 따온 것이다.

그러나 이런 업적보다 시저의 진면목을 보여주는 것은 암살당하기 직전 조카딸의 아들인 19살짜리 아우구스투스를 양자로 삼아 후계자로 지명한 것이다. 이 어린 후계자는 곧 숨을 거둘 것이란 주위의 예상을 깨고 브루투스 등 시저의 암살자는 물론 자신의 경쟁자인 안토니와 자신을 적대시하는 상원의원 300여 명을 모조리 제거한 후 권력을 움켜잡는다.

그는 그 후 세제를 공평하게 하고 다리와 도로를 정비해 로마의 경제 기반을 탄탄히 하는가 하면 국방을 튼튼히 해 향후 200년간 계속된 '로마의 평화'의 기틀을 놓는다. '로마의 평화'는 '아우구스투스의 평화'라고 해도 손색이 없다. 로마 최대 시인 베르길리우스의 「아에네이스」는 그에게 바친 찬사다.

로마에 아우구스투스가 있다면 일본에는 도쿠가와 이에야스가 있다. 작은 성주의 아들로 태어나 어려서 인질로 끌려가 일찍 삶의 신산을 맛본 그는 타고난 끈기로 모든 것을 참고 견디며 힘을 기르다 1600년 세키가하라 전투에서 도요토미 히데요시의 잔당을 물리치고 일본의 패자가 된다.

그 후 그는 히데요시의 아들을 죽이고 도쿠가와 막부를 열어 100
년간 내전에 시달리던 일본에 평화를 가져온다. 이 평화는 1868년
메이지 유신으로 막부가 무너질 때까지 260년이나 계속된다. 역시
일본 최대 시인인 마쓰오 바쇼는 걸작 「먼 나라로 가는 좁은 길(오쿠
노 호소미치)」에서 도쿠가와 가문의 덕을 찬양한다.

아우구스투스와 도쿠가와가 요즘 세상에 살았으면 노벨 평화상
을 받을 수 있었을까. 아마도 어려울 것이다. 너무나 많은 사람을 죽
였기 때문이다. 이에야스는 오다 노부나가의 눈에 들기 위해 아내와
장남까지 죽였다. 많은 사람을 죽여야 긴 평화가 온다는 것은 역사
의 비극이지만 진실이다. 권력에 대한 도전자가 남아 있는 한 평화
는 멀다.

마르티 아티사리, 무하마드 유누스, 모하메드 엘바라데이, 왕가리
마타이, 시린 에바디, 데이비드 트림블, 카를루스 벨루, 조셉 로트블
랫, 알바 뮈르달. 지난 수년간 노벨 평화상을 받은 인물들이다. 각 분
야에서 인류를 위한 봉사를 했는지는 몰라도 이들 덕에 지구상에 평
화가 왔는지는 의문이다.

최근 역사에서 진정으로 인류에게 평화를 가져다준 인물 하나를
꼽으라면 공산주의 몰락을 앞당김으로써 냉전을 종식시키고 수많
은 사람들을 압제에서 해방시킨 레이건이 1순위로 꼽혀야 할 것 같

은데 그는 끝내 받지 못했다.

　노벨상 위원회가 올해 평화상 수상자로 버락 오바마 대통령을 결정했다는 소식이다. 취임한 지 열 달도 안 되고 아직 이렇다 할 업적이 없는 그가 상을 받게 된 데 대해 어안이 벙벙해하는 사람이 많다. 그러나 과거 이 상을 받은 사람 면면을 살펴보면 그리고 받지 말란 법도 없을 것 같다. 노벨상 위원회의 이번 결정은 상과 업적은 반드시 일치하지 않는다는 것을 보여주는 본보기로 남을 것이다.

2009. 10. 13

11월 9일의 의미

독일 역사에서 11월 9일은 여러모로 뜻 깊은 날이다. 1918년 11월 9일에는 제1차 세계 대전에서 진 독일의 카이저 빌헬름 2세가 퇴위하고 바이마르 공화국이 선포됐다. 1923년 11월 9일에는 히틀러가 뮌헨에서 맥주를 먹다 소위 '맥주 홀' 쿠데타를 감행했다 실패한다. 또 1938년 11월 9일은 유대인 학살의 서곡인 '크리슈탈나흐트'다. 독일 전역에서 유대인 상점 유리창이 깨지고 1,300명의 유대인이 살해됐다. 히틀러가 쿠데타를 일으킨 것은 패전의 치욕을 씻기 위한 것이고 유대인 학살도 독일 패전의 책임이 유대인에게 있다는 이유로 저질러졌다는 점에서 이들 날짜는 서로 연관성이 있다.

그러나 세상 사람들 머릿속에 가장 널리 남아 있는 11월 9일은 1989년 11월 9일이다. 영원히 남아 있을 것 같던 동서 분단과 냉전의 상징 베를린 장벽이 하루아침에 사라졌다. 이와 함께 동구권이 도미노처럼 무너지고 냉전도 끝났다.

2009년 11월 9일에는 이를 기념하기 위해 베를린에서 실제로 도미노를 무너뜨리는 행사가 열렸다.

1987년 레이건 대통령이 베를린에서 "고르바초프여, 이 벽을 허무시오"라고 외쳤을 때만 해도 사람들은 그것이 농담인 줄 알았다. 정말 2년 뒤 이 벽이 무너지리라고는 천문학적인 돈을 쏟아부으며 상대방에 대한 정보를 모으는 CIA도 KGB도 몰랐다.

도대체 이 벽은 누가 무너뜨린 것일까. 그 직접적인 공은 그날 용감하게 망치를 들고 나와 벽을 허문 베를린 시민들이다. 그러나 이것이 가능했던 것은 동독 당국이 발포를 자제했기 때문이다. 동독 당국이 발포를 자제한 것은 고르바초프 소련 공산당 서기장이 "꾸물거리는 자는 역사의 벌을 받는다"며 개혁 대열에서 낙오하지 말 것은 경고하고 소련이 1968년 '프라하의 봄' 때처럼 무력으로 시위를 진압할 생각이 없음을 분명히 했기 때문이다.

고르바초프는 왜 무력 진압을 포기했을까. 공산주의의 모순을 직접 눈으로 본 그는 이는 무력으로 해결될 성질이 아님을 깨달았기 때문이다. 레이건-대처로 요약되는 서방의 대소 강경 노선도 더 이상 군비 경쟁을 벌여봐야 이로울 것이 없다는 판단을 내리게 했을 것이다. 거기다 공산 압제의 피해자인 폴란드 출신 교황 요한 바오로 2세의 후원 아래 기세가 커진 폴란드 자유노조 운동, 바츨라프 하벨로 대표되는 반체제 인사들의 활동 등등이 겹쳐 '베를린 장벽 붕괴'라는 역사적 사건을 만들어낸 것이다.

이와 함께 냉전이 끝나고 수억 인류가 공산 압제에서 해방되고 평화와 번영이 시대가 올 것 같았다. 한동안은 그렇게 되는 듯했다. 90년대 말까지 미국을 비롯한 세계 경제는 유례없는 호황을 누리고 전쟁은 이제 역사 책 속으로 사라지는 것처럼 보였다.

그러나 2001년 터진 9·11 사태는 모든 것을 바꿔 났다. 공산주의와의 싸움은 끝났지만 회교 극단주의와의 전쟁은 이제부터 시작이라는 것을 분명히 보여줬기 때문이다. 작년 리먼 브러더스의 파산과 함께 전 세계를 금융 위기에 빠뜨렸던 부동산 버블이 부풀기 시작한 것도 이때부터다.

베를린 장벽이 무너진 지 20년이 지난 지금 11·9와 9·11이 주는 교훈은 무엇일까. 첫째 역사는 인간이 예측할 수 없는 놀라움으로 가득 차 있다는 점이다.

두 사건 모두 그 바로 전날까지 이런 사태가 가능할 것으로 점친 사람은 없었다. 이런저런 이유로 베를린 장벽 붕괴의 필연성을 논하는 사람도 있지만 당시 소련 공산당 서기장이 고르바초프가 아니라 브레즈네프였다면 역사는 다른 방향으로 진행됐을 것이다.

둘째는 "큰 지혜는 어리석어 보인다"는 옛말의 진실함이다. 80년 대 폴란드의 기능공 레흐 바웬사를 비롯한 몇몇 노동자들이 자유 노조 운동을 시작했을 때만도 이것이 '악의 제국' 소련을 무너뜨리는 기폭제가 되리라 생각한 사람은 없었다. 레이건이 공산주의 몰락을 예언했을 때 받은 것은 비웃음뿐이었다.

서양에 '인간이 제안하고 신이 결정한다(Man proposes, God disposes)' 는 속담이 있다면 동양에는 '인사를 다하고 천명을 기다린다'는 말이 있다. 결과에 연연하지 않고 올바른 길을 걷는 사람. 역사를 만드는 것도 역사가 기억하는 것도 그런 사람들이다. 2009. 11. 10

마그나 카르타 이야기

러니미드는 런던에서 한 시간 남짓 떨어진 들판이다. 템스 강물이 불어날 때마다 자주 범람을 해 '물에 젖은 들판'이란 뜻의 '러니미드' 란 이름을 갖게 됐다. 지금은 한가한 시골에 불과하지만 800년 전인 1215년 6월 15일 이곳에서 역사적인 사건이 벌어졌다. 영국의 존 왕이 귀족들의 압력에 굴복해 '영주들의 동의 없이 함부로 세금을 걷지 않겠다'는 것을 골자로 한 문서에 도장을 찍은 것이다. 마그나 카르타의 탄생이다.

　영국 역사상 가장 위대한 왕의 하나인 헨리 2세와 중세의 대표적 여걸 엘리노어 사이에서 다섯 아들 중 다섯째로 태어난 존은 원래 왕재도 아니었고 순번도 왕위에 오르기까지는 한참 멀었다. 그러던 것이 첫째는 어려서 병으로 죽고 둘째는 아버지에게 반기를 들었다 죽고 셋째는 말에서 떨어져 죽고 넷째는 자기 병사가 쏜 화살에 맞아 죽는 바람에 본의 아니게 왕이 됐다.

그는 왕이 되자마자 부모가 물려준 프랑스의 앙주와 아키텐 등 광대한 영토를 모두 프랑스 왕에게 빼앗겼다. 이를 되찾겠다고 영주들에게 막대한 세금을 거둬 프랑스로 쳐들어갔다 1214년 부빈에서 연합군인 독일 오토 황제의 군대가 프랑스 왕 필립에게 대패하는 바람에 본전도 못 찾고 쫓겨 왔다.

거지가 돼 돌아온 존 왕에 대한 영국 국민과 영주들의 분노는 컸다. 그러나 당시만 해도 신하가 왕을 몰아내고 권좌를 차지한다는 것은 생각할 수 없었다. 영주들은 앞으로는 왕이 영주들의 동의 없이 마음대로 세금을 걷고 사람을 잡아 가두는 길을 봉쇄하는 문서에 서명하는 조건으로 왕좌를 유지하는 타협안을 내놨고 존은 이 문서에 서명하지 않을 수 없었다.

이 문서에는 당시 상권을 쥐고 있던 런던 상인들을 자기편으로 끌어들이기 위해 봉건 영주뿐만 아니라 '모든 자유민의 권리를 보장한다'는 구절이 들어가 있었다. 이 구절은 훗날 영국의 법률가들에 의해 확대 해석돼 원래 영주들의 권리 보호를 위해 만들어진 마그나카르타가 모든 영국 국민의 권리를 보장하는 문서로 새롭게 탄생하게 된다.

존 왕이 이 문서에 도장을 찍은 후 다음 해 바로 죽은 뒤 오랫동안 주목을 받지 못하던 마그나 카르타는 17세기 들어 찰스 1세가 다시 전쟁 비용 마련을 위해 과도한 세금을 부과하면서 반왕파의 구심점으로 떠오른다. 당대를 대표하는 법률가였던 에드워드 쿡은 마그나 카르타야말로 앵글로 색슨 고유의 전통을 담은 법률 문서임을 주장하며 납세자의 동의 없는 과세의 부당성을 지적했고 이를 무시한 찰스 1세는 결국 도끼로 목이 잘리는 비운을 맞는다.

마그나 카르타는 고향인 영국보다 신대륙으로 이주한 식민지 주민들에게 더 큰 영향을 미쳤다. 그도 그럴 것이 17세기 초 미국으로 건너온 식민지 개척자들 중 상당수가 왕의 전횡에 신물이 나 아메리카에 영국 자유민의 권리가 보장받는 나라를 세워 보겠다는 사명감에 불타 있었기 때문이다.

18세기 후반 영국 왕 조지 3세가 식민지 주민들에게 세금을 부과하려 하자 이들이 '대표권 없는 과세 없다'를 외치며 미국 독립을 선언한 것은 우연이 아니다. 존 왕이 도장을 찍은 러니미드에 마그나 카르타 기념물을 세운 것도 영국인들이 아니라 미국 변호사 협회다. 인간의 기본권을 보장한 연방 헌법 내 권리 장전과 유엔 인권 선언이 마그나 카르타의 정신을 이어받았다는 데는 이견이 없다. 마하트마 간디부터 넬슨 만델라에 이르기까지 수많은 인권 지도자들이 마그나 카르타의 이름으로 불의한 권력과 맞서 싸웠다.

현재 영국 국립 도서관에서 열리고 있는 마그나 카르타 특별 전시회에 진열된 원본은 오랜 세월의 무게를 견디지 못한 채 글자조차 알아볼 수 없게 된 헝겊 조각에 불과하다. 그러나 영국과 미국의 선조들은 이 문서에 의지해 국민의 기본권이 집권자의 자의에 의해 짓밟히지 않는 사회를 만들어냈다. 마그나 카르타가 없었다면 영국 민주주의도 없었고 영국 민주주의가 없었다면 미국 민주주의도 없었다. 미국 민주주의가 없었다면 한국도 민주 정부를 갖지 못했을 것이다. 6월 한 달만이라도 마그나 카르타와 이를 바탕으로 인간의 기본권을 지켜낸 사람들의 노고를 생각해 보자. 2015. 6. 16

영국의 잔 다르크

70년대 말은 서방 자유 민주주의가 생사의 기로에 서 있던 때였다. 1975년 사이공이 함락되면서 인도차이나 반도가 공산화됐고 1979년 소련이 아프가니스탄을 침공하면서 중동 전체가 그 영향권 아래 놓이게 됐다. 아프리카의 3분의 1이 친소 노선을 걸었고 동유럽 전체가 소련 군홧발에 짓눌려 있었다. 중남미에서는 해방신학과 종속 이론을 신봉하는 좌익 세력과 공산 게릴라가 준동하고 이에 맞서는 우익 독재와 테러가 끊이지 않았다.

　반면 서방은 두 차례의 오일쇼크로 인한 장기 불황으로 기진맥진해 있었다. 서방 전체가 비슷했지만 한때 '해가 지지 않는 나라'로 불리며 세계를 재패했던 영국의 사정은 특히 비참했다. 청소부들의 파업으로 런던 전체는 거대한 쓰레기 더미로 변했고 철도, 통신, 간호원, 전기 등 노조란 노조는 모조리 파업을 벌이는 통에 정전과 통신

두절, 교통마비가 다반사였다. 90퍼센트가 넘는 중과세로 기업은 투자 의욕을 잃고 거리는 수백만의 실업자가 넘쳐났다. 서방의 자유 민주주의와 시장 경제는 종말을 맞고 미래는 공산주의의 것처럼 보였다.

이런 어두운 시절 희망의 불씨는 로마에서부터 피어올랐다. 1978년 10월 폴란드의 추기경 카롤 보이틸라가 예상을 뒤엎고 교황으로 선출된 것이다. 그가 바로 요한 바오로 2세다. 비(非)이탈리아인이 교황이 된 것은 455년 만에 처음이고 58세의 젊은 교황이 탄생한 것은 130년 만에 처음이었다. 당시 KGB 총책이자 훗날 소련 공산당 서기장이 된 유리 안드로포프는 그의 반공 성향에 심한 우려를 표시했다고 한다. 서기장이 되자마자 죽기는 했지만 사람 보는 눈은 있었던 모양이다.

공산주의가 어떻게 종교와 양심의 자유를 억압하고 인간의 영혼을 파괴하는가를 직접 목격한 요한 바오로 2세는 즉위 다음 해 폴란드를 방문, 인간의 자유와 영혼의 존귀함을 가르쳤다. 공산권 최초의 자유 노조인 '솔리대리티'는 그의 비호 아래 탄생했다 해도 과언이 아니다.

1979년에는 폴란드 출신 교황 선출 못지않은 역사적 사건이 영국에서 벌어졌다. 보수당의 마거릿 대처가 영국 역사상 처음 여성 총리로 선출된 것이다. 대처는 취임하자마자 시장주의 원칙에 입각해 고실업, 저성장, 고인플레로 요약되는 영국병 치료에 나섰다. 규제를 풀고 세금을 깎아 투자 의욕을 높이고 금리를 올려 인플레를 잡았다. 만성적자에 시달리는 공기업은 팔거나 폐쇄하고 대대적인 인원 감축으로 적자를 줄였다.

대처의 이런 정책은 필연적으로 노조와의 갈등을 불러일으켰다. 그중에서도 1984년부터 1년간 계속된 탄광노조와의 싸움은 '내전'으로 불릴 정도로 치열했다. 그러나 대처의 정책이 서서히 효력을 발휘하면서 여론은 대처 편으로 돌아섰고 1년 후 노조는 백기를 들었다.

대처의 이런 승리는 1982년 포클랜드 전쟁에서의 승리가 가져다 준 정치적 자산이 없었더라면 불가능했을 것이다. 아르헨티나 군부가 영국에서 수천 마일 떨어진 포클랜드섬을 무력 점령하자 일부에서는 이를 포기하자는 의견도 있었으나 대처는 단호히 응징에 나섰으며 아르헨티나에 치욕적인 패배를 안겨줬다. 그 결과 무자비한 인권 탄압을 일삼던 아르헨티나 군부는 몰락했으며 이것이 중남미 민주화의 도화선이 됐다.

대처 취임 다음해 미국에서 대처와 정치 노선을 같이 하는 레이건이 대통령에 당선되고 그가 같은 정책으로 미국 경제를 살리자 도도

한 사회주의 물결에 묻힐 것 같던 시장 경제는 새로운 각광을 받게 됐다. 1989년 베를린 장벽이 무너지고 1991년 소련이 해체된 것은 이들의 공고한 경제적 업적과 뚜렷한 반공 정책 덕분이었음은 의문의 여지가 없다. 교황과 대처, 레이건이 어떻게 세상을 바꿨는가는 《런던 타임스》 편집장을 지낸 존 오설리번이 쓴 『대통령, 교황, 그리고 총리』라는 책을 보면 자세히 나와 있다.

이 중 한 명인 대처가 8일 87세를 일기로 세상을 떴다. 대처의 삶은 세상을 바꾸는 것은 결국 사람이고 꿈과 그것을 실현할 의지가 있는 인간만이 그럴 수 있다는 것을 보여준다. "자기가 세상을 바꿀 수 있다고 믿을 만큼 미친 사람만이 세상을 바꾼다"던 스티브 잡스의 말이 떠오른다. 2013. 4. 9

에필로그 —————————

별에 대한 명상

나쁜 날씨에도 불구하고 먼 곳까지 와주신 여러분, 그리고 이 자리
에 저를 불러 주신 윤동주 문학선양회 미 서부지회장이신 이성호 님
께 먼저 감사드립니다.

얼마 전 한국에서 실시된 여론조사에 따르면 한국 젊은이들이 가
장 좋아하는 시인으로 윤동주가 뽑혔다 합니다. 27살의 꽃다운 나이
에 불령선인으로 체포돼 후쿠오카 감옥에서 옥사한 그는 모든 한국
민의 사랑을 받는 시인의 하나에 틀림없습니다.

그가 쓴 시의 대부분은 그가 죽은 뒤 출간된 『하늘과 바람과 별과
시』에 실려 있습니다. 이 시집에 실린 여러 시 가운데서도 대표작을
꼽으라면 많은 사람들은 「서시」를 택할 것입니다. 실제로 그를 기념
하기 위해 모교인 연세대와 용정중학교에 세워진 시비에는 어김없
이 「서시」가 새겨져 있습니다.

한국인이라면 다 아는 시지만 기억을 되살리기 위해 전문을 인용하겠습니다.

서시

죽는 날까지 하늘을 우러러
한 점 부끄럼이 없기를,
잎 새에 이는 바람에도
나는 괴로워했다.
별을 노래하는 마음으로
모든 죽어가는 것을 사랑해야지
그리고 나한테 주어진 길을
걸어가야겠다.
오늘밤에도 별이 바람에 스치운다.

저는 이 짧은 글 한 편에 윤동주 문학의 에센스가 모두 들어 있다고 생각합니다. 이 글에는 윤동주 문학뿐 아니라 위대한 문학의 공통된 진리가 함축돼 있습니다. 동서양을 막론하고 진리는 결국 하나이기 때문입니다.

이 시의 여러 행 가운데서도 핵심은

> 별을 노래하는 마음으로
> 모든 죽어가는 것을 사랑해야지
> 그리고 나한테 주어진 길을
> 걸어가야겠다.

라고 생각합니다. 지금부터 이 부분에 대한 해설을 해보도록 하겠습니다.

우선 "모든 죽어가는 것을 사랑해야지"라는 부분입니다. 이 구절을 읽을 때 어떤 장면이 떠오르십니까. 저는 최초의 위대한 서양 문학 작품인 「일리아드」, 그중에서도 트로이의 왕 프리암이 자기 아들 헥토르를 죽인 아킬레스의 진지를 찾아가 그의 발을 붙잡고 아들의 시체를 돌려달라고 애원하는 장면이 생각납니다. 그를 불쌍히 여긴 아킬레스는 이를 허락하고 헥토르의 장례가 끝날 때까지 전투를 중지할 것을 약속합니다.

아킬레스는 트로이 전쟁에 출정하기 전 '이 전쟁에 나가면 살아 돌아오지 못하는 대신 불멸의 명성을 얻을 것이요 나가지 않으면 이름은 없지만 편안한 노후를 맞을 것'이란 계시를 받고 고민하다 결국 전쟁에 나갑니다. 그는 당장은 자기가 헥토르를 죽였지만 머지않아 자기도 헥토르와 같은 운명을 맞으리라는 것을 압니다. 전쟁에서 이긴 사람이나 진 사람이나 결국 언젠가 죽는 것은 마찬가지입니다. 헥토르도, 아킬레스도, 프리암도 모두 '모든 죽어가는 것'의 일부입니다.

그러나 역설적으로 '우리는 모두 죽어가는 존재'라는 사실이 '모든 인류는 운명 공동체'라는 진리를 가능케 합니다. 공자는 인간의 덕 중 으뜸으로 '인'을 들었고 맹자는 '인'의 시작을 측은한 마음에서 찾았습니다. 인간 사회를 지탱해주는 가장 기본적인 유대는 같은 인간에 대한 사랑이고 인간에 대한 사랑은 같이 '죽어가는 것'에 대한 측은한 마음이 그 기초라는 이야기입니다. 모든 너그러움에는 슬픔이 깃들어 있습니다. '대자'와 '대비'가 항상 붙어 다니는 것은 그 때문입니다. 알고 보면 우리는 모두 '불쌍한 놈'인 것입니다.

「일리아드」가 위대한 것은 인간이 처한 조건을 어떤 변명이나 분칠도 없이 정직하게 정면으로 바라보기 때문입니다. 옛날이든 지금이든, 동양이든 서양이든 세계의 기본적인 구조와 인간이 처한 상황은 변함이 없습니다. 이에 관한 성찰인 문학적 진리가 언제 어디서나 같은 것은 그 때문입니다.

그다음 구절

> 그리고 나한테 주어진 길을
> 걸어가야겠다.

에 대해 이야기해 보겠습니다. 아브라함은 '믿음의 조상'입니다. 유대교는 물론이고 기독교와 회교도 아브라함과 야훼가 맺은 언약과 함께 시작됐다 해도 과언은 아닐 것입니다.

그 야훼가 아브라함에게 내린 첫 번째 명령은 무엇입니까. "가라"였습니다. 야훼 명령의 표면적인 뜻은 지금 살고 있는 땅을 떠나 내가 약속한 땅으로 가라는 것이지만 더 깊은 뜻은 너에게 주어진 인생길을 뚜벅뚜벅 걸어가라는 것입니다. 야훼는 아브라함에게 다시 "두려워 말라"는 명령을 내립니다. 두 명령을 합치면 "두려워 말고 네게 주어진 길을 가라"가 됩니다. '인류는 운명 공동체'라는 사실과 '두려워 말고 네 길을 가라'는 서양 문학과 종교의 핵심 메시지인 셈입니다.

서양의 음악가 하면 사람들은 베토벤을, 그의 대표작을 들라면 제9번 교향곡 '합창'을 제일 먼저 떠올릴 것입니다. '합창'은 아시는 대로 실러의 시에 곡을 붙인 것입니다. 이 곡은 유럽 연합의 국가이고 한국인이 가장 좋아하는 노래의 하나입니다. 언제 들어도 강렬한 감동을 주는 이 곡 힘의 원천은 무엇일까요.

노래도 노래지만 가사에 담긴 메시지도 무시할 수 없는 요소라 생각합니다. 실러의 원작을 베토벤이 일부 수정한 〈기쁨 송(Ode an die Freude)〉은 "기쁨, 신의 아름다운 불꽃이여"라고 시작되는데 그 핵심은 "모든 인류는 한 형제가 된다(Alle Menschen werden Brüder)"와 "형제여, 승리를 향해 나가는 영웅처럼 즐겁게 네 길을 달려가라(Laufet, Brüder, eure Bahn, Freudig, wie ein Held zum Siegen)"입니다. 이 작품은 '인류는 한 형제'와 '네게 주어진 길을 가라' 이상의 감동적인 메시지는 없음을 다시 한번 보여줍니다.

윤동주 문학의 핵심이라고 지적한 부분 가운데 "별을 노래하는 마음으로"가 남았습니다. 윤동주 시집 제목 『하늘과 바람과 별과 시』 가운데 가장 중요한 단어는 무엇일까요. 저는 '별'이라 단언합니다.

한국에 별을 사랑한 시인으로 윤동주가 있다면 서양에는 단테가 있습니다. 기독교 문학의 정점인 그의 대표작 「신곡」은 절망에 빠진 단테가 지옥과 연옥, 천국을 여행하며 구원을 찾는 것이 줄거리입니다. 이 작품은 '지옥'과 '연옥', '천국' 3부로 나누어져 있는데 1부 '지옥'의 끝은 "E quindi uscimmo a riveder le stelle"입니다. '그리고 우리는 다시 별을 보기 위해 나왔다'는 뜻입니다.

2부 '연옥'은 어떻게 끝납니까. "puro e disposto a salire a le stelle." 입니다. '별로 올라갈 자격이 있을 정도로 순결해졌다'는 뜻입니다. 마지막 '천국'은 "태양과 다른 별들을 움직이는 사랑(l'amor che move il sole e l'altre stelle)"이란 구절과 함께 마무리됩니다. 이것이 우연일까요. 아니라고 생각합니다. 자신의 대표작 한부 한부가 끝날 때마다 별로 마침표를 찍어 별에 대한 자신의 지극한 사랑을 표시했다고 봐야 할 것입니다.

서양 문학에 '큰 별' 단테가 있다면 서양 철학의 '큰 별'로는 칸트를 빼놓을 수 없습니다. 그의 철학을 공부하는 것은 '무거운 짐을 지고 사막을 가는 것과 같다'는 말이 있을 정도로 어렵습니다. 그런 그가 보통 사람들을 위해 자신의 사상을 쉬운 말로 요약한 적이 있습니다. "생각하면 할수록 내 마음을 경이로움으로 채우는 것이 둘 있다. 하나는 밤하늘의 별이요 또 하나는 내 마음속의 도덕률이다"가 그것입니다.

단테와 칸트와 윤동주가 별밤을 사랑한 이유는 무엇일까요. 빛의 속도로 날아가도 우리 살아생전 다다를 수 없는 별은 우선 무한의 상징입니다. 또 수십억 년 넘게 반짝이는 별은 영원의 상징이기도 합니다. 광대한 우주와 영원의 상하에서 내려다볼 때 인간 사회가 안고 있는 온갖 문제와 나를 괴롭히는 자질구레한 일상사는 절대적으로 하찮은 것임을 별은 가르칩니다. 별을 바라보고 있으면 왠지 마음이 편안해지는 것은 우리 몸이 이를 느끼기 때문은 아닐까요.

　별이 마음을 편안하게 해주는 이유는 또 하나 있다고 생각합니다. 인간의 몸 가운데 가장 큰 비중을 차지하고 있는 것은 물이고 물 무게의 대부분은 산소입니다. 산소는 물론이고 인간의 피 속에 녹아들어 산소 공급에 절대적인 역할을 해주는 철분을 비롯한 주요 원소들은 아주 먼 옛날 먼 어느 별 한가운데서 핵융합 반응의 결과 생성된 것입니다. 이것이 초신성 폭발로 우주 어느 곳엔가 흩어졌다 다시 모여 우리 몸의 일부가 된 것입니다. 그렇게 본다면 우리는 모두 별의 아들과 딸이며 별은 인간을 위시한 존재의 고향인 셈입니다. '별들의 고향'이 아니라 '별들이 고향'인 것입니다.

　오늘은 날이 잔뜩 찌푸려 별이 보이지 않습니다. 그러나 그런 날도 별들은 구름 뒤에서 빛을 뿜으며 우리를 기다리고 있습니다. 밤이 깊어갈수록 빛을 발하는 별은 진리와 희망의 상징이기도 합니다. 아무리 짙은 어둠도 보석처럼 빛나는 별의 광채를 이기지 못합니다. 당장의 삶이 고단해도 하늘 위 어디엔가 꺼지지 않는 빛이 존재한다는 사실을 별들은 조용히 알려줍니다.

　인간은 찰나의 인생을 사는 존재지만 그러면서도 영원을 꿈꾸니다. '별을 노래하는 마음'을 갖는다는 것은 영원의 아주 작은 조각 하나를 맛보는 일이라 생각합니다. 그리고 그것이 우리가 살아가면서 반드시 해야 할 일의 하나가 아닐까요. 이를 일깨워주는 것이 윤동주와 모든 위대한 문학의 한결같은 메시지라고 확신합니다.

감사합니다.

이 글은 2011년 12월 13일 미국 피라미드 레이크 RV 리조트에서 열린 제8회 '민족시인 문학의 밤' 행사에서 문인 등 관계자 200여 명이 참석한 가운데 저자가 강연한 「하늘과 바람과 별과 시」─ 윤동주의 시와 진리라는 제목」의 원고를 정리한 것이다.

아스펜에 관한 명상

1판 1쇄 찍음 2019년 9월 23일
1판 1쇄 펴냄 2019년 9월 30일

지은이   민경훈
펴낸이   김정호
펴낸곳   북스코프

출판등록   2006년 11월 22일 (제406-2006-000184호)
주소   10881 경기도 파주시 회동길 445-3 2층
전화   031-955-9511 (편집) 031-955-9514 (주문)
팩스   031-955-9519
책임편집   박수용
전자우편   acanet@acanet.co.kr
홈페이지   www.acanet.co.kr

ⓒ 민경훈, 2019

ISBN 978-89-97296-72-9 03810

이 도서의 국립중앙도서관 출판예정도서목록(CIP)은 서지정보유통지원시스템 홈페이지(http://seoji.nl.go.kr)와 국가
자료공동목록시스템(http://www.nl.go.kr/kolisnet)에서 이용하실 수 있습니다.(CIP제어번호: 2019032172)

• 책값은 뒤표지에 있습니다.
• 잘못 만들어진 책은 구입하신 곳에서 교환해 드립니다.